빛의 공화국

빛의 공화국

안드레스 바르바
소설

엄지영 옮김

2017년 11월 6일, 곤살로 폰톤 히혼, 마르타 산스, 헤수스 트루에바,
후안 파블로 비야로보스, 그리고 출판인 실비아 세세로 구성된
심사위원단은 안드레스 바르바의 『빛의 공화국』에
제35회 에랄데 소설상Premio Herralde de Novela* 을 수여했다.
이와 함께 최종 결선에 올라온 작품은 디에고 베치오의 『멸종』이다.

* 스페인의 대형 출판사인 아나그라마사에서 해마다 수여하는 문학상.
그해 가장 빼어난 스페인어 소설에 수여하는 상이다.

나는 전혀
기괴하지 않은 두 존재,
야만인이자 어린아이이다.

폴 고갱

나는 작가들이 책을 쓸 때의 행동과 의도를 떠올리면서 자기 이야기를 풀어나가는 식으로 스스로를 합리화하는—거의 나르시시즘적인—서문을 그다지 좋아하지 않습니다. 그와는 정반대로, 나는 아주 힘들고 혼란스러웠던 순간에 내 삶을 바꾸어놓은 이 소설을 쓴 것 같습니다. 나는 이 작품이 어떻게 될지도 몰랐을뿐더러, 애당초 성공하리라는 생각도 거의 하지 않았습니다. 만약 앞으로 내게 얼마나 영향을 미칠지 알았더라면 나는 즉시 소설을 쓰는 것을 멈췄을지도 모릅니다. 물론 유년기의 낙원을 둘러싸고 우리가 집단적으로 구축한 픽션과 가능한 한 그것을 해체시킬 가능성에 관해 성찰하고 싶었던 것은 사실입니다. 하지만 바로 그해 첫아들이 태어나면서 나는 그 신화적 열정에 사로잡히고 말았습니다. 내

7

게는 이 글을 쓰기 위한 공통의 배경이 필요했지만, 공교롭게도 런던에서 이 책을 쓰기 시작해서 마드리드로 건너가 작업을 계속하다가 결국 아르헨티나에서 마무리하게 되었습니다. 그때는 나 자신이 정처 없이 떠돌아다니는 전자처럼 세계시민 그 이상의 존재가 된 것 같았지요. 트라우마 사건을 겪은 이후 사회가 '진실을 구축'해야 한다는 내용의 정치 소설을 쓰고 싶었지만, 과연 집단 주체 인물이 등장하는 소설을 쓸 수 있을지 자신이 없었습니다. 지금 생각해보면, 우연히도 수십 번에 걸쳐 놀라운 사건을 경험하고 나서부터 『빛의 공화국』은 줄거리가 수월하게 풀려나가기 시작한 것 같습니다. 이에 대해서는 자세히 이야기하지 않는 편이 좋을 듯합니다. 여기서는 널리 알려진, 거의 클리셰나 다름없는 말로 이를 대신하고자 합니다. 자신이 원하는 곳에 이르기 어려울 때가 많지만, 모든 예상을 뒤엎고 결국 더 나은 자리에, 그리고 무엇보다 우리에게 적합한 자리에 이르는 경우도 드물지 않습니다. 얼마 전 그런 사건이 내게 또 일어났습니다. 이 책이 나보다 먼저 한국에 도착했다는 사실만으로도 놀랍기 그지없습니다. 그런 점에서 이 책은 언젠가 한국에 가고 싶다는 내 소망을 알린 마법의 사자使者인 셈입니다.

한국 사람들은 '나' 대신 '우리'라는 말을 흔히 사용하는 것으로 알고 있습니다. 특히 한국 사람들은 공동체에 의해 무언가를 나눌 때나, 공동체의 구성원들이 유사한 것을 소유하고 있을 때 '우리'라는 말을 많이 사용하는 것 같습니다. 이와 더불어 그러한 문화적 집단주의는 무엇보다 장구한 전통을 가진 유교적 전통의 산물인 것으로 보입니다. 이 소설에서는 우리 인간들의 마음속에 깊게 뿌리내린 소명 의식을 다루고 있습니다. 이 작품에서 사회복지과 공무원으로 나오는 화자는 긴급한 사회적 요구에 그 윤리를 맞추기 위해 사회를 바꾸어 가는 정치적 도덕적 여정을 이야기합니다. 비록 그 요구가 거짓이라 할지라도 말입니다. 성공과 마찬가지로 실수 또한 대부분 우리 모두가 함께 나누는 것입니다. 그렇다고 해서 오늘날의 정치인들이 생각하듯이 우리가 책임을 더는 것이 아니라, 그와 반대로 우리 모두에게 책임을 묻는다는 뜻입니다. 아무쪼록 한국 독자들도 내가 이 책을 쓰고 나서 품게 된 것처럼 강한 확신에 이른다면 더 바랄 바가 없을 것입니다.

2021년 11월,
안드레스 바르바

산크리스토발에서 목숨을 잃은 32명의 아이들에 대해 질문을 받을 때마다, 나는 물어본 사람의 나이에 따라 다르게 대답한다. 내 나이 또래가 물어보면, 무언가를 이해한다는 것은 우리가 단편적으로 보아왔던 걸 다시 짜 맞추는 일에 지나지 않는다고 말해준다. 나보다 나이가 어리면, 불길한 징조를 믿는지 되레 물어본다. 그러면 거의 대부분 징조 따위의 미신은 믿지 않는다고 대답한다. 그런 걸 믿으면 마치 인간의 자유를 인정하지 않는 꼴이라도 되는 듯이 말이다. 그럴 경우, 나는 더 이상 물어보지 않고 내가 아는 대로 사건을 설명해준다. 그게 내가 알고 있는 전부일뿐더러, 또한 그들에게 자유를 인정하지 말라는 것도, 너무 순진하게 정의를 믿지 말라는 것도 아니라고 납득시키려고 해봐야 아무 소용도 없을 듯하기 때문이다. 내가 좀 더 적극적인 성격이거나, 조금만 덜 소심했더라도 늘 이렇게 운을 뗐을 것이다. 이 세상에 사는 모든 사람들은 마땅히 받아야 할 대가를 치릅니다. 그리고 불길한 징조는 분명 존재하죠. 물론 그런 것들이 존재한다면 말입니다.

산크리스토발에 온 지도 벌써 22년째다. 그 무렵 나는 막 승진해서 에스테피시 사회복지과로 발령을 받은 젊은 공무원이었다. 몇 년이 흐르는 사이, 비쩍 마른 법과대학 졸업생이던 나는 말쑥한 차림의 행복한—당연한 말이지만—새신랑으로 탈바꿈했다. 당시 나는 삶이 거뜬히 이겨낼 수 있을 만큼 단순한 시련과 역경에 부딪히다가, 결국 죽음으로 끝을 맺는 것인 줄로만 알았다. 물론 죽음이 그렇게 단순한 것인지는 잘 모르겠지만, 우리 인간으로서는 피할 수 없는 운명이기에 굳이 힘들게 생각할 필요는 없을 것 같았다. 그 당시 나는 기쁨이라는 것이, 젊음이라는 것이, 그리고 죽음이라는 것이 정확히 어떤 것인지 잘 모르고 있었다. 내가 어떤 일도 착각하지는 않았다고 생각했지만, 실제로는 모든 것을 잘못짚고 있었다. 나는 나보다 세 살 연상인 산크리스토발 출신의 바이올린 선생과 사랑에 빠졌다. 그녀에게는 아홉 살 난 딸이 있었다. 그녀와 딸의 이름은 똑같이 마이아였고 깊은 눈빛과 자그마한 코, 그리고 아름다움의 극치를 보여주는 연한 초콜릿색의 입술에 이르기까지 생김새도 비슷했다. 그 무렵, 정체를 알 수 없는 어떤 회의에서 비밀리에 나를 선택한 것 같은 느낌이 들 때가 종종 있었는데, 그들이 쳐놓은 운명의 '그물'에 걸려든 것이 너무나도 뿌듯하고 행복했다. 그래서 산크리스토발에서 일해달라는 제안을 받자마자, 나는 마이아의 집으로 달려가 곧장 그녀에게 청혼했다.

내게 그런 기회가 온 것은 2년 전 에스테피에서 인디오 공동체 통합 계획을 성공적으로 추진한 덕분이었다. 아이디어는 단순했지만, 모범 사례로 꼽힐 만큼 큰 성과를 거두었다. 원주민들이 특정 농작물 재배 및 경작의 독점권을 갖도록 혜택을 주는 것이 그 계획의 골자였다. 에스테피시에서는 오렌지를 특화 작물로 지정했고 5천 명에 달하는 농민들의 생산 및 공급 과정을 인디오 공동체의 손에 맡기기로 했다. 실행 초기, 생산 할당량을 정하는 과정에서 약간의 혼란이 발생할 뻔했지만 공동체가 나서서 원만하게 조정했다. 결국 인디오 공동체는 기반이 탄탄한 소규모 농업 협동조합으로 탈바꿈했고, 그 덕분에 농민들은 지금도 제반 비용의 대부분을 자체적으로 충당할 정도가 되었다.

그 계획이 기대 이상의 성공을 거두자, 정부에서도 〈인디오 자치 위원회〉를 통해 내게 산크리스토발의 네에 인디오 공동체에 거주하는 3천 명의 주민들을 대상으로 동일한 정책을 시행해달라고 요청하기에 이르렀다. 그러곤 집과 산크리스토발 사회복지과 과장직을 조건으로 제시했다. 덕분에 마이아도 자기 고향의 작은 음악 학교에서 다시 수업을 맡게 되었다. 그녀는 아무 내색도 안 했지만, 부득이 떠날 수밖에 없었던 고향땅에 보란 듯이 다시 돌아오게 되자 속으로 크게 기뻐하는 눈치였다. 더구나 취학 연령이 된 딸아이를 학교에 보낼 수 있게 된 데다, (나는 그 아이를 '얘'라고 불렀다. 그래서 그 아이와 마주치면 그냥 "얘"라고만 했다) 늘어난 월급으로 저축도 할 수 있게 되었으니 그야말로 금상첨화였다. 행운이 넝쿨째 굴러들어왔는데 더 이상 무엇을 바라겠는가? 나는 너무 기뻐서 희색을 감출 수가 없었다. 나는 마이아에게 밀림과 에레강 그리고 산크리스토발의 거리에 대해 말해달라고 졸랐다. 그녀의 말을 듣는 동안, 너무 울창해서 숨이 막힐 듯 후덥지근한 밀림 안으로 들어가는 내 모습을 상상했다. 계속 안으로 들어가다 보면 언젠가 지상낙원과 같은 곳이 눈앞에 펼쳐질 것만 같았다. 물론 내 상상력이 특히 풍부하다고 할 수는 없겠지만, 그런 상황이라면 누구라도 낙천적으로 변하지 않고는 못 배길 것이다.

우리는 1993년 4월 13일에 산크리스토발에 도착했다. 하늘에는 구름 한 점 없이 푹푹 찌는 날씨였다. 낡은 왜건을 타고 오르막길을 오르는 동안, 흙탕물이 콸콸 소리를 내며 흘러가는 거대한 에레강과 초록빛 괴물처럼 우리 앞에 떡하니 버티고 서 있는 산크리스토발의 밀림이 저 멀리 보였다. 나는 아열대 기후에 아직 적응이 되지 않은 터라, 고속도로에서 빠져나와 불그스레한 모랫길로 들어서던 그 순간부터 온몸이 땀으로 흠뻑 젖었다. 에스테피에서 거의 1천 킬로미터나 떨어진 곳까지 운전을 하다 보니 온몸의 맥이 쑥 풀리고 기분마저 처졌다. 산크리스토발에 도착하자 처음에는 모든 것이 꿈속처럼 아득하기만 했다. 잠시 후, 다시 정신이 들자 가난에 찌든 처참한 현실이 별안간 눈앞에 밀어닥쳤다. 미리 마음의 준비를 단단히 했건만, 현실 속의 가난은 예상했던 것과는 완전히 딴판이었다. 그때까지만 해도 나는 밀림이 곧 가난이라는 것을, 즉 가난과 하나가 되어 우리 눈에 보이지 않게 만든다는 것을 까맣게 모르고 있었다. 산크리스토발의 시장이 한 말에 따르면, 그림처럼 아름다운 풍경 뒤에는 늘 더럽고 불결한 현실이 숨어 있다고 했다. 그의 말은 과장 없이 있는 그대로의 사실이었다. 네에 인디오 아이들은 모두 꾀죄죄하고 땟국이 질질 흐르는 얼굴을 하고 있었지만, 어쩌면 그 덕분인지 기가 막힐 정도로 사진을 잘 받았다. 아열대 기후라는 특성을 고려할 때, 저들의 비참한 삶에는 불가피한 측면이 없지 않으리라는 생각이 든다. 달리 말해 사람은 다른 사람과 싸울 수 있어도 거대한 폭포나 폭풍우에 맞설 수는 없는 법이니까 말이다.

하지만 나는 왜건 차창으로 또 다른 진실을 확인할 수 있었다. 사실 산크리스토발의 가난한 현실은 자칫 뼛속까지 다 드러날 수도 있었다. 다행히 도시는 순색純色과 원색으로 화려하게 물들어 있던 데다, 반짝거리는 빛 때문에 눈이 어질어질할 정도였다. 도로가 더 이상 파고들지 못하도록 높이 쌓아놓은 나무 방벽처럼 보이는 진초록빛의 밀림, 햇빛을 받아 반짝거리는 붉은 흙길, 눈을 제대로 뜰 수 없을 만큼 눈부시게 빛나는 파란 하늘, 폭이 4킬로미터나 되는 거대한 물길을 이루며 도도히 흘러가는 흙빛의 에레강. 그때 눈앞에 펼쳐진 광경은 내 기억에 남아 있는 그 어떤 것과도 비교할 수 없을 만큼 놀라운 것이었다.

도착하자마자, 우리는 집 열쇠를 받으러 시청으로 향했다. 공무원 한 명이 왜건에 같이 타고 우리를 집까지 안내해주었다. 집에 도착하기 직전, 별안간 커다란 셰퍼드 한 마리가 차 앞으로 뛰어들었다. 2미터도 채 안 되는 거리였다. 장거리 여행으로 이미 녹초가 된 탓이겠지만, 그때는 정말 헛것을 본 줄 알았다. 그 개가 길을 건너려던 것이 아니라 마치 난데없이 길 한복판에 나타나기라도 한 것처럼 말이다. 미처 브레이크를 밟을 틈도 없었다. 나는 있는 힘껏 핸들을 움켜잡았다. 그 순간, 쿵 하는 소리—한번 들으면 영원히 잊을 수 없는 소리—와 함께 무언가에 부딪치는 느낌이 손에 전해졌다. 개가 자동차 범퍼에 부딪히는 소리였다. 우리는 허겁지겁 차에서 내렸다. 자세히 살펴보니 암캐였다. 심한 상처를 입은 녀석은 수치스럽다는 듯이 우리의 시선을 피하며 가쁜 숨을 몰아쉬고 있었다.

마이아는 몸을 숙이더니, 녀석의 등 위에 손을 살며시 갖다 댔다. 그녀의 손길이 닿자 개는 힘없이 꼬리를 흔들었다. 우리는 녀석을 당장 동물병원에 데려가기로 했다. 방금 다친 개를 차에 태우고 병원으로 가는 동안 나는 묘한 느낌을 지울 수 없었다. 골목길을 어슬렁거리던 저 들개가 서로 상반되는 두 가지 의미를 동시에 지니고 있다는 느낌, 다시 말해 불길한 징조임과 동시에 길조吉兆일 수도 있다는 느낌 말이다. 다시 말해, 그 개는 우리가 도시에 온 것을 반겨준 친구임과 동시에 불길한 소식을 전해준 사자使者이기도 했다. 우리가 이곳에 도착한 후로 마이아의 얼굴마저 변한 듯 보였다. 예전보다 더 평범한 얼굴로 변한 반면—나는 그녀만큼 흔한 얼굴을 가진 여자를 본 적이 없었다—강한 인상을 풍겼다. 피부는 더 매끄러우면서도 더 탱탱해진 것 같았고, 눈빛 또한 예전보다 더 날카로워졌지만 차가운 느낌은 오히려 줄어든 듯했다. 그녀는 개를 무릎 위에 올려놓았다. 상처에서 흘러내린 피가 그녀의 바지를 흥건하게 적시기 시작했다. 앞좌석에 앉아 있던 딸아이는 개의 상처를 뚫어지게 바라보고 있었다. 차가 구덩이에 빠져 흔들릴 때마다 개는 몸을 비틀며 노래하듯이 신음 소리를 냈다.

흔히 이곳 사람들의 몸속에는 산크리스토발의 피가 흐르고 있다고 한다. 따지고 보면 그 말은 세계 어디든 자신이 태어난 도시에 똑같이 적용된다. 그런데 이곳, 산크리스토발은 무언가 흔치 않은, 정말 이상한 면을 가지고 있다. 산크리스토발 특유의 분위기에 적응한다는 것, 그러니까 이곳의 온도에 맞춰 살고 밀림과 강의 중압감을 받아들인다는 것은 정확히 말해 이곳 사람들의 몸속에 특이한 피가 흐르고 있기 때문에 가능한 일이다. 폭이 4킬로미터나 되는 에레강만 해도 내눈에는 피가 거대한 물줄기를 이루어 흘러가는 것으로 보였다. 그리고 그곳 나무들에서 끈적끈적하게 흘러내리는 검붉은 빛깔의 수액을 보고 있으면, 식물이라고 생각하기가 어려울 정도였다. 이처럼 산크리스토발에서는 피가 모든 곳을 흘러 다니고, 모든 것을 가득 채우고 있다. 초록빛으로 뒤덮인 밀림 뒤, 거대한 흙빛의 물줄기를 이루며 흘러가는 강 뒤, 그리고 불그스레한 빛을 띤 땅 뒤에는 늘 피가 흐르고 있다. 쉬지 않고 흘러 모든 것을 온전하게 만들어주는 피.

나의 통과제의는 그렇게 이루어졌다. 동물병원에 도착했을 때 개는 소생할 가망이 거의 없는 상태였다. 팔에 안고 있던 녀석을 수술대에 올려놓자, 옷에 묻은 끈적끈적한 피가 검

붉은 빛깔로 변해 있었고 짭짜름하면서 역겨운 냄새를 풍겼다. 마이아는 의사에게 녀석의 다리에 부목을 대고, 등에 난 상처를 꿰매달라고 사정했다. 녀석은 모든 것을 체념한 듯 눈을 지그시 감았다. 하지만 감은 눈꺼풀 아래로 녀석의 눈동자가 부산하게 움직이는 것 같았다. 사람들이 자면서 꿈을 꿀 때처럼 말이다. 나는 녀석이 지금 눈을 감은 채 무엇을 보고 있는지, 밀림을 떠돌아다니면서 어떤 본능이 생겼는지 생각해보았다. 그리고 아무쪼록 녀석이 이 고비를 무사히 이겨내고 살아나게 해달라고 간절히 기도했다. 마치 산크리스토발에서의 내 명운이 그 일에 달려 있기라도 한 것처럼 말이다. 나는 천천히 녀석에게 다가가, 따스한 콧등 위에 살며시 손을 갖다 댔다. 녀석이 내 마음을 이해하고 영원히 우리 곁에 머물 것이라는 믿음, 아니 확신을 가지고 말이다.

그로부터 두 시간 후, 녀석은 눈물을 머금은 채 우리 집 정원에 누워 있었다. 딸아이는 개에게 주려고 쌀과 남은 음식을 모아 죽을 끓였다. 모두 모인 자리에서 나는 그 아이에게 개의 이름을 뭐라고 짓는 것이 좋을지 물었다. 아이는 콧살을 찡그리더니―딸아이는 무슨 궁리를 할 때마다 그런 표정을 지었다―'모이라'*로 부르자고 했다. 녀석의 이름은 그렇게

* 그리스 신화에 등장하는 운명의 여신을 일컫는 이름이기도 하다.

정해졌다. 몇 년이 흐른 뒤, 이젠 나이가 들어 틈날 때마다 복도에 엎드려 꾸벅꾸벅 조는 신세가 됐어도 녀석은 여전히 그렇게 불리고 있다. **모이라.** 지금까지 갖은 어려움을 다 이겨내고 가족의 절반을 먼저 저세상으로 보낸 이상, 어쩌면 녀석이 우리들 중에서 가장 오래 살지도 모를 일이다. 나는 이제야 녀석이 우리에게 전하려던 메시지가 무엇인지 알 수 있을 것 같다.

산크리스토발에 와서 처음 몇 년 동안 어떤 일이 일어났는지 기억하려고 할 때마다, 제일 먼저 마이아의 애를 먹이던 바이올린 곡이 떠오른다. 그 곡은 하인리히 빌헬름 에른스트의 〈여름의 마지막 장미〉*다. 이 작품은 원래 아일랜드의 전통 가곡인데, 여기에 베토벤과 브리튼이 곡을 붙인 것이다. 이 작품을 들을 때마다 서로 다른 두 세계의 소리가 동시에 울려 퍼지는 인상을 받는다. 다소 감상적인 멜로디가 주조음을 이루는 가운데, 듣는 이의 마음을 압도할 만큼 장엄한 테

---

* 1805년 아일랜드의 시인 토머스 모어가 쓴 시에, 1813년 존 앤드루 스티븐슨 경이 멜로디를 붙여 만든 곡. 우리나라에서는 〈한 떨기 장미꽃〉이라는 제목으로 알려져 있다. 후일 이 노래를 바탕으로 당대 최고의 연주자이자 작곡가였던 하인리히 빌헬름 에른스트가 바이올린을 위한 변주곡 시리즈를 작곡했는데, 연주하기가 매우 어려운 곡으로 평가받는다.

크닉이 펼쳐진다. 밀림과 산크리스토발 또한 그 두 세계의 소리만큼이나 극명한 대비를 이루고 있었다. 우선 밀림에는 지나칠 정도로 무자비하고 냉혹한 현실이 웅크리고 있었던 반면, 단순한 진실, 그러니까 사실과는 다소 거리가 멀지만 오히려 그 때문에 더 유용하고 살아가는 데 도움이 되는 그런 진실도 있었다.

그렇지만 산크리스토발이 기상천외하고 경이로운 곳이라고 하기는 어렵다. 그곳은 전통적인 가정에 속한 (다른 도시에 비해 평균 연령이 더 높은 것도 아닌데, 이곳에서는 전통적이라는 말 대신 주로 '노쇠한' 가정이라는 말을 쓴다) 20만 명의 주민에, 정치적인 음모와 분규가 판을 치고 아열대 지방 특유의 권태가 만연한 지방의 도시였을 뿐이다. 나는 이곳 생활에 예상했던 것보다 더 빠르게 잘 적응했다. 이곳에 도착한 지 몇 달도 채 지나지 않아 나는 무사안일주의에 빠진 공무원들과 어떤 비리를 저질러도 처벌받지 않는 정치인들, 그리고 관습처럼 내려온 탓에 꼬일 대로 꼬여 도저히 해결이 불가능한 법규와 그로 인해 발생한 지방 특유의 딜레마들과 토박이처럼 맞서 싸우기 시작했다. 마이아도 음악 학교 수업이 끝나면 산크리스토발에서 부유한 집안의 딸들을 모아 가르쳤다. 대부분 콧대가 세고, 아주 예쁜 여자아이들이었다. 마이아는 이곳에 온 후로 두어 명의 여자 친구와 자주 어울렸다. 그녀들은 집에 들어오는 나와 눈이 마주치면 내숭을 떨면서 조용히 있었다. 하지만 내가 방에 들어가기 무섭게, 그사이 참았던 이야기를 쏟아내느라 왁자지껄 떠드는 소리가 들렸다. 그 여자들은 모두 네에 인디오 출신으로, 마이아처럼 고전 음악을 가르치는 선생들이었다. 그들은 현악 삼중주단을 결성해서 산크리스토발과 인근 소도시에서 연주회를 열곤 했다. 그들의 연주회는 매번 대성공을 거두었는데, 그건 연주를 잘해서라기보다 그들 외에는 아무도 하는 사람이 없었기 때문이다.

오랜 세월 동안 아내는 일견 흥미롭기도 하지만 언뜻 이해가 가지 않는 말을 자주 했다. 명색이 고전 음악을 한다는 사람이었지만, 아내는 춤을 출 줄 알아야 진정한 음악가로 볼 수 있다고 했다. 하지만 나는 아내의 말이 무슨 의미인지 한참이 지나서야 이해할 수 있었다. 고전 음악은 (그녀뿐만 아니라 연주회를 보러 오던 그 모든 사람들에게 있어서도) 본질적으로 음악적 속성을 가지고 있다기보다 오히려 차단과 막힘의 성질을 지니고 있다는 것이다. 사실 그동안 고전 음악은 너무나도 상이한 기준에 따라, 너무나도 다른 생각과 정신을 가진 이들에 의해 만들어져왔다. 그렇다고 연주회를 찾은 사람들이 음악에 전혀 감동받지 못했다는 것은 아니다. 마이아가 몇몇 곡을 연주했을 때, 객석에 앉아 있던 사람들은 매력적이지만 무슨 말인지 이해할 수 없는 외국어를 들을 때처럼 매우 집중하는 표정을 짓고 들었다. 그간 아내가 그토록 열정적으로 곡을 연주하고 가르치는 데 전념했다면, 그건 그녀가 실제로 그 곡을 낯선 타인의 것으로 여겼고, 그 곡과 감성적으로 하나가 될 수 없었기 때문이리라. 마이아에 따르면, 고전음악은 오로지 두뇌에서만 일어나는 현상인 반면, 나머지 음악—쿰비아, 살사, 메렝게*—은 모두 육체와 내장에서 이루어지는 것이라고 했다.

종종 사람들은 인간 영혼의 심연으로 내려가려면 고성능 잠수함을 타야 한다고 생각하는데, 결국에는 잠수복을 입은 채 집 목욕탕 욕조 속에서 허우적거리고 있는 자신의 꼴을 보고 아연실색하게 된다. 장소에서도 이와 같은 일이 벌어진다. 소도시만의 특징이 있다면, 그건 빈대와 비슷하다는 점이다. 똑같은 영구 집권 메커니즘, 족벌주의와 정실주의를 바탕으로 한 똑같은 부패의 고리, 그리고 똑같은 사회적 역학 관계가 마치 빈대처럼 지방 소도시 사이로 빠르게 퍼져나간다. 이와 마찬가지로, 각 시대마다 언제나 그 지역의 소영웅들을 만들어낸다. 가령 천재적인 음악가나 혁명적인 가정법원 여자 판사, 아니면 억척스러운 어머니들 말이다. 하지만 그런 소영

* 쿰비아는 콜롬비아와 파나마의 민속 음악과 춤이며, 살사와 메렝게는 도미니카공화국과 카리브 인근 지역에서 유행하던 민속 음악 및 춤을 말한다.

웅들조차 계속 권력을 확대하기 위해서라면 불의에 항거하는 그들의 정신마저 이용하려 드는 어느 기관에 포섭되어 있는 듯하다. 지방 소도시의 생활은 메트로놈처럼 규칙적이고 예측 가능해서, 그런 운명에서 벗어난다는 것은 마치 해가 서쪽에서 뜨는 것만큼이나 상상하기조차 어렵다. 그러나 이따금씩 해가 서쪽에서 뜨는 사건이 일어나기도 한다.

사람들은 다코타 슈퍼마켓 습격 사건을 모든 논쟁의 원인으로 여긴다. 하지만 문제는 그보다 훨씬 이전에 시작되었다. 그 아이들은 대체 어디서 나타난 것일까? 그 문제를 다룬 다큐멘터리 영화 중에서 가장 유명한 발레리아 다나스의 〈아이들〉은 단순히 거짓말이라고 치부할 수는 없지만 한쪽으로 치우친 시각을 보여주고 있다. 이 작품은 유혈이 낭자한 슈퍼마켓의 영상과 함께 오프*에서 들리는 묵직한 대사로 시작된다. 그 아이들은 어디에서 나타난 것일까? 그렇지만 그 영화가 남긴 멋진 질문은 지금까지도 여전히 의문으로 남아 있다. 아이들은 어디서 나타난 걸까? 아이들이 아직 거리를 돌아다니지 않던 시대를 잘 모르던 사람이라면, 아마 이렇게 생각할 수 있었을 것이다. 원래 아이들은 어울리지 않게 하찮은 위엄을 풍기며, 거친 곱슬머리와 햇볕에 검게 그을어 꾀죄죄한 모

---

* 영화의 화면 밖에서 들리는 등장인물의 대사.

습으로 항상 거리를 돌아다녔을 거라고 말이다.

어느 순간부터 거리에서 그 아이들과 마주쳐도 전혀 낯설지 않았는지 판단하기는 어렵다. 그리고 우리가 처음 그 아이들의 모습을 봤을 때 놀랐는지도 불분명하다. 이에 대해 갖가지 설이 제기되었지만, 그중에서 빅토르 코반이 《엘 임파르시알》지에 기고한 칼럼이 그나마 봐줄 만했다. 그는 기고문에서 그 아이들이 도시에 "찔끔찔끔" 도착했기 때문에, 신호등이 있는 곳에서 흔히 야생란이나 레몬을 팔던 녜에 인디오 아이들로 혼동했을 가능성이 높다고 주장했다. 그는 흰개미 떼를 비유로 들어 설명했다. 일부 흰개미종들은 자신의 영역이 아닌 곳에 들어가기 위해 일시적으로 모습을 바꾸어 다른 종들로 변신했다가, 그곳에 완전히 자리를 잡은 뒤에야 원래의 모습으로 돌아올 수 있다고 한다. 어쩌면 그 아이들도 흰개미들의 계략을—곤충들이 지닌 전 언어 단계의 지적 능력으로—이용해서, 우리에게 낯익은 녜에 인디오 아이들과 최대한 비슷하게 보이려고 했는지 모른다. 설령 그렇다 치더라도, 그 아이들이 어디서 나타났는지에 대한 의문은 여전히 남게 되는 셈이다. 그리고 무엇보다 왜 모든 아이가 하필 아홉 살에서 열세 살 사이였는지, 그 이유 또한 명확치 않았다.

가장 간단한 (하지만 입증하기가 가장 어려운) 주장은 인신매매 조직이 전국에서 유괴한 아이들을 에레강 주변의 밀림 어딘가에 모아놓았을 가능성이 있다는 것이었다. 사실 그런 일은 이전에도 여러 차례 있었다. 몇 년 전인 1989년에도 어린 소녀들이 전국의 사창가로 '팔려나가기' 직전에 가까스로 구조된 적이 있었다. 산크리스토발에서 불과 3킬로미터밖에 떨어지지 않은 밀림 한복판의 작은 농가에서 여자아이들을 발견했을 당시, 경찰이 찍은 사진은 지금도 많은 이들의 기억 속에 생생하게 살아 있다. 살다 보면 어느 순간 순수함이 영원히 계속되리라는 것을 받아들이기 어렵듯이, 그 한 장의 사진으로 말미암아 산크리스토발 사람들의 의식도 전과 후로 극명하게 갈리고 말았다. 문제는 우리 눈앞에 있는 사회 현실을 받아들이는 것이 아니라, 그 현실로 인해 유발된 수치심이 집단의식 속에 깊숙이 자리 잡았다는 점이다. 마치 충격적인 사건이 소리 없이 조용히 어떤 가족의 성격을 형성하듯이 말이다.

그런 이유로 그 아이들이 밤에 '막사' 같은 곳을 몰래 빠져나와 아침까지 도시에 머무는 것이라는 소문이 돌기도 했다. 거듭 말해 이 또한 아무 근거도 없는 소문에 불과하지만, 이 도시가 유괴된 아이들을 전국에서 가장 많이 모아놓은 곳이라는 사실에서 비롯된 것이기 때문에 우리로서는 불명예스러운 일이 아닐 수 없었다. 하지만 이러한 주장도 나름대로 장점이 있었다. 그 논리대로라면 32명의 아이들이 왜 외국어처럼 '전혀 알아들을 수 없는' 말을 했는지, 어느 정도 납득할 수 있기 때문이다. 그런데 다음과 같은 단순한 문제, 즉 그런 주장을 받아들인다면 이는 아동 구걸이 하룻밤 사이에 아무렇지도 않게 70퍼센트가량 증가했다는 것을 의미하는데, 당시 이를 이해하는 사람은 아무도 없는 듯했다.

내가 과장으로 일하던 무렵 사회복지과 회의록을 다시 살펴보면 아이들이 처음 거리로 몰려나와 구걸을 한 날—그날은 평일이었다—은 1994년 10월 15일, 그러니까 다코타 슈퍼마켓 습격 사건이 일어나기 12주 전이었음을 알 수 있다. 하지만 산크리스토발에서는 어떤 사회 문제든 공론화되기까지 꽤나 오랜 시간이 걸린다는 점을 감안한다면, 아이들이 처음으로 도시에 출몰한 것은 적어도 그보다 두어 달 전인 그해 7월이나 8월쯤이었을 가능성이 높다.

그런데 밀림 속 막사에서 집단 탈출한 것이라는 주장은 앞뒤가 맞지 않는 점이 너무 많았다. 차라리 많은 이들로부터 비웃음을 사기는 했지만, 그 아이들이 강에서 '솟아났다'고 주장한 이타에테 카도간—녜에 인디오 공동체의 대표이다—의 '마법 가설'이 더 그럴듯해 보일 정도였다. '솟아나다'라는 말을 문자 그대로 받아들이지만 않는다면, 어느 순간 갑자기 아이들의 의식이 서로 연결되어 산크리스토발에 모여들었다는 가정이 꼭 황당무계한 이야기만은 아닐 수도 있다.

알다시피 그 아이들 중 절반가량이 산크리스토발 인근의 도시와 마을 출신(그리고 유괴당한 아이들은 그들 중 극히 소수에 불과했다)인 반면, 나머지는 마사야, 시우나, 산미겔델수르 등 1천 킬로미터나 떨어진 곳에서—쉽게 납득하기는 어렵지만—여기까지 온 아이들이었다. 시신의 신원을 확인한 결과, 그들 중 둘은 수도 출신으로 몇 달 전에 이미 경찰에 실종 신고가 접수된 상태였고, '가출'할 때까지 아이들 주변에서 어떤 수상한 일도 일어나지는 않았다고 했다.

기존의 논리로 설명이 불가능하다면 다른 방식으로 추론할 수밖에 없다. 언젠가 아이들의 출몰을 찌르레기 떼의 환상적인 군무와 비교한 이가 있었다. 6천 마리에 달하는 새들이 눈 깜짝할 사이에 구름 떼처럼 모여 무리를 이루다가, 어느 순간 일제히 180도 방향을 바꾸어 날아가는 모습 말이다. 어떤 이유 때문인지 지금도 기억에 생생하게 남아 있는 사건이 하나 떠오른다. 그건 아이들이 도시에 나타나던 그 무렵에 일어난 일이다. 아침 이른 시간, 나는 마이아와 함께 차를 타고 시청으로 출근하던 중이었다. 산크리스토발은 더위 때문에 하루 일정이 비교적 엄격하게 지켜지는 편이다. 사람들은 대개 아침 6시에 일어나기 때문에 문자 그대로 새벽에 모든 활동이 시작된다. 아침 7시부터 참기 힘든 더위가 시작되는 오후 1시까지가 공식적인 근무시간이다. 가장 견디기 힘든 시간 동안—습도가 높은 우기에는 1시부터 4시 반 사이—
도시 전체가 아열대 특유의 수마睡魔에 사로잡히고 만다. 하
지만 새벽만 되면 산크리스토발 사람들은 기운이 펄펄 살아
나는데, 이는 절대 과장이 아니다. 그날 아침, 마이아는 음악
학교에서 처리해야 될 일이 있어서 아침 일찍 나를 따라나섰
다. 차가 학교 바로 앞 신호등에 멈추었을 때, 차 사이를 돌아
다니며 구걸하는 열 살에서 열두 살가량의 아이들이 보였다.
시내에서 늘 마주치던 아이들 같기도, 아닌 것 같기도 했다.
단순해서 늘 징징거리던 그 아이들과 달리, 그날 본 녀석들
은 어딘가 거만하면서 고상한 분위기를 풍겼다. 마이아는 동
전을 꺼내려고 글러브박스를 뒤졌지만, 아무것도 없었다. 그
아이들 중 하나가 나를 빤히 바라보고 있었다. 눈의 흰자위가
빛을 받아 차갑게 빛났다. 녀석의 꾀죄죄한 얼굴이 번들거리
던 눈빛과 너무 대조적이어서 그만 말문이 막혀버렸다. 그때
신호등이 초록색으로 바뀌었다. 그제야 나는 액셀러레이터
에 내내 발을 올려놓고 있었던 것을 알아차렸다. 언제라도 달
아날 준비를 하고 있었던 것처럼 말이다. 출발하기 전, 나는
마지막으로 그 아이를 돌아보았다. 그런데 녀석은 돌연 나를
보면서 만면에 미소를 지었다.

그동안의 경험으로 볼 때 어떤 이미지들은 떨쳐버리기가
어려운 반면, 또 다른 이미지들은 금방 잊히고 만다. 그 둘을

가르는 미스터리한 힘은 무엇일까? 따지고 보면 기억력이라고 하는 것은 우리의 입맛만큼이나 제멋대로이다. 따라서 오늘은 왠지 해물이 아니라 고기가 당긴다고 생각하는 것만큼이나 우연하게 기억 또한 우리의 과거 흔적을 선택한다고 받아들인다면 그나마 위안이 될 수도 있을 듯하다. 그렇지만 우리가 아직 모르는 그 무엇이 있다. 그것조차, 아니 더 정확히 말해, 그것이야말로 그 무엇보다 어떤 수를 써서라도 우리가 풀어내야 되고, 전적으로 우연인 어떤 코드에 부합한다. 그 아이의 환한 미소를 떠올릴 때마다 마음이 혼란스러웠다. 그 아이와 내가 어떤 연결 고리로 이어져 있다는 것이, 즉 내게서 시작해서 그에게로 끝나는 그 무언가가 있다는 것이 확실해졌기 때문이다.

몇 년이 흐른 뒤, 신호등 앞에서 아이들과 처음 마주쳤던 사건은 산크리스토발의 주민들이 흔히 경험하는 일이라는 것을 알게 되었다. 만약 그들에게 물어보면, 똑같지는 않더라도 비슷비슷한 경험담을 털어놓을 것이다. 주변을 두리번거리며 찾거나 속으로 생각만 해도, 그 아이들이 어김없이 앞에 나타나 있어요. 진짜 인간인지 유령인지는 몰라도 꿈속에 나타나기만 하면 바로 그다음 날 꿈에 본 장소에서 기다리고 있다니까요. 하여간 그들의 존재는 어떤 식으로든 설명이 불가능했다. 그래서인지 누군가 우리에게 말을 건다든지, 아니면 그저 우리를 바라보거나 우리를 생각하고 있는 듯한 느낌만 들어도 우리는 그쪽을 바라볼 수밖에 없죠, 이런 식으로 말이다. 그 아이들이 산크리스토발시의 에너지 벡터로 기능하면서부터 우리 모두는 영문도 모른 채 아이들에게 모든 것을 기대기 시작했다.

그런데 정작 문제가 터지기 시작하자, 사전에 철저한 대비책을 세우지 못했다고 사람들은 사회복지과, 그중에서도 특히 나에게 비난의 화살을 돌렸다. 물론 지금 이 자리는 수요일 자 신문을 가지고 월요일에 관해 이야기하는 우리 나라의 악취미를 논의하기에 적절치 않다. 그렇다고 그 문제를 두고 논쟁이 벌어진 지 두어 달 만에 아동 구걸 전문가들과 상식의 사도들이 이 도시에 넘쳐났다는 말도 굳이 할 필요가 없을 듯하다. 다코타 슈퍼마켓 습격 사건 직후, 당장 경찰을 거리에 투입해야 된다고 목소리를 높이던 이들은 중용을 지키는 선사禪師로 돌변하더니, 초기에 '신속하게' 대처하지 못했다는 이유로 우리를 범죄자 취급 하면서 맹비난하기 시작했다.

다른 때 같았으면 아무리 험악한 상황이라도 당당하게 내 입장을 밝혔을 것이다. 지금 생각해보면 그 사람들의 말에도 아주 일리가 없는 것은 아니지만, 설령 그렇다 하더라도 무슨 의도로 그런 상황에서 '신속하게' 대처해야 한다고 말했던 것일까? 그 아이들을 모두 고아원에 몰아넣고 광장에 시민들을 소집한 다음, 살 집도 없이 배고픔에 시달리는 것 외에 어떤 반사회적 행동도 저지르지 않은 그 아이들에 대해 적대감을 불러일으키기라도 했어야 한다는 말일까?

일반적으로 예상했던 것보다 훨씬 더 빠르고 쉽게 일어나는 일들도 있다. 언쟁이나 사고, 열애 그리고 풍습이 그런 경우에 해당된다. 그 무렵 나는 매일 아침 딸아이를 학교에 데려다주면서 간단한 놀이를 했다. 아이와 학교까지 매일 걸어가다가 자연스럽게 떠오른 놀이였는데, 언제든지 쉽게 할 수 있어서 앞으로 영원히, 나중에 저 아이가 커서도 지금처럼 계속할 것만 같았다. 그렇다고 대단한 놀이를 했다는 건 아니다. 아이가 목을 이상하게 구부리고 내 앞에서 걸어가면, 잠시 후 내 등 뒤에서 그 아이의 발자국 소리가 들리는 것이 전부였으니까. 그래도 그 순간만큼은 놀이하는 기분이 전혀 들지도 않았을뿐더러, 타인의 시선에 신경 쓸 필요가 없다는 점이 가장 즐거웠다. 아무 말 없이 서로 앞서거니 뒤서거니 하면서—처음에는 내가 앞서가다가 조금 뒤에는 그 아이가, 그러다 다시 내가 앞질러 갔다—학교에 도착할 때까지 걸어가기만 하면 그만이었다. 먼저 한 사람이 몇 초 동안 앞서가다 보면, 점점 거리가 좁혀지다가 결국 다른 사람이 앞서가는 식이었다. 우리 둘은 이따금씩 서로 다른 역할을 나누어 맡기도 했다. 가령 나는 회사에 늦을까 봐 시계를 힐끔거리며 걸음을 재촉하는 직장인처럼, 그리고 그 아이는 휘파람을 불면서 깡충깡충 뛰노는 말괄량이처럼 굴기도 했고, 그러다 내가 경찰처럼 그 아이를 쫓기도 했다. 그렇지만 대부분의 경우, 조금 더 서둘러 걷다 보면 원래 우리의 모습으로 돌아오곤 했다.

그 아이가 잰걸음으로 나를 앞지를 때까지 기다리던 그 순간이 내게 왜 그렇게 소중하게 느껴졌는지, 돌이켜 보면 야릇한 생각마저 든다. 그 당시만 해도 그 아이에 대한 사랑은—어쩌면 사랑과 너무도 흡사한 가벼운 의심이나 질투심, 혹은 갑작스럽게 생긴 관심이었는지도 모른다—애정이 살아 있지만 그 어떤 표현이나 기대도 없는 마이아와의 관계와 정반대였던 것 같다. 나는 마이아가 내 능력으로 도저히 헤아릴 수 없을 정도로 깊은 생각을 가지고 있었다는 점이 가장 사랑스러웠다. 반면 딸아이에게서는 우리의 뜻과 달리 되풀이되던 그것, 즉 우리 둘이 함께 만들어낸 그 공간이 가장 마음에 들었다.

딸아이의 학교 친구 가족들 중에서 나만 친아버지가 아니었다. 우리가 이곳에 도착하자마자 사람들은 이를 대번에 눈치챘다. 서로 닮지도 않았던 데다, 특별한 이유도 없이 멀찌감치 떨어져 다녔고, 같이 있을 땐 좀 겸연쩍어하는 표정이 역력했으니까 그럴 만했다. 꼭 피를 나누고 유전자가 같아야만 닮는 것이 아니라는 사실을 그때는 까맣게 모르고 있었다.

친아버지와 친딸 같은 사이가 되고 싶은 마음만 있다면, 서로 닮지 않았다고 해서 큰 문제가 되지는 않는다. 이 세상에는 똑같이 생겨도 서로 으르렁대는 가족이 있는가 하면, 피 한 방울 섞이지 않아도 행복하게 사는 가족들도 많다.

마이아를 만나기 전만 해도, 나는 어린아이들을 내가 나서서 인연을 맺어야 하는 존재로만 여겼다. 나는 사람들이 아이들을 좋아한다거나 싫어한다고 뭉뚱그려 하는 말을 액면 그대로 받아들이지 않았다. 왜냐하면 예전부터 어린애들을 그다지 좋아하지 않던 나만 해도 순간적으로 동정심을 일으키는 아이와 여러 번 마주친 적이 있기 때문이다. 나는 생각에 잠긴 아이들이나 우둔한 아이들에게 마음이 끌린 반면, 자신감이 넘치거나 애교를 부리는 아이들, 그리고 말이 많은 아이들만 보면 괜히 반감이 생겼다. (지금도 나는 어린애 같은 어른들이나 애늙은이처럼 구는 아이들을 무척 싫어한다.) 그러나 아무리 오랜 세월 동안 어린아이에 대해 막연한 편견을 품고 있었다 할지라도, 어떤 아이가 우리의 삶 속으로 들어오는 순간 흔적도 없이 모두 사라지고 마는 법이다.

우리 딸아이는 논쟁의 대상이 된 그 아이들과 한 가지 공통점이 있었다. 거리의 아이들과 마찬가지로, 딸아이 또한 주변의 물건에 대한 소유권을 당연한 것으로 여기지 않았다. 사소한 문제로 보일 수도 있겠지만, 사실은 그렇지 않다. 일반적으로, 그리고 어느 정도 안정된 환경에서 자라난 아이들이라면 주변에 있는 물건을 죄다 자신의 것으로 여기는 것이 보통이다. 그런 아이들은 자기 부모의 차와 집을 곧장 자기 것으로 생각한다. 가령 어떤 아이가 부모 몰래 주방에 있던 스푼을 굳이 훔치지 않아도 그건 이미 그의 것이나 마찬가지다. 그리고 어떤 여자아이가 부모 없는 틈을 타서 옷을 꺼내 가지고 논다고 해도 결코 훔친 것이라고 여기지는 않는다. 소유라고 하는 것은 아이들의 의식 속으로 현실이 스며들어 형성된 순수한 관념일 뿐이다. 논쟁의 대상이 된 그 아이들, 거리의 신호등 사이에서 하루도 빠짐없이 보이기 시작한 그 아이들, 해가 질 무렵이면 도시에서 종적을 감추고 에레 강변에서 무리 지어 자던 그 아이들 또한 우리 딸아이와 마찬가지로—'보통' 아이들과는 다르게—어떤 물건도 당연히 자기들의 것이라고 여기지 않았다. 그 아이들은 어떤 물건에 대해서도 소유권을 인정하지 않았기 때문에 **훔치는** 것 외에 달리 방법이 없었다.

나는 일부러 그 말에 강조 표시를 했다. "오랫동안 우리가 혼자 **속으로만** 끙끙 앓았기 때문에 결국 그런 문제가 터지고만 거예요." 얼마 전 나는 시청에 근무하는 동료 여자 직원에게서 이런 말을 들었다. '강도' '도둑놈' 그리고 '살인자'. 지금까지 여기저기서 수군거리던 그 말들이 도시 전체를 뒤덮고 있었다. 이름을 부른다는 것은 운명을 정하는 것인 반면, 듣는다는 것은 순종하는 것이다.

1994년 10월 15일. 격주 정기회의 기록 제4항에 따르면, 국회의원인 이사벨 플란테가 처음으로 아동 구걸 문제를 공식화하기 위해 사회복지과 토론에 부쳤다. 회의록에는 (포퓰리즘적 정치인답게 플란테 부인이 한 말은 모두 이상하게 꼬여 있어서 금방 알아볼 수 있다) 도시 여러 곳에서 민간인들을 대상으로 이루어진 세 건의 '강도' 사건이 언급되어 있다. 첫 번째 피해자는 토에도 지구에서 주점을 운영하던 남자였는데, 아이 몇 명이 들어와 금고 안에 있던 돈을 모두 훔쳐 달아났다고 한다. 두 번째는 중년의 여성으로, '12월 16일 광장' 한복판에서 그 아이들이 핸드백을 낚아채 달아났다고 한다. 세 번째는 솔라이레 카페 종업원인데, "열두 살가량의 아이들이 우르르 몰려오더니 난동을 부리며 영업을 방해했다"고 한다. 이사벨 플란테 의원은 사건을 상세히 설명한 다음, 그 아이들에게 필요한 보호 조치를 취할 수 있도록 고아원 관련 예산을 두 배로 증액하라고 요구했다. 그러곤 우리 시에서 벌어진 불미스러운 사태의 책임을 모두 내게 돌렸다. 그날 그녀가 폈던 논리, 즉 우선 이미 통제 불능 상태가 된 상황을 상세하게 설명하고 이에 대해 실현 불가능한 해결책을 제시한 뒤, 자신의 정적에게 모든 책임을 뒤집어씌우는 것은 포퓰리즘 정치의 전형적인 방식이다. 그 문제를 일단 제쳐둔다면, 그날 플란테 부인이 발표한 담화문은 아이들의 세계가 우리 모두를 불안하게 만들기 시작했다는 사실을 단적으로 보여주었다.

32명의 아이들이 죽은 뒤 1주기 추도식에 맞춰 발표된 「감시」라는 글에서 가르시아 리베예스 교수는 한 장章 전체를 어린이의 순수성이라는 신화에 할애하고 있다. "어린이의 순수성이라는 신화는"—그녀는 이렇게 말하고 있다—"잃어버린 낙원의 신화가 세속화되면서, 보다 현세적이고 더욱 편안한 형태로 바뀐 것이다. 자그마한 그 종교의 성인들이자 사제들, 그리고 수녀들이 된 어린아이들은 어른들에게 원초적인 은총의 상태를 상징하는 역할을 맡게 된다." 하지만 시내 거리를 소리 없이 점령하기 시작한 그 아이들은 그때까지 우리가 알고 있던 두 가지 형태의 **원초적인 은총**, 즉 우리의 아이들이나 네에 인디오 아이들과 거의 닮은 점이 없어 보였다. 물론 녜에 인디오 아이들은 가난하고 더러울 뿐만 아니라 학교도 다니지 않았기 때문에, 편견에 사로잡힌 산크리스토발 사회에서는 당연히 그 아이들을 구원하기 불가능한 존재로 여기고 있었다. 그렇지만 토착민이라는 지위 덕분에 그들에 대한 부정적인 인식도 많이 누그러졌을 뿐만 아니라, 이제는 거의 눈에 띄지 않았다. 그동안 우리도 녜에 인디오 아이들이 안쓰러울 정도로 지저분하고, 바이러스성 질병으로 시름시름 앓고 있는 모습을 많이 봐왔지만, 이제는 만성이 됐는지 아무렇지도 않았다. 물론 우리는 더 이상 얼굴 붉히지 않고 그 아이들에게서 난초나 레몬 한 봉지를 사줄 수도 있었다. 언제나 밀림은 초록으로 뒤덮여 있고, 흙은 벌겋게 빛나고, 에레강에는 흙탕물이 콸콸 흐르고 있듯이 녜에 인디오 아이들은 늘 가난하고 무지했으니까 말이다.

그 밖의 다른 점에서는 여기도 다른 곳과 별반 차이가 없었다. 1990년대 중반만 하더라도, 산크리스토발은 지방의 여느 대도시와 크게 다를 바가 없었으니까 말이다. 그런데 이 지역 경제의 중추 역할을 하던 차와 레몬 재배가 호황기를 맞이하면서 대농장주는 물론 소농들도 독자적으로 농사를 짓기 시작했고, 이에 따라 중산 계급이 다소 확대되는 결과를 낳았다. 5년 만에 도시는 크게 변모했고 자영업이나 중소기업이 번창하면서 저축도 크게 늘었지만, 이와 더불어 사회 전반에 허영심과 사치 풍조도 만연했다. 수력 발전 댐을 지은 건설 회사가 강변 산책로 복원 사업에 출자하면서부터 도시의 외관이 완전히 바뀌게 되었다. 그동안 개발 제한 구역으로 묶여 있던 구도심의 역사 지구도 마침내 규제가 풀렸다. 잘난 체하기를 좋아하던 당시 시장의 말마따나, 산크리스토발 시민들은 역사상 처음으로 "강을 내다보면서" 살기 시작했다. 새롭게 단장한 도시에서 예전에는 볼 수 없던 장면이 자주 눈에 띄었다. 아기와 산책을 즐기는 젊은 엄마들, 그리고 사랑의 밀어를 나누며 걷는 연인들은 물론, 신형 스포츠카들도 나타나 거리를 질주하기 시작했다. 그런데 도시의 풍경에 아직 어울리지 않던 스포츠카들은 교통안전을 위해 새로 설치한 과속 방지턱을 지나갈 때마다 차 바닥이 긁히는 소리가 났다. 어린아이들, 그러니까 우리의 아이들은 아름답게 꾸며진 무대 장치를 더 돋보이게 만드는 장식이었을 뿐만 아니라, 이 도시가 지닌 속물근성의 사각지대나 마찬가지였다. 사람들은 너 나 할 것 없이 물질 만능주의에 물든 나머지, 그 아이들, 즉 다른 아이들이 출현하자 불편한 심기를 노골적으로 드러냈다. 본래 물질적 풍요라는 것은 마치 물에 젖은 옷과 마찬가지로 우리의 머릿속에 단단히 둘러붙기 마련이다. 그래서 예기치 못한 변화를 겪고 나서야 비로소 우리가 물질주의에 얼마나 깊이 빠져 있는지 깨닫게 된다.

한편에 수사법이 있다면, 다른 한쪽에는 여전히 사건이 남아 있었다. 그로부터 이틀 뒤, 나도 수없이 일어나던 아이들의 강도 사건을 처음으로 직접 목격했다. 그날 나는 마이아와 함께 저녁 산책을 나섰다가 언덕의 작은 공원을 지날 때 아이들과 마주치고 말았다. 모두 여섯 명이었는데, 그중 가장 나이가 많은 건 열두 살쯤 되어 보이는 여자아이였다. 그 아이 옆으로 쌍둥이처럼 닮은 남자아이 둘—대략 열 살에서 열한 살 사이였다—이 벤치에 나란히 앉아 있었다. 그리고 다른 여자아이 둘은 바닥에 주저앉아 개미를 잡고 있는 듯했다. 대부분 도시에서 보이는 인디오 아이들처럼 그 아이들 또한 한참 씻지 않은 듯 꾀죄죄한 몰골을 하고 있었다. 그들이 하는 짓거리도 천박하고 추접스러웠다. 겉으로는 태평한 듯 보였지만, 실제로는 주변을 감시하고 있었다. 나이가 많은 여자아이는 가슴께에 그림이—나무 아니면 꽃 그림이었던 걸로 기억된다—수놓아진 황토색 옷을 입고, 잠시 나를 훑어보더니 외면하듯 고개를 돌렸다.

그때 30미터쯤 떨어진 곳에 50대 여인이 나타났다. 그녀는 쇼핑백 몇 개를 손에 들고 공원을 지나가고 있었다. 온 세상이 얼어붙은 듯 잠시 정적이 흘렀다. 나와 마이아는 당장이라도 무슨 일이 터질 것만 같은 불길한 예감이 들어 마음의 준비를 단단히 하고 있었다. 그 순간, 여자아이가 자리에서 일어났다. 단정치 못한 차림과는 달리, 아직 사춘기에 이르지 않은 아이의 몸에서 고양이 같은 깔끔함과 솔직함이 묻어났다. 그 아이가 부르자 주변에 있던 아이들은 말없이 자리에서 일어나 그 여인에게 빠르게 다가갔다. 여자아이가 여인 앞에서 멈추어 서더니 무슨 말인가를 건넸다. 아이의 머리는 부인의 가슴 근처에도 닿지 않았다. 부인은 아이가 무슨 말을 하는지 잘 들으려고 몸을 숙이며 봉지 하나를 바닥에 내려놓았다. 여인이 방심한 틈을 타 주변에 있던 남자아이 하나가 그 봉지를 낚아채 냅다 달아나버렸다.

내가 보기에는 그 모든 상황이 아이들끼리 이심전심으로 이루어진 것 같지는 않았다. 무언의 공모라고 보기에는 너무 불분명하고 쉽게 이해가 가지 않는 무언가가 있었다. 특히나 그런 아슬아슬한 상황에서 아이들 하나하나가 자연스럽게 자신의 역할을 해냈다는 것은 단순히 훈련이나 연습을 통해 얻어진 것이라고 보기가 어려웠다. 어떤 여자아이 혹은 남자아이가 말을 꺼내면, 나머지가 이를 행동으로 옮기는 식이었다. 아이들이 자기 봉지를 가지고 달아났다는 것을 알아차렸을 때, 부인은 하던 말을 멈추고 그 아이들이 있는 쪽을 돌아보았다. 여자아이는 그 틈을 이용해 부인이 손에 들고 있던 나머지 봉지를 홱 낚아챘다. 하지만 부인은 예상외로 완강하게 저항했다. 봉지도 쉽게 빼앗기지 않으려고 했을 뿐만 아니

43

라, 있는 힘을 다해 여자아이를 질질 끌고 갔다. 그러자 쌍둥이 중 하나가 부인에게 덤벼들어 봉지를 낚아챘고, 다른 아이는 폴짝 뛰어오르더니 곧장 그녀의 머리끄덩이를 세게 움켜잡고 매달렸다.

부인은 외마디 비명을 질렀다. 고통스럽기도 했지만, 무엇보다 놀라서 내지르는 비명이었다. 아이들이 얼마나 세게 잡아당겼는지, 부인은 곧바로 바닥에 쓰러졌다. 그 틈을 이용해 아이들은 그녀가 가지고 있던 핸드백과 쇼핑백 두 개를 모두 빼앗아 달아났다. 우리가 가까이 다가갔을 때 부인은 굴욕스럽다기보다 여전히 놀라고 당황해서 어쩔 줄 모르는 표정이었다. 그녀는 휘둥그레진 눈으로 우리를 쳐다보며 물었다. "다 봤죠? 분명히 봤죠?"

그 무렵부터 그 아이들은 거리와 공원, 강변과 심지어는 역사 지구에 이르기까지 장소를 가리지 않고 자주 모습을 드러냈다. 아이들은 대개 셋, 넷, 아니면 다섯 명씩 무리를 지어 다녔다. 혼자 돌아다니거나 무더기로 떼를 지어 다니는 일은 결코 없었다. 거리를 돌아다니는 아이들이 일정하게 정해져 있지는 않았지만, 몇 번 마주치다 보니 두어 무리 정도는 금세 알아볼 수 있었다. 그중에서도 서로 닮은 남자아이 둘과 늘 함께 다니는 여자아이의 무리가 가장 알아보기 쉬웠다. 내가 아는 다른 무리에는 남자아이 넷과 여자아이 둘이 늘 함께 다녔다. 특히 사춘기에 접어든 여자아이들은 언제나 발목까지 오는 치마를 입고 있었다. 세 번째 무리에는 남자아이들밖에 없었는데, 언제나 길 잃은 하얀 개를 데리고 다녔다. 그 당시 녹화된 영상을 보면, 몇몇 무리의 아이들, 특히 개를 데리고 다니던 아이들은 비교적 쉽게 알아볼 수 있었다. 사진작가 혜라르도 센사나의 유명한 작품집인 『허망한 유년 시절』(이 사진집은 그 사건들에 대한 '공식적인 견해'를 만들어내는 데 기여한 문화적 성과들 중 하나다)에 수록된 사진을 보면, 몇몇 아이들이 '반복'해서 나타나는 것이 아닌가 하는 착각이 들 정도로 눈에 익은 얼굴들이었다. 하지만 그조차 확실하다고 장담하기는 어렵다. 그 아이들의 얼굴이 그다지 낯설지 않다는 느낌은 불안한 나머지 있지도 않은 기준을 정하려고 우리 의식이 임기응변으로 꾸며낸 착각에 지나지 않을지도 모른다.

하지만 시간이 지나도 그 문제에 대한 궁금증을 속 시원하게 해결해주는 이는 나타나지 않았다. 당시 나는 네에 인디오 공동체 관련 정책을 마련하느라 눈코 뜰 새 없이 바빴기 때문에 그 문제에 대해 생각할 틈이 없었다. 아무튼 그 32명의 아이들은 우리 일상생활의 일부가 되기 시작했다. 그래서 그사이 무언가가 변했다는 생각이 이따금씩 머리에 떠오르곤 했다. 예를 들어, 그 무렵 나는 밤마다 딸아이에게 『어린 왕자』—일부러 그 책을 고른 것이 아니라 집에서 우연히 발견했던 듯하다─를 읽어주기 시작했던 걸로 기억된다. 어린 시절에는 그리도 재미있게 읽었던 책이었건만, 딸아이에게 읽어주면서부터 말로 표현할 수 없는 거부감이 치밀어 올랐다. 처음에는 아이와 그의 세계, 행성과 바람에 휘날리는 목도리, 그리고 여우와 장미 등이 어우러져 만들어내는 고독한 분위기와 그 아이 특유의 허세 때문에 짜증이 난 걸로만 여겼다. 하지만 어느 날 갑자기 그 책이 양 가죽을 세 겹이나 뒤집어쓴 늑대만큼이나 해롭다는 것을 깨닫게 되었다. 어린 왕자가 어느 행성에 도착했을 때 여우를 만난다. 그런데 여우는 자기가 아직 "길들여지지" 않았기 때문에 그와 함께 놀 수 없다고 말한다. "그런데 길들인다는 게 뭐지?" 어린 왕자가 묻는다. 묻는 말에 대답하지 않고 딴전을 피우던 여우가 결국 말한다. "그건 관계를 맺는다는 거야." "관계를 맺는 거라고?" 어린 왕자는 여전히 놀란 표정으로 되묻는다. 그러자 여우는 속으로 딴마음을 품은 채 무슨 대단한 것이라도 되는 양 으스대면서 대답한다. "물론 너는 내게 그저 어린아이일 뿐이야. 다른 수십만 명의 아이들과 다를 바 없는 그냥 소년 말이야. 그러니나로서도 굳이 네가 필요한 건 아니야. 그건 너도 마찬가지고. 하지만 네가 나를 길들이면, 우리는 서로 필요한 존재가되는 셈이지." 몇 페이지를 넘기면 장미가 가득한 정원이 나타난다. 거기서 어린 왕자는 냉소적인 여우가 가르쳐준 교훈의 참뜻을 이해했음을 보여준다. "너희들은 내 장미와 전혀 닮지 않았어. 너희들은 아직 아무것도 아니라고. 아무도 너희를 길들이지 않았을뿐더러, 너희들 또한 아무도 길들이지 않았어. 너희는 내 여우와 마찬가지야. 그는 수십만 마리의 여우들과 다를 바 없는 그냥 여우에 불과해. 하지만 나는 그 여우와 친구가 되었지. 이제 그 여우는 이 세상에서 유일한 나의 친구란 말이야."

돌이켜 보면 아이들을 둘러싼 논쟁이 벌어지던 당시, 우리는 생텍쥐페리가 그런 글을 쓸 때와 마찬가지로 지나치게 순진했던 것 같다. 지금도 그런 생각이 들 때마다 온몸에 소름이 돋는다. 어린 왕자처럼 우리 또한 자식들에 대한 사랑이 지극할수록 아이들이 훌륭하게 자라날 것이고, 설령 우리의 눈을 가린다 해도 수천 명의 아이들 목소리 중에서 우리 아이를 찾아낼 수 있으리라 믿었다. 이는 그와 정반대의 사건을 통해서도 확인할 수 있었다. 우리의 길거리를 조금씩 점령해 가던 다른 아이들은 우리 아이들과 쉽게 구별하기 어려운 존재들, 다시 말해 '다른 수십만 명의 아이들과 다를 바가 없는' 아이들이었다. 그 아이들 또한 우리가 굳이 필요 없었지만, 우리로서도 굳이 필요하지 않던 아이들. 그리고 물론 우리가 길들여야 했던 아이들 말이다.

현실은 냉혹했지만, 그 아이들은 여전히 어린애들에 불과했다. 바로 그 사실이 사건의 발단이었다면, 우리가 이를 어떻게 잊을 수 있었겠는가? 어린아이들. 그러던 어느 날 갑자기 그 아이들이 강도짓을 하기 시작했다. "그렇게 착해 보이던 아이들이 웬일이람!" 물론 도저히 믿을 수 없다는 반응을 보이는 이들도 있었다. 하지만 그런 소리를 듣고 나면, 누군가는 욕설을 퍼부어댔다. "착해 보이는 놈들이 우리를 속였단 말이야. 원 참, 머리에 피도 안 마른 녀석들이 저렇게 앞뒤가 달라서야 쓰겠어." 녀석들은 어린아이들에 불과했지만, 우리의 아이들과는 전혀 달랐다.

1994년 11월 3일 오후. 후안 마누엘 소사 시장은 문제를 논의하기 위해 회의실에서 긴급회의를 소집했다. 회의에는 산크리스토발 지방 경찰청장 아마데오 로케와 청소년 가정법원 산하 소년부 담당 판사 파트리시아 갈린도 그리고 내가 참석했다. 회의실로 들어온 시장은 서류철을 테이블에 털썩 내려놓았다. 하지만 맥이 풀린 탓인지 예상보다 큰 소리가 나지는 않았다. 마이아에 따르면, 산크리스토발에서는 5분만 무게를 잡아도 우두머리 행세를 하기에 충분하다고 했다. 그건 소사 시장에게 딱 어울리는 말이었다. 그는 위험한 인물이라고 볼 만큼 똑똑하지 못했을뿐더러, 또 그냥 웃기는 사람이라고 넘어갈 만큼 순진하지도 않았다. 그는 흔히 '인간의 간교'라고 불리는 것을 가지고 있었다. 그의 기회주의적 처신과 되는대로 공약을 남발하는 그의 태도 중에서 무엇이 더 심각한 문제인지 알 수도 없을 정도로 정체가 불분명한 사람이었다.

그렇지만 경찰청장이 보고한 사실은 결코 꾸며낸 말이라고 할 수 없었다. 경찰관 두 명이 여러 날 동안 12월 16일 광장에서 진을 치면서 지나가던 행인들의 금품과 물건을 갈취하던 한 무리의 아이들에게 다가갔다. 그중 한 경찰관에 따르면, 아이들이 "전혀 알아들을 수 없는" 말로 질문에 대답했을 뿐만 아니라, 어린아이 한 명을—그들이 보기에 열 살 정도 되는 아이였다고 한다—경찰서로 데려가려고 하자 집단으로 공격했다는 것이다. 사건 직후, 그 경찰관은 아이들 중 하나가 자기 권총을 탈취하더니 "닥치는 대로 쏘아댔다"고 진술했다. 하지만 목격자들의 엇갈린 증언이 나오자, 그는 총을 빼앗기지 않으려고 발버둥이를 치던 과정에서 뜻하지 않게 오발 사고가 일어난 것이라고 진술을 번복했다. 그때 발사된 총알이 동료 경찰관인 윌프레도 아르가스의 허벅지를 관통하고 말았다. 그는 의료진이 도착한 지 몇 분 만에 결국 과다 출혈로 숨을 거두었다.

그 경찰관의 이름은 카밀로 오르티스로, 당시 스물아홉 살이었다. 그는 사건 직후 경찰서에서 이틀 더 근무하다가 과실치사 혐의로 구속 기소되었다. 고故 윌프레도 아르가스는 사망 당시 서른여덟 살로 슬하에 두 딸을 두고 있었다. 하지만 그의 근무 경력을 살펴보면 카밀로 오르티스보다 수상쩍은 점이 더 많았다. 가령 뇌물 수수 혐의로 두 번이나 내부 감찰을 받았을 뿐만 아니라, 용의자 조사 과정에서 직권을 남용하는 등의 중대한 위법 행위를 저질렀음이 밝혀지기도 했다. 살아생전에는 몰라도, 그가 죽고 나서는 천사가 되었다. 반면 카밀로 오르티스는 적법하지 않은 총기 사용으로 인해 조만간 재판에 회부될 예정이었다. 그가 일단 무혐의로 풀려나기는 어렵지 않아 보였지만, 당장 막대한 액수의 손해배상 책임과 경찰관 파면 조치마저 면하게 해줄 (결국 그렇게 되기는 했지만) 판사는 이 세상에 없었다.

우리가 그날 긴급회의에서 채택한 공식 성명 덕분에 윌프레도 아르가스의 사망은 직무 집행 과정에서 충분히 피할 수 있었던 비극적 사고로 처리되었다. 따라서 우리는 그 아이들에 대한 언급을 일절 피할 수 있었고, 공식 성명서에는 '일반 범죄자들'이라는 문구로 대신했다. 우연의 일치였지만, 유명 가수인 니나도 같은 날 오후에 세상을 떠났다. 니나의 죽음이 언론의 관심을 독차지하는 바람에 윌프레도 아르가스의 사망 사건은 신문 사회면 하단의 단신短信으로만 처리되었다.

하지만 아르가스의 부인은 그렇게 순순히 물러서지 않을 것처럼 보였다. 남편이 죽은 후 며칠 동안, 그녀는 술기운이 완연한 모습으로 두 딸의 손을 잡고 시청 정문 앞에 나타났다. 그러곤 거의 20분 동안 시장 사무실 창문을 향해 "살인마들"이라고 외쳤다.

나는 평생 동안 저렇게 슬픔과 고통을 공개적으로 표출하는 사람들과 악연을 맺어왔다. 저런 이들과 마주칠 때마다 괜히 마음이 불안해지면서 온몸의 감각이 마비되는 듯한 느낌이 들었다. 어머니가 병원에서 돌아가시던 날, 아버지는 싸늘한 시신 위로 쓰러지면서 목 놓아 울던 기억이 난다. 물론 아버지는 어머니를 끔찍이도 사랑하셨으니까 그럴 만도 했다. 나는 비탄에 빠진 아버지의 모습을 보면서 정신이 멍해져 아무 말도 할 수가 없었다. 하지만 나는 그 모든 장면이 교묘하게 꾸며낸 것이라는 느낌을 지울 수 없었다. 나는 어머니의 죽음보다 오히려 그런 생각 때문에 더 혼란스러웠다. 나는 그런 생각을 떨치기 위해 머리를 세차게 흔들었다. 그러자 병실이 조금 전보다 더 크고, 휑해 보였다. 정신을 차리고 보니, 나와 아버지는 그 넓은 공간 한가운데에 돌처럼 굳은 채 서 있었다. 그런 상황에서 내가 할 수 있던 유일한 일은 같은 말을 되풀이하는 것밖에 없었다. "훌륭한 연기였어요, 아빠. 정말 훌륭한 연기였다고요, 아빠."

광장에서 악다구니를 쓰는 여자를 보면서 그날의 생각이 떠올랐다. 잔뜩 헝클어진 머리, 사춘기에 접어든 두 딸, 그리고 술에 취한 듯 불콰한 얼굴…… 오히려 그 여인의 육체에서

육감적이고 음탕한 기운이 느껴졌다. 그래서인지 그녀에게 일말의 동정심을 느끼지 않았다고 해서 별로 놀랍지 않았다. 나는 사무실 창문 앞에 서서 그 여자를 내려다보았다. 마치 그녀와 내가 무한히 떨어져 있는 듯한 느낌이 들었다. 그 여자는 연신 소리를 질러댔지만, 아무런 의미도 없는 외침에 불과했다. 시장과 감옥에서 그 소리를 듣고 있을 카밀로 오르티스에게 번갈아 욕설을 퍼부었을 뿐이니까 말이다. 나는 다시 자리에 앉아 하던 일을 계속했다. 악을 쓰던 여인의 목소리가 어느 순간 잠잠해지면서 정적이 흘렀다. 잠시 후, 그녀가 다시 소리를 지르기 시작했다. 하지만 이번에는 조금 전과 다른 소리가 들렸다. "그 아이들이었다고! 그 아이들이 그랬단 말이야!"

이상한 느낌이 들었다. 그때까지만 해도 무덤덤하던 기분이 갑자기 사라지면서 혐오감이 가슴속에 끓어올랐다. 마치 내가 숨기고 있던 비밀을 모두 들으라는 듯 광장에서 큰 소리로 외치는 듯한 느낌이 들었다. 내가 감히 입 밖에 꺼낼 엄두도 내지 못한 비밀, 몇 주 동안 가슴속에 감추어둔 부끄러운 비밀을 말이다. 나는 자리에서 벌떡 일어났다. 나는 아마데오 로케의 사무실로 달려가, 언제까지 저 여우 같은 여자가 시청 앞에서 떠들어대도록 내버려둘 생각이냐고 물었다. 경찰청장은 놀란 표정으로 나를 멀뚱히 쳐다보았다.

저 여우 같은 여자.

그토록 격한 말들이 어떻게 그 오랜 세월 동안 우리를 기다리다 다시 머릿속으로 떠오를 수 있는지—그것도 처음 했을 때와 똑같이—그저 궁금할 따름이다. 거의 20년이 지난 지금까지도, 그 말은 나를 부끄럽게 만들겠다는 일념으로 수도원 깊은 곳에서 참을성 있게 나를 기다리고 있는 수도사들처럼 보인다. 기억의 복수.

이틀 후, 11월 6일 자《엘 임파르시알》지에 기고한 칼럼을 통해 빅토르 코반은 당시 도시에서 벌어지던 사건을 정확히 이해하고 있던 몇 안 되는 사람 중의 하나임을 증명했다.

우리의 후안 마누엘 소사 시장만큼이나 어리석은 사람은 거리의 아이들 문제를 지금 당장 해결하지 않으면 곧 엄청난 재앙이 닥치리라는 사실을 믿지 못할 것이다. 사실 윌프레도 아르가스의 죽음은 우연히 일어난 사건일 수도 있다. 하지만 그 사건은 은유의 역할을 하고 있다. 은유는 강한 효과를 발휘한다. 마치 우리와는 다른 세계에 사는 듯이 밤만 되면 감쪽같이 사라지고, 특별한 리더도 없이 몰려다니는 아이들. 그 아이들이 하는 말을 우리가 이해하지 못하는 것과 마찬가지로, 그들의 출현은 우리가 아직 풀지 못한 무슨 의도를 가지고 있는 것이 분명하다.

그 아이들에게 확실한 리더가 없다는 것은 분명했다. 몇몇 무리가 이따금씩 어떤 아이들에 의해 '통솔'되는 경우는 있었겠지만, 그들이 움직이는 모습으로 봐서는 모두가 한 아이의 머리에서 나온 모습이라고 보기 어려웠다. 아이들은 가끔 시청 뒤편에 모여들곤 했다. 그들은 거기 잔디밭에 누워 몇 시간 동안이고 노닥거리다가 다시 일어나 각자의 길을 떠났다. 그들이 즐겁게 웃고 떠드는 모습을 보면 우리의 아이들과 크게 다를 바가 없었다. 그들은 웃기기 위해 우스꽝스러운 몸짓을 하거나, 자리에서 벌떡 일어났다가 엉덩방아를 찧으며 쓰러져 폭소를 자아내기도 했다. 나도 그런 장면을 보면서 살며시 미소 짓던 기억이 난다. 그러다가도 저들이 우리가 늘 피하려고 했던—길을 가다가도 저들과 마주치기만 하면 우리는 일부러 맞은편 길로 건너가거나 광장의 반대쪽으로 멀리 돌아갔다—바로 그 아이들이라는 생각에 깜짝깜짝 놀라곤 했다. 더군다나 저 아이들은 '보통' 아이들이 상상하지도 못할 정도로 커다란 즐거움과 자유를 누리고 있는 것 같았다. 그리고 우리의 아이들이 하는 놀이, 즉 금지와 규칙으로 이루어진 놀이보다는 저들의 놀이에서 순수하고 천진난만한 어린이들의 세계가 두드러져 보였다.

오늘날의 관점에서는 심각한 근무 태만으로 보이겠지만, 산크리스토발 같은 지방 도시의 경찰들의 우선 임무는 범죄

사건이다. 그런데 그때까지만 해도, 그 아이들을 범죄자로 판단할 근거가 전혀 없었다. 경찰이 아이들을 손으로 붙잡아 끌고 가려고 했던 적이 간혹 있었지만, 그럴 때마다 그들은 순식간에 흩어져 사방으로 달아나버렸다. 그러곤 얼마 후 다시 모여들곤 했다. 예컨대 서로 다른 두 무리의 아이들이 우연히 같은 장소에 나타나서 서로 가벼운 언쟁을 벌이다가, 그중 한 무리가 어디론가 떠나는 모습은 드물지 않게 목격할 수 있었다. 만약 두 무리의 아이들이 누군가의 지시를 받고 있었다면, 두 명의 어린 우두머리들이 합의를 하는 장면이 등장해야 마땅했다. 하지만 끝내 그런 상황은 나타나지 않았다. 그들은 그저 어수선한 분위기 속에서 중구난방으로 떠들어대기 바빴다. 그곳에 무슨 이유로 왔는지조차 잠시 잊은 듯이 말이다. 그러다가 마치 아무 일도 없었다는 듯이 헤어졌는데, 그 과정에서 무리의 아이들이 서로 바뀌는 경우도 종종 있었다. 누군가는 아이들의 이런 행태를 유기체에서 세포들이 활동하는 모습과 견주기도 했다. 그 아이들은 그 하나하나가 독립된 개체이지만, 그들의 삶은 벌집의 벌처럼 공화국이라는 거대한 조직에 완전히 흡수되니까 말이다. 그렇지만 그 아이들이 실제로 단일한 하나의 신체를 구성하고 있는 것이라면, 두 뇌는 어디 있단 말인가? 그리고 그들이 벌집 같은 조직에 살고 있는 것이 사실이라면, 대체 누가 여왕벌이라는 말인가?

빅토르 코반이 칼럼에서 제기한 두 번째 주장—밤만 되면 아이들이 감쪽같이 사라지는 방식—또한 가히 충격적이었다. 그의 주장에 따르면, 우리는 32명의 아이들이 밤에 밀림으로 들어간다는 사실조차 모르고 있다고 했다. 이제 우리는 어수선하던 그 몇 달 동안, 산책로로부터 1킬로미터도 떨어지지 않은 강 주변에 그 아이들의 본거지가 있었다는 것, 그리고 그 후로 두어 차례 정도 내륙으로 이어진 길을 따라 거처를 옮겼다는 사실을 알고 있다. 하지만 그 아이들이 왜 하필 그런 곳을 골랐는지, 그 이유에 대해서는 (물론 우리로부터 스스로를 지키려고 그랬겠지만, 그런 뻔한 이유는 제외하고) 여전히 오리무중이다.

우리가 그 아이들의 말을 다 알아들었더라면, 모든 문제가 더 쉽게 풀렸을까? 그보다 우리가 이해할 수 있도록 그 아이들이 좀 더 노력했더라면 어땠을까? 글쎄, 그 문제에 대해서는 누구도 섣불리 단정하기가 어렵다. 이에 대해 산크리스토발 가톨릭 대학교의 철학 교수인 페드로 바리엔토스는 기고문에서—웃음 없이는 볼 수 없는 글이다—그 아이들이 네에인디오의 반란을 말한 것이라고 주장했다. 사실 그 당시에는 아이들이 사용한 말이 일종의 '에스페란토어'라는 등의 근거 없는 헛소문이 떠돌았다. 지금 생각하면 우스꽝스럽기 짝이 없지만, 당시만 해도 권위 있는 주장이라도 되는 양 사뭇 진

지하게 받아들여지는 분위기였다.

그 사건에서 가장 안타까운 점은 아이들의 음성 기록이 거의 남지 않았다는 사실이다. 물론 다코타 슈퍼마켓 습격 사건 당시 상황을 담은 녹음테이프에서 아이들의 목소리를 들을 수는 있다. 정확히 알아들을 수는 없지만, 마치 밀림 속에서 새들이 지저귀는 소리처럼 들렸다. 하지만 눈을 감고 들으면, 아이들이 뛰어가면서 나누던 대화가 어느 정도까지는 음악 소리를 연상케 했다. 리듬을 타듯 반복적으로 외치다가도 푸념하는 소리가 흘러나오고, 단호한 목소리가 환호성으로, 그리고 날카로운 목소리의 질문이 대답으로 이어졌다. 그리고 보통의 아이들이 찾기 어려운 비밀이라도 발견한 것처럼 그 아이들에게서는 기쁨에 넘치는 목소리가 흘러나오기도 했다. 아이들의 해맑은 웃음소리를 듣고 있으면, 그런 소리를 낼 수 있는 것만으로도 이 세상은 충분히 보상을 받은 것이라는 느낌이 든다. 하지만 아이들이 대체 무슨 말을 하는지, 한마디도 알아들을 수가 없었다.

아이들이 거리를 휘젓고 다니던 그 몇 달 동안 우리에게는 눈길 한번 주지 않았다. 아이들은 말을 할 때도 자기들끼리 수군거리거나 조용조용 귓속말을 주고받았다. 가령 아이들이 우리에게 다가와 "동전 한 닢만 주세요"라고 했을 때 무슨 말인지는 분명하게 알아들을 수 있었지만, 내면 깊은 곳에서 울려 퍼지는 소리인 듯 왠지 허황된 느낌을 주었다. 언어 전문가는 아니지만, 특별할 것도 없는 상황으로 인해 언어에 대한 주관적인 인식이 그토록 급격히 바뀔 수 있다는 사실에 지금도 놀라울 따름이다. 가끔 그 아이들이 스페인어를 완벽하게 구사할 수 있었는지도 모른다는 생각이 들 때가 있다. 그렇다면 그 아이들이 다른 나라 말을 하는 줄로 지레짐작하고 계속 못 알아듣었던 건지도 모를 일이다.

하지만 아무리 어려운 상형문자라도 그 비밀을 풀어낼 중요한 실마리가 있기 마련이다. 특히 이름과 성을 가진 로제타스톤이 말이다. 안타르티다 지구에 사는 테레사 오타뇨라는 열두 살짜리 여자아이가 없었더라면, 산크리스토발에서 일어난 사건을 객관적으로 파악하기가 불가능했을지도 모른다. 어떤 면에서 테레사는 그 당시 산크리스토발 토박이의 전형(물론 지금도 다른 이유로 여전히 그런 셈이다)이나 마찬가지였다. 그녀의 어머니는 네에 인디오 출신의 가정주부였고, 아버지는 내륙 출신이지만 워낙 유명해서 도심지로 자주 왕진을 오던 시골 의사였다. 테레사는 마이아에게서 바이올린 수업을 받을 뻔한 적도 있었다. 그 아이는 예의 바르고 명석했던 반면, 미천한 출신임에도 불구하고 냉정한 구석이 있었다. 그래서인지 열두 살에 불과했지만 그 무렵부터 이미 계급 차별적 성향을 보이기 시작했다.

당시 산크리스토발의 중산 계급은—당시 그들의 모습을 몽타주로 대충 그려보자면—인기 있던 우화와 닮아 있었다. 우유 통에 빠진 개구리 세 마리, 즉 낙관주의 개구리, 비관주의 개구리 그리고 현실주의 개구리에 관한 우화 말이다. "설마 내가 이렇게 좁은 데서 빠져 죽을 리는 있겠어?" 낙관주의 개구리는 생각하지만, 이렇듯 방심하다 결국 제일 먼저 우유에 빠져 죽고 만다. "낙관주의 개구리가 죽었어!" 비관주의 개구리가 생각한다. "그럼 나는 어떻게 하면 살아남을 수 있을까?" 두 번째 개구리는 통에서 빠져나오려고 필사적으로 허우적거리다 결국 죽고 만다. 하지만 우유에 떠 있기 위해 다리를 살살 움직이고 있던 세 번째 현실주의 개구리는 친구들이 죽을 때마다 더 필사적으로 버둥거리기 시작한다. 그러던 어느 순간, 갑자기 자기 아래로 발을 디딜 만큼 단단한 것이 있음을 느낀다. 그동안 살기 위해 열심히 다리를 버둥거린 결과, 자기도 모르게 버터 한 덩어리가 만들어진 것이다. 그의 현실주의(아니면 절망감)로 인해 그는 결국 살아날 수 있었다. 지난 수십 년간 수많은 어려움을 딛고 열심히, 그리고 끈질기게 노력한 결과, 산크리스토발의 중산 계급 상당수는 부유층으로 변모할 수 있었다. 10년 전만 해도 허름한 집의 월세조차 제때 못 내 쩔쩔매던 가정들이 비교적 위치가 좋은 땅을 사서 자기 집을 지을 정도가 되었다. 본인이 아는지 모르는지 알 수는 없지만, 테레사 오타뇨 또한 그런 계급에 속해 있었다. 그 아이는 밀림 부근이었지만 당시 부촌으로 개발될 가능성이 높던 안타르티다 지구에서 친한 친구들과 함께 사그라다 콘셉시온 학교까지 걸어 다녔다. 그리고 테레사는 등교 도중 마주치는, 엄마의 손에 이끌려 난초를 팔러 가던 네 인디오 아이들을 경멸하는 눈초리로 바라보곤 했다.

오타뇨는 스물두 살 때 자신의 어린 시절 일기를 책으로 출판했다. 32명의 아이들의 목숨을 앗아 간 비극적 사건이 일어난 지 딱 11년 후였다. 어엿한 성인이 된 그녀는 졸지에 산크리스토발의 베스트셀러 작가로 변신했다. 마키아벨리가 다시 태어난다고 해도 그녀만큼 손쉽고 효과적으로 베스트셀러를 만들어내지는 못했을 것이다. 그 사건은 지금까지도 사람들의 집단 심리 속에 생생하게 살아 있기 때문에, 그 문제를 다룬 책이라면 그 어떤 것이라도 즉시 베스트셀러는 따놓은 당상이나 마찬가지였다. 출판된 일기에는 여태껏 알려진 적이 없던 새로운 견해, 즉 우리 일상을 혼란의 소용돌이로 몰아넣은 그 아이들을 바라보던 어느 여자아이의 관점이 포함되어 있었다. 그 책이 출판되자마자 그와 유사한 책이 쏟아져 나오기 시작했다. 서문에서는 속이 뒤틀린 사람의 내장보다 더 꼬인 문장으로 그 책을 『안네의 일기』에 비견하기도 했다. 어린 시절 테레사 오타뇨가 뛰어난 재능을 가지고 있었던 것은 분명하다. 그 나이에 어울리는 순수한 치기稚氣에 범상치 않은 자기의식을 더할 줄 알았다는 것은 분명 평범한 아이들로서는 상상도 못 할 일이다. 20년 뒤, 나는 이 글을 읽으면서 생각하겠지. 어렸을 때, 나는 참 무서운 아이였구나 하고 말이다. 테레사는 먼 훗날 그 일기를 진지하게 마주 보는 자신의 모습을 상상하며 글을 시작한다.

하지만 테레사 오타뇨는 단지 부유한 집안의 영리한 딸인 것 이상으로 대단한 일을 해냈다. 32명의 아이들이 말할 때 사용했던 암호를 풀어낸 것이다. 그녀가 그들의 말에 숨겨진 일련의 인과관계를 밝혀냄으로써 모든 비밀이 풀린 셈이다. 32명의 아이들은 밤에 밀림으로 돌아가던 길에 늘 테레사의 집 옆, 그러니까 안타르티다 대로의 어느 길모퉁이에서 모였다. 실제로 그곳은 여러 갈래에서 흩어져 오던 아이들이 잠시 머무르며 모이던 장소였을 뿐이다. 테레사는 그 아이들을 처음 보고 넋을 잃은 채 무언가를 끼적거리기 시작했다. 가령 아이들을 본 날짜와 모인 아이들의 숫자, 그리고 당시에 입고 있던 옷 등을 말이다. 시간이 흐르면서 그녀는 글쓰기의 양식을 만들고, 그들 중 몇몇 아이들의 얼굴을 알아볼 수 있게 되었다. 그러던 와중에 한 남자아이가—처음에는 그 아이를 '앞머리'라고 했다가, 나중에는 '살쾡이'라는 별명으로 불렀다—사춘기 소녀의 가슴에 사랑의 불길을 당기기도 했다.

테레사 오타뇨의 일기에 따르면, '살쾡이'는 다른 아이들과 마찬가지로 쉴 새 없이, 어른들의 못된 습관을 배운 아이들처럼 미친 듯이 담배를 피웠다. 테레사의 일기에는 마치 길 잃은 외지인처럼 자기 집 입구에 남아 있던 담 위에서 담배를 피워대는 그 아이의 모습이 여러 차례 나온다. 그리고 어딘가에서 그녀는 성적 욕망의 출현에 관해 정신분석학자들을 흥미롭게 만들 수도 있는 장면을 묘사하기도 한다. '나는 발소리가 나지 않게 담 쪽으로 살금살금 다가갔다. 그때 그 아이의 바지 지퍼가 열리면서 담벼락에 오줌을 갈기는 소리가 났다. 그리고 가래침을 카악 뱉는 소리가 들렸다. 그러더니 그는 담벼락에 이마를 기댄 채 가만히 서 있었다.' 테레사 오타뇨의 일기가 큰 성공을 거둔 것이 그 책의 제1부에 이런 스타일의 글이 많이 나온 덕분이라는 점에 대해서 이의를 제기할 사람은 아무도 없을 것이다. 산크리스토발의 많은 아이들처럼 오타뇨 또한 조숙한 소녀였다. 그녀는 자신과 저 아이들의 삶의 방식 사이에 엄청난 괴리가 있음을 어렴풋하게나마 알고 있었다. 하지만 그건 단순히 가난이나 불우한 환경이 아니라 그보다 더 깊은 그 무엇, (그녀의 말을 빌리면) '내장 속 깊숙이 박혀' 그녀의 가치관을 송두리째 흔들어버린 그 무언가에 관한 문제였다. 그녀는 어린 마음에 쓴 글이었지만, 그녀가 살던 사회는 여전히 그 뜻을 헤아리지 못하고 있었다. '나는 생각을 많이 하지만, 말을 많이 하지는 않는다.' 어린아이가 우리보다 더 정확한 진단을 내린다는 것이 과연 가능한 일일까? 그 뒤에는 이런 글이 나온다. '어쩌다 거리에서 아이들과 마주치기라도 하면, 우리는 못 본 척하기 바쁘다. 하지만 그 아이들은 우리를 보면서 아무 말도 하지 않는다. 마치 독수리처럼 말이다.'

언젠가부터 친구들과 함께 집에서 사그라다 콘셉시온 학교까지 걸어가는 길은 어린 테레사에게 가슴 두근거리는 모험이 되었다. '오늘 그 아이들은 뛰면서 우리 곁을 지나쳤다. 그런데 그때 무리에 있던 한 여자아이의 팔과 머리카락이 내 몸을 간질이듯이 스치고 지나갔다.' 그 아이들은 가까이 있었지만, 테레사에게 마치 다른 세상에 살고 있는 것처럼 멀게만 느껴졌다. 그로부터 몇 주가 지난 뒤의 일기를 보면, 어떤 친구의 부모님이 혼자서 학교에 가지 말라고 엄명을 내렸다는 내용이 나온다. 혹시라도 그 아이들에게 해코지를 당할까 봐 두려웠던 것이다. 이는 다코타 슈퍼마켓 습격 사건이 일어나기 여러 달 전부터 이미 32명의 아이들에 대한 시민들의 적대감이 분명하게 드러나기 시작했음을 알려주는 징후에 불과했다.

우리를 공포로 몰아넣는 것이 우리의 마음을 유혹하는 것보다 더 큰 영향을 미치는지를 제대로 판단하기란 결코 쉬운 일이 아니다. 그건 그 두 가지의 본성이 상호 대립적이라기보다 구분하기가 거의 불가능하기 때문이다. 일기를 보면, 테레사도 그 유혹을 쉽게 떨쳐버리지 못하는 듯하다. 그로 인해 자신이 커다란 위험에 빠질 수 있다는 것을 알면서도 말이다. 그렇다고 그녀가 소극적으로 지켜보기만 했던 건 아니다. 그녀는 점심으로 싸 온 샌드위치의 반을 남긴 다음, 집으로 돌아오다가 그 아이들 앞을 지나칠 때면 일부러 못 본 척하고 도시락 뚜껑을 열었다. 그리고 마당 바깥에서 '잘 보이는' 곳에 자리를 잡고, 그러니까 거리에서 아이들이 볼 수 있는 곳을 골라 혼자 놀았다. 그러다 결국 테레사가 한 남자아이에게 마음을 빼앗기게 된 것도 따지고 보면 이상한 일이 아니다. 테레사에게 '살쾡이'는 눈에 보이지 않는 그 정신이 총집중된 존재에 지나지 않았다.

그 책에서 가장 감동적인 대목이 있다면, 그건 아마도 그녀가 암호 같은 그 언어의 비밀을 밝혀낸 12월 21일 자 일기일 것이다. 하지만 그날의 일기를 제대로 이해하려면 약간의 사전 설명이 필요하다.

그 며칠 전 '거리의 아이들'(그 당시에는 종종 32라는 숫자로 불렸다)은 시민들의 호의적인 혹은 무관심한 태도를—정말로 그런 것이 있었다면—일순간 적대감으로 바뀌게 만든 사건을 저지르고야 말았다. 크리스마스가 다가오자 우리 사회복지과에서는 자선행사를 준비하기 시작했는데, 그해만큼은 '천사같이' 맑고 순수한 분위기를 더하고 싶었다. 그래서 예전처럼 크리스마스 명절 준비에 필요한 물품을 각 가정에 나누어주는 대신, 가장 어려운 처지에 있는 가정을 골라 그 집 문 앞에 익명으로 놓아두는 방식을 택했다. 그런 뚱딴지같은 아이디어는 회의 도중 지루해지면 가끔 일어나는 해프닝에 불과했다. 그때 누군가가 나서서 점잖은 목소리로 여기는 코펜하겐이 아니라고 한 마디만 해주었다면, 없던 일로 넘어갔을 것이다. 하지만 그 자리에 있던 이들 중 아무도 나서지 않았던 데다, 모두들 상식마저 잊은 듯 잠자코 있었다. 결국 12월 20일, 자선단체에서 기부받은 돈과 그해 예산에서 남은 돈을 합쳐 구입한 3톤 이상의 기본 물품을 빈곤 가정과 무료 급식소 그리고 각종 수용시설 문 앞에 놓아두었다. 아무튼 그 날까지 비밀이 일절 새어 나가지 않은 점에 대해 우리는 뿌듯한 자부심을 느꼈다.

하지만 날이 밝자, 아무도 예상치 못한 일이 터졌다. 새벽 6시, 도시가 단잠에서 깨어났을 때 우리가 그토록 오랫동안 힘들게 준비한 선물들이 죄다 풀어 헤쳐진 채 엉망이 되어 있었다. 32명의 아이들이 상자에서 쌀과 밀가루를 꺼내 사방에 뿌려놓고, 올리브유 깡통과 우유병을 죄다 박살을 내놓은 것도 모자라, 통조림도 모두 따놓은 탓에 안에 벌레들이 우글거리고 있었다. 나도 출근하려고 집을 나서다 그 참상을 목격하고 말았다. 그 장면을 보는 순간, 목구멍까지 분노가 치밀어 올랐지만 간신히 참았다. 우리 집 문 앞에 과자 상자와 사탕 봉지가 아무렇게 나뒹굴고 있었다. 자세히 보면 물어뜯은 흔적이 남아 있는 것도 있었다. 그건 들짐승의 이빨 자국이 아니라 어린아이들이 작은 손으로 만지고 베어 문 자국이 틀림없었다. 게다가 아이들은 바닥에 밀가루로 웃는 얼굴을 그려놓고, 쌀 포장을 뜯어 사방에 뿌려놓았다. 녀석들은 그런 망나니짓을 저질러놓고도 굳이 숨기려 하지 않았다. 아이들의 노는 재미로 인해 모든 것이 산산조각 나버렸다. 그 장면은 그야말로 난장판이나 다름이 없었다. 하다못해 아이들이 그 음식이라도 배불리 먹었거나, 아니면 나중에 먹으려고 훔치기라도 했더라면, 그 많은 물건을 일일이 집 앞에 갖다놓은 우리의 자선 정신도 소기의 목적을 달성했을 것이다. 하지만 그런 식으로 무작정 못 쓰게 만들어버리다니, 아무리 아이들이라고 해도 너무한다 싶었다.

운명의 그날 밤, 테레사는 아이들이 야간 은신처로 가기 위해 모두 모일 때까지 기다리는 동안 새벽에 벌어진 사건에 대해 이야기하는 것을 자기 방에서 엿듣고 있었다. 테레사 오타뇨의 일기에 따르면, 그때 집 앞에서 이야기를 나누던 아이는 모두 여섯 명이었다고 한다. 남자아이 넷과 여자아이 둘이었는데, 그중에는 '살쾡이'도 끼어 있었다. 저들이 약간 흥분한 탓인지, 평소보다 더 큰 목소리로 이야기하는 바람에 테레사도 똑똑히 알아들을 수 있었다. 처음에는 어려운 수학 문제를 풀 때처럼 그냥 직감으로 알아차렸지만, 시간이 흐를수록 그런 느낌마저 사라졌다. '저들이 무슨 말을 하는지 어렴풋이 알아들으면서도 이해가 가지 않는다.' 테레사 오타뇨는 일기에 그렇게 썼다. 그리고 이어 말한다. '저 아이들이 정말 언어카로 말하는 걸까?'

전 세계 수십만의 어린아이들과 마찬가지로, 테레사 오타뇨도 어른들에게 들키지 않고 친구들끼리만 대화할 수 있도록 비밀 언어를 만들었다. 원리는 매우 간단했다. 남들에게 숨기고 싶은 단어의 중간이나 마지막 음절에 임의적으로 '카'라는 말만 반복해서 집어넣기만 하면 됐으니까. 가령 '언어'라는 말도 그런 식으로 바꾸면 '언어카' 혹은 '언카어'가 된다. 그리고 '연필'은 '연필카'나 '연카필'로 변한다. 그런 방법을 이용해서 테레사 오타뇨와 친구들은 수업 시간에 쪽지를 주고받았다. 그럴 때마다 마치 암호라도 주고받는 것처럼 스릴이 느껴졌다. 32명의 아이들도 그와 비슷한—실제로는 훨씬 더 정밀하지만—체계의 언어를 발전시켰다. 테레사 오타뇨는 마침내 몇몇 단어를, 심지어는 간단한 문장까지 '이해'하게 되었다. 그래서 그녀는 아이들이 그날 새벽 우리의 '천

68

사같이' 순수한 자선 프로젝트를 완전히 망쳐버린 그 사건에 대해 이야기하고 있다는 것을 알아차렸다. 그중 한 아이가 왜 먹을 것을 좀 챙겨 오지 않았냐면서 어린 꼬마 아이를 혼내자, 꼬마들은 서로를 탓하기 시작했다. 그러다 결국 한 아이가 울음을 터뜨렸다. 그때 '살쾡이'가 울던 아이에게 당장 그치라고 소리를 질렀지만, 아이는 대들 듯이 말했다. "싫어. 나한테 이래라저래라 하지 마. 아무도 대장 노릇 하려 들지 말란 말이야." 그 아이는 계속 울먹이는 목소리로 푸념을 늘어놓았다. 그러다 마침내 (테레사 오타뇨의 증언에 따르면) 놀라운 말이 이어졌다. 그럼 너는 우리가 언제나 진실만 말해주기를 원하는 거니?

테레사 오타뇨가 우리말로 '옮긴', 알 듯 모를 듯한 아이들의 첫 대화를 읽을 때마다, 개들이 짖는 소리나 돌고래가 내는 날카로운 소리가 곧장 인간의 언어로 표현되기라도 한 것처럼 묘한 감동이 밀려온다. 그 당시에 약간의 창의력과 양식만 더 갖추고 있었다면, 그 아이들이 서로 무슨 이야기를 했는지 충분히 알아들을 수 있었으리라 생각할 수도 있다. 하지만 지금 생각하면 그것은 엘도라도나 피라미드의 비밀을 발견하는 일보다 훨씬 더 어려울 듯하다. 테레사 오타뇨도 아이들의 대화를 완전히 이해한 것은 아니기 때문에, 잘 알아듣지 못한 대목은 어림짐작으로 적당한 단어나 어구로 메워놓았음이 틀림없다. 그럼에도 그녀가 옮겨놓은 글에는 확실히 어색한 구석이 군데군데 눈에 띈다.

그로부터 오랜 시간이 지난 뒤, 사회언어학 교수인 마르가리타 카데나스는 수년에 걸쳐 복원된 몇 시간 분량의 녹음테이프를 분석한 결과, 『새로운 언어』라는 흥미로운 저서를 발표했다. 아쉽게도 학계 밖에서는 전혀 주목받지 못했지만, 카데나스 교수가 제기한 견해는 그 누구도 생각하지 못할 만큼 참신하다. 과학적이라기보다 공상적인 요소가 다분했지만, 그런 이유로 그의 견해는 지금도 여전히 학문적인 정당성을 인정받고 있다. 그녀에 따르면, 32명의 아이들에게 새로운 언어가 '필요'했던 것은 자기들끼리만 통하는 일종의 암호가 절실해서라기보다―그 아이들은 어린 테레사 오타뇨와 친구들이 수업 시간에 그랬던 것처럼 남들이 알아들을 수 없는 언어를 만들어내려고 하지는 않았다―억누를 수 없는 창조적 충동과 상상력 때문이었을 가능성이 높다고 했다. 카데나스 교수는 새로운 세계와 삶에 적합한 새로운 언어가 그 아이들에게 필요했을 것으로 추정했다. 다시 말해, 아직 이름조차 없는 것에 이름을 붙이기 위해서는 새로운 말이 필요했던 셈이다. 카데나스 교수는 소쉬르가 주장한 이른바 언어 기호의 자의성 이론, 즉 기표와 기의 사이에 그 어떤 필연적인 관계도 존재하지 않는다는 것, 따라서 '탁자'라는 사물이 '나무'나 '광장' 대신 반드시 '탁자'라고 불려야 할 어떤 논리적 이유도 없다는 주장에 반대 입장을 분명히 했다. 그녀에 따르면, '그 아이들이 스페인어를 바탕으로 한 암호 놀이를 하던 과정에서 자연스럽게 만들어내기 시작한' 언어는 소쉬르의 이론과 정반대의 원리로 이루어져 있다. '아이들의 언어는 기표와 기의가 자의적인 방식이 아니라, 필연적이고 본질적인 관계에 따라 결합되는 자리를 찾으려고 한다. 즉, 그 언어는 이름이 해당 사물의 본성으로부터 자연스럽게 비롯되는 마법의 언어라고 할 수 있다.'

어린 새가 둥지를 떠나 세상 속으로 첫발을 내딛기 위해 자칫 떨어져 죽을 수도 있는 곳에서 뛰어오를 때 비행의 기술에 대해 철학적인 사색을 하지는 않는다. 지체 없이 높이 날아오르려고 할 뿐이다. 새의 동작은 수천 년에 걸쳐 형성된 유전자의 요구에 대한 본능적 반응이다. 따라서 첫 날갯짓을 하기 전에 새는 이미 뇌에 각인되어 있는 방식에 따라 움직이는 것이다. 이와 마찬가지로 32명의 아이들이 새로운 언어를 처음 사용하기 전에 언어 관련 회의를 열었을 리는 만무하다. 카데나스 교수의 주장은 그런 면에서 논리적 근거가 타당하다. 그에 따르면, 그 언어의 기원은 놀이 그 자체였다. 32명의 아이들에게 있어서 새로운 언어는 상호간의 소통을 위해서라기보다 놀이의 필요성에서 비롯된 것으로 보아야 한다. 아이들은 스페인어를 사용했지만, 이를 기초로 차츰 다양한 언어적 요소를 융합시킨 셈이다. 아이들은 다양한 동사 시제를 없애고, 이를 직설법 현재로 단순화시켰다. 대신 문장 끝에 포괄적인 표시를 남겨둠으로써 시간 관련 정보를 표현했다. 카데나스 교수에 따르면, '나는 너의 집에 갔다'는 '나는 너의 집에 간다 어제'라는 문장으로 만들어진다. 그리고 구조적 관점에서 볼 때, 32명의 언어는 여러 요소를 융합시키고, 이를 단순화하고 통합시키는 경향이 있었다. 그런데 어휘적 측면에서 보면 이와 정반대로 창의성과 무질서, 증식으로 나아가는 경향이 있었다.

카데나스 교수에 따르면, 32명의 아이들은 새로운 말을 만들어내기 위해—어린 시절 테레사 오타뇨처럼—무작위적인 방식으로 음절을 반복하는가 하면, 음절의 순서를 뒤집는 경우도 있었다고 한다. 가령 '시간'은 '간시'로, '아무렴'은 '렴아무'로 만드는 식이다. 하지만 대부분의 경우, 아이들은 세상에 없는 말을 만들어내서 자기들끼리 사용했다. 그러다 보니 하나의 대상에 대해 두어 개의 단어가 동시에 사용되는 결과를 낳기도 했다. 테레사 오타뇨의 일기와 카데나스 교수의 끈질긴 연구 덕분에 마지막 경우—즉 자기들 스스로 '만들어낸' 말—에 해당하는 몇 단어의 뜻이 밝혀지게 되었다. 가령 블로다는 '어두운'(혹은 '밤'), 트람은 '공동체'(혹은 '가족'이나 '집단')이고, 하르는 '광'이나 '만남의 장소', 멜은 '하늘', 갈로는 '투쟁'이나 '대립'을 의미하는 말이다. 32명의 언어가 아직 초기 단계에 머물러 있었을 뿐만 아니라, 그 언어의 운명이 어떻게 될지에 대해서는 아이들 자신조차 모르고 있었던 것이 분명하다. 우리가 아는 한 6개월 동안 거의 붙어 다닌 적도 없는 아이들이 새로운 언어를 어떻게 그리도 빠르고 효과적으로 배웠는지 여전히 미스터리로 남아 있다. 그 문제를 해결하려면 연구서 한 권은 족히 필요할 것이다. 하지만 아무리 생각해도 내가 그 일을 맡기에는 역부족인 듯싶다.

어린 테레사 오타뇨가 창가에서 꼼짝도 않은 채 아이들이 하는 말에 귀를 쫑긋 세우고 있는 장면을 상상하기는 어렵지 않다. 그녀의 일기에는 '어린 미개인들'에게 매료된 사춘기 소녀의 모습보다 더 주목할 만한 점이 있다. 이해할 수 없는 것에 대해 그녀가 당연히 느낄 수밖에 없던 경멸이 바로 그것이다. 어쩌면 가장 이해하기 어려운 부분은 테레사가 그 당시 산크리스토발에서 일기 시작한 집단적인 감정을 대변하고 있었다는 점일지도 모른다. 겉으로 드러내지 않았을 뿐이지 사실 우리 모두는 거리에서 아이들을 여러 차례 목격했고, 또 그 아이들이 무슨 말을 하는지, 그리고 밤마다 어디로 숨어드는지 저마다 많은 생각을 했다. 그리고 속으로는 아이들을 무척 두려워했지만 그 사실을 인정할 용기가 없었던 것도 사실이다. 이렇듯 우리가 우왕좌왕하는 사이에 그 아이들은 이미 세상 모든 것의 이름을 하나하나 바꾸고 있었다.

예전에 히틀러에 관한 흥미로운 글을 읽은 적이 있다. 그 글에 따르면, 제1차 세계대전 직후 히틀러가 발견한 사실은 많은 이들이 생각하듯 독일 민족의 가슴속에 켜켜이 쌓인 분노와 증오심을 이용해서 그들을 집단 광기의 소용돌이 속으로 몰아넣을 수 있으리라는 것이 아니다. 그가 깨달은 것은 그보다 더 사소하고 진부한 문제, 즉 사람들에게는 개인 생활이라는 것이 아예 없는 데다, 특히 남자들의 경우 연인도 없을뿐더러 집에서 조용히 책을 읽지도 않기 때문에 기회만 있으면 언제든지 각종 의식儀式이나 집회, 행렬에 참여하려고 한다는 것이다. 마이아가 세상을 떠난 후, 나는 결혼의 진정한 목적이 이야기를 나눌 상대를 찾는 데 있다는 결론에 이르렀다. 결혼이 여타 인간관계와 다른 점이 있다면, 그리고 그녀가 내 곁을 떠난 뒤 가장 그리운 것이 있다면 바로 그런 면인 듯하다. 이웃집 여자가 기분이 좋지 않더라는 것부터 친구 딸이 얼마나 못생겼는지 모르겠다는 것에 이르기까지, 우리는 사소한 말 한 마디, 또 쓸모없고 아무런 의미도 없는 잡담을 통해 사람들과 친분을 쌓는다. 우리의 아내, 우리의 아버지, 우리의 친구가 세상을 떠나면 슬피 우는 것은 바로 그 때문이다.

마이아가 세상을 떠나고 몇 달 지나지 않아 나는 문득 궁금해졌다. 아내는 어떤 일에서 은밀한 즐거움을 얻었을까? 그녀가 느낀 소박한 만족과 작은 보상은 무엇이었을까? 하지만 그런 비밀 또한 마이아와 함께 이 세상에서 영원히 사라졌다는 생각이 들자 가슴이 저려오면서, 그녀의 존재가 마치 눈에 보이지 않는 입자로 변한 것 같은 느낌마저 들었다. 하지만 아무리 어려워 보이는 일도 결국 실마리가 풀리기 마련이다. 그 순간 갑자기 러시아나 프랑스의 학교에서 매 순간 연주자의 의도, 즉 정확하게 연주할 것인지 아니면 풍부한 감성을 표현할 것인지에 따라 어떻게 악기를 다루는지를 학생들에게 설명할 때 마이아가 취하던 손과 몸의 동작이 떠올랐다. 정확성은 팔에서, 그리고 풍부한 감성은 손, 아니 손마디나 손가락에서 나온다고 그녀는 강조했다. 그러자 그녀의 손가락이 눈앞에 떠올랐다. 그리고 1994년 크리스마스 날, 우리 집

76

에서 열린 연주회와 여자아이들의 모습이 아련히 떠올랐다.

마이아는 나를 만나기 오래전부터 해오던 일이 하나 있었다. 매년 크리스마스가 다가오면 그녀는 자기가 가르치던 학생들과 함께 작은 연주회를 열었다. 각자 자신 있는 곡을 준비해 가족들이 보는 앞에서 연주하는 식이었다. 그리고 마지막 순서로 그녀 또한 현악 삼중주로 함께 연주했다. 아내가 연주할 때 표정은 언제 봐도 감동적이었다. 마치 허공으로 떨어져 내리는 듯한, 하지만 모든 정신을 집중해야 할 만큼 느린 속도로 떨어져 내리는 듯한 느낌에 사로잡히곤 했다. 그녀는 다른 이들보다 약간 앞에 나와 가늘고 쭉 뻗은 다리로 꼿꼿이 선 채, 마치 베개 위에 살포시 누운 것처럼 머리를 바이올린에 대고 연주를 했다. 얼굴이 악기에 눌린 나머지 입술이 평소보다 더 두툼해 보였고, 연주하는 동안 내내 눈을 감고 있다가 악보를 볼 때만 잠깐씩 눈을 떴다. 그런 탓인지 내면의 어두운 심연에서 음악이 울려 퍼지는 느낌을 주었다.

그날 연주회는 우리 집 마당에서 열렸다. 늘 크리스마스에 반대하던 마이아답게 그날도 타르티니*의 〈악마의 트릴〉을 연주했다. 〈악마의 트릴〉은 그녀가 평소에 가장 좋아하던 곡

---

* 주세페 타르티니(Giuseppe Tartini, 1692~1770)는 이탈리아의 바이올린 연주자이자 작곡가로, 이탈리아 후기 바로크 음악의 대가로 유명하다.

으로, 언제나 멋들어지게 연주했다. 학생들은 자기 차례가 되면 앞으로 나와 준비한 곡을 연주하고 들어갔다. 마침내 마이아의 차례가 되었을 때, 이상한 낌새가 느껴졌다. 마당과 거리 사이에 심어놓은 나무 사이로 어린아이 세 명의 얼굴이 보였다. 열 살에서 열두 살 사이의 남자아이 둘과 여자아이 하나였다. 아이들은 나무 울타리 밑으로 기어 들어와 머리가 풀로 뒤덮인 채 나뭇가지 아래에 몸을 숨기고 있었다. 한마디로 세 마리의 들짐승을 연상시키는 몰골이었다. 그런데 자세히 보면 모두 이목구비가 또렷하고 귀여운 상이어서 그 모습이 지금도 눈에 선하다. 남자아이들 중 하나는 입이 유난히 크고 표정이 풍부했고, 다른 아이는 눈꺼풀이 아래로 축 처져 있었다. 반면 여자아이는 셋 중에서 가장 키가 컸지만 각진 얼굴에 뾰족귀 때문인지 유독 의심이 많아 보였다.

앞서 이야기했던 크리스마스 자선 상자 사건은 그 직전에 벌어진 일이었다. 그런 이유로 그 무렵 언론은 연일 나를 공격하고 있었다. 급기야《엘 나시오날》지의 만평에서는 나를 하멜른의 피리 부는 사나이로 희화화시키기도 했다. 누더기를 걸친 아이들이 구름 떼처럼 내 뒤를 따르는 모습으로 말이다. 당시 나는 너무 예민해진 상태였기 때문에 나무 울타리 아래로 세 아이의 꼬질꼬질한 얼굴이 나타나자 이를 개인적인 모욕으로 여기고 말았다. 그래서 나는 마이아가 방해받

78

지 않고 연주를 시작할 수 있도록 조용히 아이들을—최소한 한 놈이라도—잡기로 마음먹었다. 여자아이의 목덜미를 잡고—폭력은 사용하지 않되 꽉 움켜잡고—산크리스토발 청소년 보호 관찰소로 끌고 가는 모습이 사진에 찍히면 어떨까? 그렇게 해서라도 명절 연휴 전에 그 문제가 어느 정도 해결된다면 나로서는 나쁠 것이 없었다.

마이아는 본격적으로 연주를 시작하기에 앞서 타르티니의 소나타에 관해 간략하게 설명했다. 나는 그녀가 학생들에게 들려준 그 이야기를 수십 번도 더 들었다. 그녀는 랄랑드*가 타르티니에게 전해 듣고 『어느 프랑스인의 이탈리아 여행』에 적은 내용을 들려주었다. 1713년 타르티니는 어느 여관에서 하룻밤을 보내게 되었는데, 꿈속에서 악마가 앞에 나타났다고 한다. 혼란스러운 대화를 주고받은 끝에 타르티니는 악마에게 자기 영혼을 파는 대신, 유명한 작곡가로 만들어달라고 했다. 자신의 마음이 진심임을 증명하기 위해 그는 아끼던 바

---

* 조제프 제롬 르프랑수아 드 랄랑드(Joseph Jérôme Lefrançois de Lalande, 1732~1807)는 프랑스의 천문학자이다. 그는 『어느 프랑스인의 이탈리아 여행Voyage d'un françois en Italie』(1769)에서 타르티니의 바이올린 소나타와 꿈에 얽힌 이야기를 언급한다. 그 책에는 다음과 같이 나와 있다. "어느 날 밤 타르티니는 꿈속에서 악마에게 평생 꿈꿔온 최고의 음악을 들려달라고 청했다. 악마는 그의 청을 들어주었다. 꿈에서 깨어난 그는 방금 들은 연주를 악보에 옮겨 적으려 했지만, 악마가 들려준 감동적인 음악의 수준에는 도저히 다다를 수 없음을 깨달았다. 당장이라도 바이올린을 부수고, 음악을 포기하고 싶은 마음뿐이었다."

이올린을 악마에게 넘겨주면서, 곡을 하나 지어달라고 청했다. 악마는 즉석에서 바로크 소나타를 연주했는데, 타르티니가 생전에 한 번도 들어본 적이 없을 만큼 완벽한 곡이었다. 그는 그 음악의 아름다움에 흠뻑 취해 몸부림치다가 잠에서 깼다. 일어나자마자—자기가 정말로 영혼을 악마에게 팔았는지, 아니면 한갓 꿈에 지나지 않았는지 알지도 못한 채—책상 앞에 앉은 타르티니는 촛불의 불빛에 의존해 기억에 남아 있는 멜로디를 옮겨 적기 시작했다. 그리고 환상적이기 이를 데 없는 그 곡에 〈악마의 트릴〉이라는 제목을 붙였다.

마치 연극배우가 연기하듯이 잠시 말을 멈춘 마이아는 다시 나직한 목소리로 입을 열었다.

"결국 잠자던 남자가 작곡한 소나타인 셈이죠."

그때 나는 나무 아래 숨어 있던 아이들이 얼굴을 찌푸리는 것을 보았다. 아이들의 얼굴에는 여전히 거부감이 드러나고 있었지만, 마음의 문이 조금 열린 듯한 느낌을 받았다. 어쩌면 그건 마이아가 뻔한 이야기를 악마와 꿈이 등장하는 가공의 멜로드라마로 꾸민 덕분이었는지 모른다. 아이들은 손으로 턱을 괸 채 마이아를 빤히 쳐다보고 있었다. 나는 그녀가 방해받지 않도록 조용히 의자에서 일어나 그들에게 살금살금 다가갔다. 이윽고 마이아의 연주가 시작되자, 나는 아무 일도 없다는 듯이 태연하게 나무 울타리에 기대고 섰다. 곁눈

질로 힐끔거리자 여자아이의 손이 보였다. 두더지의 코처럼 생긴 아이의 손이 나무 사이로 삐져나와 있었다. 나는 알레그로가 시작될 때 아이의 손을 힘껏 낚아채기로 했다.

　모든 것이 눈 깜짝할 사이에 이루어졌다. 하지만 내가 여자아이의 손을 덥석 잡고 나자, 아차 하는 생각이 들었다. 그 아이의 손이 유난히 작고 너무 따뜻했기 때문이다. 차돌처럼 단단한 느낌이 들기는 했지만 우리가 흔히 아는 어린아이의 손에 불과했다. 그 순간, 매일 산책 나갈 때마다 수없이 잡았던 딸아이의 손이 머릿속에 떠올랐다. 하지만 나는 그 손을 홱 낚아채고는 가볍게 밖으로 끌어냈다. 나는 그 아이의 얼굴 외에도 너무 놀라 떡 벌어진 입을 보았다. 입이 작은 구덩이처럼 보였다. 아이는 끌려가지 않으려고 악을 쓰고 소리를 지르더니 닥치는 대로 발길질까지 하기 시작했다. 얼마나 용을 쓰던지, 인간이 아니라 거대한 짐승을 잡고 있는 듯한 착각마저 들었다. 그런데 정작 어디를 잡고 끌고 가야 할지 제대로 판단이 서지 않았다. 부드러워 보이는 곳을 잡으면 단단했고, 관절 부위가 아닌 곳이 갑자기 구부러지기도 했다. 아이는 귀청이 찢어질 만큼 악을 쓰며 소리를 질렀다. 내가 손으로 입을 막으려던 찰나, 나머지 두 아이가 나에게 덤벼들더니 내 얼굴을 마구 할퀴기 시작했다.

　공포와 사고력 사이에는 묘한 관계가 있다. 우선 사고력은 공포심을 억제하는 데 꼭 필요하지만, 이와 동시에 공포심을 일으키는 데에도 꼭 필요하니까 말이다. 하지만 나는 그 아이를 놓아주지 않았다. 아이의 손을 있는 힘껏 잡은 상태에서 다른 손으로 내 얼굴을 가렸다. 아이들이 할퀴는 것이라기보다 오히려 가는 나뭇가지로 내 얼굴을 사정없이 때리는 듯한 느낌이 들었다. 그 순간 나는 방향감각을 잃고 바닥에 쓰러지면서 결국 아이의 손을 놓치고 말았다. 잠시 후, 모든 것이 끝장났다. 마이아가 놀란 표정으로 내게 다가왔다.

"괜찮아? 내가 보이냐고?" 그녀가 물었다.

"응. 근데 왜 그러는 거야?" 나는 손으로 눈꺼풀을 만지며 대답했다. 그런데 손가락에 피가 잔뜩 묻어 있었다.

실제로 별로 큰 상처는 아니었지만 피가 많이 난 탓인지 많이 다친 것처럼 보였다. 얼굴을 씻고 나서 보니, 몇 군데 할퀸 자국만 남아 있었다. 그런데 그 아이들이 아예 내 눈을 뽑아버리려고 했을지도 모른다는 생각이 뇌리를 떠나지 않더니 결국 꿈속에 나타나기까지 했다. 타르티니와 마찬가지로, 꿈속에서 누군가가 나를 찾아왔다. 여자아이 셋이서 운명의 세 여신처럼 내게 다가오더니 고사리 같은 손으로 내 눈알을 뽑아버렸다. 신기하게 전혀 아프지도 않았을뿐더러 그 어떤 반응도 하지 않았다. 하지만 꿈이 계속 이어지더니, 갑자기 앞이 안 보이고, 아이들의 목소리만 들렸다. 여자아이들은 내 주변에서 노래를 부르며 놀고 있었다. 나를 둘러싸고 있는 암흑이 두렵기는커녕 다정하게만 느껴졌다. 그리고 이상하리만큼 마음이 평온해졌다. 마치 여자아이들에게 있는—아니면 내 안에 있는—그 무엇이 나를 들볶던 문제를 당장 해결해야 된다는 강박관념으로부터 잠시 벗어날 수 있게 해준 것처럼 말이다. 어떤 이유로든 이제 앞을 볼 필요가 없다는 사실만으로도 그렇게 기쁠 수가 없었다. 그래서 나는 따뜻하고 부드러운 담요 같은 꿈속으로 점점 더 깊게 빠져들어 갔다. 그런데 그때 그 여자아이들이 천천히 다가오더니, 내 머리를 쓰다듬기 시작했다. 잠깐 동안이었지만 어린아이들의 보드라운 손길이 느껴졌다.

"이제 앞을 봐요." 아이들이 말했다.

그 순간 나는 눈을 번쩍 떴다.

다코타 슈퍼마켓 습격 사건이 명절 연휴 후에 일어났다는 것도 전혀 우연한 일은 아니다. 산크리스토발에서는 크리스마스나 설날 때에도 불행하고 비참한 사람들이 행복한 이들과 전혀 다른 세상에 산다고 여기지 않는다. 이곳에서는 눈 덮인 오두막이나 송로버섯을 넣은 칠면조 요리도, 산타클로스도 없다. 12월만 되면 언제나 숨이 턱턱 막힐 정도의 무더위가 찾아오니까 말이다. 이곳의 우기는 홍수가 나다가 불볕더위가 오고 그러다 다시 홍수가 지는 식의 악순환이 되풀이된다. 양철 지붕은 손을 델 만큼 뜨거워지고 집 안은 사우나로 변해버린다. 그리고 관공서와 공공기관의 업무조차 마비될 정도로 온도와 습도가 높아져 사람들은 매일 밤잠을 설치기 마련이다. 12월만 되면, 진정한 문명 세계가 아득히 멀게만 느껴진다. 오직 에레강만이 도덕적 교훈을 미루는 우화처럼 무심하게 흘러갈 뿐이다.

다코타 슈퍼마켓 습격 사건은 바로 그때, 그러니까 명절 연휴 직후인 1995년 1월 7일에 일어났다. 언론사마다 내용이 서로 다르긴 했지만, 8일 자 보도를 개괄적으로 정리하면 사건의 얼개는 다음과 같다. 오전 이른 시간에 네 명의 아이들이 슈퍼마켓에 나타났는데, 이때까지만 해도 특별히 이상한 점은 없었다. 그 아이들은 매장을 들락날락하다가 먹을 것을 달라고 한 뒤 떠났다고 한다. 언론 보도에 따르면, 1월 7일 그 시간까지는 아직 아무런 사건도 일어나지 않았다. 그런데 정오 무렵, 아이들이 다시 슈퍼마켓에 왔다. 다코타 슈퍼마켓 지배인의 증언에 따르면, 평소 아이들이 정오 넘어서 다시 오는 경우는 한 번도 없었다. 그날도 아이들은 다시 먹을 것을 달라고 하기 위해 돌아온 것은 아니다. 아이들은 슈퍼마켓 앞에 있는 주차장에 앉아 자기들끼리 놀기 시작했다. 그 장면을 목격한 이들 중 일부는 그 아이들이 전보다 좀 더 나이가 든 아이들, 그러니까 열두 살에서 열세 살쯤 되어 보였다고 증언했다. 또 다른 이들은 아이들이 주차장에서 논 것이 아니라 말다툼을 벌이고 있었다고 전했다. 목격자들의 증언에는 이처럼 서로 엇갈리는 부분도 많았지만, 그래도 한 가지 일치하는 점이 있었다. 아이들 사이에는 모든 것을 지시하고 결정하는 우두머리가 없었다는 점이다. 이는 아이들에 관해 우리가 가지고 있는 모든 녹음 기록과 사진 그리고 문서에서도 분명하게 확인할 수 있는 사실이다.

오후 1시, 세 명의 아이들이 매장 안으로 들어와 음료수를 훔치려고 하자 경비원이 현장에서 이들을 붙잡았다. 감시카메라에는 당시 상황이 고스란히 녹화되어 있었다. 경비원이 아이들을 무자비하게 제압하는 모습과 슈퍼마켓 안에 있던 이들이 현장을 가만히 서서 지켜보기만 하던—물론 즐기고 있지는 않았다 할지라도—장면은 언제 떠올려도 등골이 오싹해진다. 경비원이 어린아이의 뺨을 계속 때리는데도 이를 제지하려는 사람은 아무도 없었다. 나서기는커녕, 작은 소리로나마 경비원의 행동을 비난하는 이도 없었다. 청소년 국제재판소에 가면 감시카메라에 찍힌 영상 하나만으로도 그 경비원은 신속한 재판을 거쳐 당장 구속될 가능성이 높다. 하지만 1995년 1월 7일, 백주 대낮에 열다섯 명 이상의 '고상한' 손님들이 지켜보는 가운데, 경비원이 어린아이를 상대로 무자비한 폭력을 행사했지만 다코타 슈퍼마켓에서는 그 어떤 반응도 나타나지 않았다. 기자들과 만난 자리에서 다코타 슈퍼마켓의 지배인은 앞으로 영원히 잊지 못할 말로 변명을 했다. "여러분의 눈에는 우리의 대응 조치가 다소 지나친 것으로 비칠 수도 있을 거예요. 하지만 그때 아이들은 감정이 매우 격앙된 상태였습니다. 더구나 그 아이들은 하루도 거르지 않고 우리 매장에 왔었습니다."

변호사가 그 말을 들었더라면 '분량 최소화의 법칙'*을 언급했을 것이다. 그것은 세계의 모든 형법 체계에 존재하는 기본 법칙으로, 범죄자가 특정한 이익을 얻기 위해 범죄를 저지르는 이상 사회에 의한 처벌이 그에게 바라던 효과를 내려면 범죄를 통해 얻은 이익보다 처벌에 의한 손해가 더 커야 마땅하다는 내용을 골자로 하고 있다. 간단히 말해, 어떤 도둑이 닭 두 마리를 훔쳤다면 세 마리 값을 물게 만들어야 한다는 것이다. 포괄적인 법이지만, 형벌은 '불균등한' 조건을 통해서만 그 효력이 발생하기 때문에 가공의 항목으로 처벌이 이루어지게 된다. 닭 두 마리를 훔친 도둑에게 그 벌로 세 마리 값을 물도록 한다면, 그건 범죄자에 대한 응징적 정의와 사회 재통합을 실현하기 위해서라기보다, 그 형벌을 통해 다른 도둑들에게도 두려움을 일으킴으로써 잠재적인 범행 의지를 억제하려는 데 그 목적이 있다. 극단적으로 말하면—그리고

---

* 미셸 푸코는 『감시와 처벌』에서 18세기 후반에 이르러 한층 더 발전된 처벌의 기술을 다섯 가지로 요약하고 있다. 그중 첫 번째가 바로 '분량 최소화의 법칙'이다. 범죄는 그것이 행해질 경우 발생되는 이익을 얻기 위해서 발생한다. 따라서 그것보다 어느 정도 더 큰 형벌의 불이익을 결부시키게 되면 범죄는 저지르고 싶지 않은 행위가 될 것이다. "징벌이 사람들이 기대하고 있을 그런 효과를 만들어내려면 징벌로 받는 손해가 죄인이 범죄로부터 획득할 수 있는 이득을 능가하는 것으로 충분하다."

범죄자가 앞으로 자신의 과오를 되풀이할 수 없으리라는 점이 분명하다면—도둑을 잡았더라도 처벌할 필요가 전혀 없다는 것이다. 다만 그를 사회에서 격리시킨 다음, 다른 이들로 하여금 그가 이미 형벌을 받고 있음을 믿게 만드는 것만으로도 충분할 것이다. 그가 그런 대가를 치르고 있다고 사람들이 상상하는 것만으로도 형벌의 목적은 충분히 이루어진 셈이다. 시간이 한참 흐른 뒤에야 우리도 32명의 아이들을 그런 방식으로 처리했어야 했다는 생각이 들었다. 우선 한두 명의 아이를 격리시킨 다음, 끝까지 저항하던 아이들 무리에게 우리가 사라진 그 아이들에게 형벌을 내렸다는 생각을 계속 심어줌으로써 버티지 못하도록 만들었어야 했다. 물론 체포되고 감옥에 갇혀 있을 친구의 모습을 떠올리면서 걷잡을 수 없는 분노가—어쩌면 그를 구출해내려는 생각까지도—아이들의 마음을 사로잡았을지도 모른다. 하지만 그런 두려움과 분노는 결국 몸속에 생긴 종양처럼 아이들의 기운과 활력을 야금야금 다 먹어치워 버릴 것이다.

하지만 폭력이라는 것은 예측 가능한 패턴을 따르지 않는다. 1월 7일 감시카메라에 찍힌 녹화 영상이 이를 입증한다. 경비원의 폭행 장면 이후, 곧장 주차장에 모여 있던 아이들의 폭동이 일어난 것은 아니다. 소란은커녕 슈퍼마켓 안에는 한동안 정적이 흐른다. (그 아이가 경비원에게 일방적으로 폭행을

당하는) 영상에 따르면, 아이들은 다시 주차장으로 나가 마치 아무 일도 없었던 듯이 놀기 시작한다. 녹화 테이프에는 아이들이 30분가량 주차장에 머무른 것으로 나온다. 그때 아이들은 기발한 놀이를 하고 있었는데, 언뜻 보면 '술래잡기'와 비슷하지만 인질이 포함된 점이 색다르다. 아이들은 두 팀으로 나뉘어, 머리에 셔츠를 묶은 술래를 쫓는다. 한 팀은 술래를 지키는 반면, 다른 팀은 술래를 잡아야 한다. 술래가 잡히면 아이들은 환하게 웃으며 몰려가 머리에 셔츠를 묶은 아이 위로 몸을 날린다. 그러면 술래 위로 아이들이 작은 산더미처럼 쌓이게 된다.

주차장 전체가 감시카메라에 다 잡히지 않기 때문에 이따금씩 아이들이 보이지 않는 경우도 있었다. 하지만 시간이 흐를수록 아이들의 숫자가 점점 늘어나고 있었다. 마치 반향음처럼 말이다. 처음에는 느린 리듬으로 움직이던 것이 차츰 변증법적으로 변해갔다. 놀이가 끝나자, 아이들은 모두 광고판 그늘 아래 드러누웠다. 모두 스물세 명인데, 열 살에서 열세 살쯤으로 보였다. 녹화 영상을 보면 아이들이 삼삼오오 떼를 지어 무언가 이야기를 나누고 있었는데, 시간이 흐를수록 분위기가 무거워지는 것을 알 수 있다. 아이들의 몸짓이나 표정만 봐도 이를 쉽게 알아차릴 수 있을 정도다. 그러더니 거의 모든 아이들이 자리에서 벌떡 일어났다. 그러곤 허리춤에

두 손을 대고 발돋움을 한 채, 다른 아이들이 하는 말을 잘 듣기 위해 고개를 위로 쳐들었다. 하지만 몇몇 여자아이들은 무리 지어 뛰어다니며 놀이를 계속하고 있었다. 그 아이들은 어떤 남자아이의 목덜미를 찰싹 때리더니 깔깔 웃으며 달아났다. 아이들 중에서 권위와 영향력을 행사하는 이는 아무도 없었다. 모든 것을 준비하고 일사불란하게 조직하는 아이도 없는 듯 보였다. 아이들 무리는 어떤 계략이나 음모에 따라 미리 정해진 대로 움직이지 않았으며, 앞으로 어떤 작전을 펼칠지 자기들끼리 정하거나 슈퍼마켓 습격 계획을 미리 세우는 듯한 낌새도 전혀 보이지 않았다. 그와는 정반대로, 무질서하게 움직이는 아이들을 보고 있으면 마치 무슨 놀이를 하고 있는 듯했다.

그런데 아이들이 하나둘씩 계속 모여든 이유가 무엇일까? 어떻게 서로 연락이 닿은 걸까? 14시 40분경, 다코타 슈퍼마켓 주차장에 모인 아이들은 모두 스물여덟 명에 달했다. 어쩌면 당시 감시카메라에 찍힌 아이들의 영상은 (그로부터 1년 뒤, 스포츠센터에 안치된 32구의 시신을 찍은 헤라르도 센사나의 사진을 제외한다면) 그때까지 우리가 확보한 것들 중에서 가장 완벽한 '단체 사진'이었을지도 모른다. 거기 모인 아이들의 성별을 정확하게 구분하기는 어려웠지만, 여자아이들이 전체의 3분의 1가량을 차지하고 있었다. 아이들의 옷차림은

다 거기서 거기였다. 모두 셔츠에 청바지나 반바지 차림이었으니까. 그리고 하나같이 더럽고 꾀죄죄했다. 물론 우리가 예상했던 것보다는 정도가 덜했지만, 그래도 아이들의 위생 상태가 왜 그렇게 불량했는지에 대해서도 자세히 검토할 필요가 있을 듯하다.

감시카메라의 기록에 따르면 아이들이 슈퍼마켓 안으로 들어온 시간은 15시 2분이었다. 그러자 경비원이 그 앞을 막아서면서, 맨 앞에 있던 아이들을 두어 차례 밀쳤다. 하지만 한꺼번에 밀려 들어오던 아이들을 막기에는 역부족이었다. 어떤 무리의 아이들을 늘 따라다니던 흰 개가 앞에 서 있던 종업원을 보고 사납게 짖더니만, 경비원에게 덤벼들어 물었다. 바로 그 순간, 아이들의 손에 칼이 들려 있었다. 슈퍼마켓 내의 철물 코너, 그리고 정육점과 생선 가게에서 탈취한 것이다. 살인을 저지른 아이들은 그 무리 중에서 소수에 불과하다는 것은 이미 수차례 언급된 적이 있다. 슈퍼마켓에서 사람을 죽인 아이들은 실제로 대여섯 명 정도고 나머지는 천진난만하게 놀고 있었다는 것인데, 이는 감시카메라에 찍힌 영상을 통해서 충분히 확인할 수 있다. 여기저기서 어수선하게 놀다가 다시 모이고, 무질서하게 있다가 질서정연하게 움직이는 것은 애초에 사방으로 흩어졌다가 나중에 주변의 모든 것을 내키는 대로 파괴할 수 있는 조짐이 보이면 어떤 아이들

무리라도 다시 우르르 모여드는 현상과 비교될 수 있을 것이다. 원래 아이들은 갑자기 자유가 주어지면 어쩔 줄 모르고 서로 얼굴만 멀뚱히 쳐다보기 마련이다. 처음에 아이들은 장난기와 즐거움이 넘치고 있었다. 우유 제품 코너 앞에서는 세 명의 아이들이 팩에 든 우유를 하나씩 바닥에 내려놓더니만, 폴짝 뛰면서 발로 밟아 모두 터뜨려버렸고, 또 어떤 남자아이가 밀가루 봉지를 뜯어 여자아이의 머리에 뒤집어씌웠다. 그러자 여자아이는 울음을 터뜨렸다. 그리고 한 남자아이는 혼자서 시리얼 상자를 열어 입에 다 쏟아붓는가 하면, 다른 두 남자아이는 빗자루로 와인병을 쳐서 바닥에 내동댕이치기도 했다. 만일 모든 일이 그쯤에서 끝났더라면, 그러려니 하면서 웃어넘길 수도 있었을 것이다. 따지고 보면 그 장면은 어릴 적 누구나 한 번쯤 해봤을 상상, 즉 어른들의 세계에 맞서 유쾌한 반란을 꿈꾸던 일을 현실로 옮겨놓은 것에 불과하니까 말이다. 하지만 바로 그 순간, 아이들의 얼굴에 웃음기가 사라지면서 슈퍼마켓은 처참한 살육의 현장으로 돌변했다.

산크리스토발의 경찰청장 아마데오 로케와 시장 그리고 청소년 가정법원 산하 소년부 담당 판사 파트리시아 갈린도와 함께 우리는 그날 오후 감시카메라에 찍힌 영상을 세 가지로 분류했다. 아이들이 살인을 저지르는 장면이 그대로 담겨 있기 때문에 절대 공개할 수 없는 영상은 A 그룹, 습격 사건이 일어나기 전 경찰 수사와 관련된 내용(아이들이 주차장에 모여 있는 장면 등)이 포함되어 있어서 공개할 수 없는 영상은 B 그룹, 그리고 각종 언론 매체의 요구에 의해 공개하기로 한 영상은 C 그룹으로 나누었다.

　첫 번째 부류의 장면을 말로 설명하기는 그리 만만치 않다. 어떤 면에서는 학생들이 난동을 부리는 장면처럼 보인다. 폭력을 휘두르는 동작도 (거의 모든 아이들이 칼을 휘둘렀다) 서툴렀을 뿐 아니라 피해자들 또한 정말로 칼에 찔렸다기보다 마치 서툰 연기를 하듯이, 아니면 어디에 발이 걸리기라도 한 것처럼 어색하게 쓰러졌다. 사건 후 대부분의 아이들은 슈퍼마켓 정문 앞에 삼삼오오 모여 있었지만, 울먹거리다 결국 울음을 터뜨리는 아이들도 있었다. 그리고 어떤 아이들은 몇 미터 떨어진 채 마약에 취한 듯 넋 나간 표정으로 시신을 내려다보고 있었다. 자기들이 무슨 짓을 저질렀는지 도무지 믿어지지 않는 모양이었다. 공격이 완전히 끝나기까지 걸린 시간, 서투르지만 동시다발적으로 이루어진 공격 등, 그 모든 것이 그저 놀라울 따름이었다. 10분도 안 되는 시간 동안 몇몇 사람들은 마치 아무 일도 없다는 듯이 태연하게 슈퍼마켓 안을 들락날락거렸다. 심지어 어떤 여자는 어수선한 틈을 타 염색약으로 보이는 것을 훔치기도 했다. 바로 옆 통로에서 열 살짜리 남자아이가 한 남자의 배에 칼을 깊숙이 찔러 넣는 동안 말이다. 내가 보기에 가장 설득력 있는 주장은 아이들이 슈퍼마켓에 들어오기 전만 해도 범행 의도가 전혀 없었지만, 해방감에 취해 충동적으로 살인을 저지르고 말았다는 것이다. 특히 두 가지 측면, 즉 아이들이 범행을 하는 데 걸린 시간과 일사불란하지 못한 움직임이 그런 주장의 타당성을 뒷받침하고 있다. 만약 범행을 사전에 모의했더라면—설령 그 계획이 아무리 엉성했다고 할지라도—아이들은 조금 더 신속하고 확실하게 움직였을 테고, 무엇보다 분명한 목표를 가지고 행동했을 것이다.

아이들의 폭력적인 행동은 처음 일어날 때와 같은 방식으로 사라진 것으로 보인다. 사건이 일어나고 처음 4분 동안 슈퍼마켓 안에 있던 사람들은 모두 놀라울 정도로 차분했다. 칼에 찔린 사람들은 몸을 질질 끌면서 어디론가 기어가고 있었고, 아이들은 생선 가게 앞으로 하나둘씩 모여들기 시작했다. 여전히 피 묻은 칼을 손에 들고 있는 아이들이 있는가 하면, 선반에 쌓인 물건을 죄다 바닥에 내동댕이치는 아이들도 있었다. 심지어 속기 체스를 두다가 혼자 남은 폰*처럼 감시 카메라 앞에서 얼어붙은 듯 꼼짝도 않고 서 있던 아이도 있었다. 그 아이는 무엇을 그렇게 빤히 쳐다보고 있었던 걸까? 당

---

* 체스에 사용되는 말 중 하나로, 장기의 졸에 해당한다.

시 슈퍼마켓 안에서 무슨 일이 벌어지고 있었는지, 그곳의 분위기가 어땠는지 정확히 알기는 불가능하다. 끔찍한 참사에서 구사일생으로 살아남은 사람들조차 언뜻 당연해 보이지만 갈수록 이해하기 어려운 말로 당시 상황을 표현할 수밖에 없었을 것이다. 악몽 같은 순간이었어요. 내 눈앞에서 무슨 일이 벌어졌는지 말로 설명할 수가 없으니까요…… 뻔한 말로 채워진 보고서를 쭉 넘기다 보면, 당시 처참한 현실을 실감나게 전해주는 두 목격자의 진술을 발견할 수 있다. 당시 현장에 있던 어떤 여성은 아이들의 얼굴이 벌레처럼 생겼다고 주장했고, 슈퍼마켓의 계산대에서 일하던 한 남자는 우리 모두가 어떻게 해야 할지 정확히 알고 있었다고 진술했다. 특히 두 번째 진술을 보고 난 뒤, 나는 몇 달 동안 밤잠을 이루지 못했다.

슈퍼마켓 습격 사건의 결말 또한 불가사의하기는 마찬가지다. 감시카메라에 녹화된 영상을 보면, 아이들이 생선 가게 앞에 모두 모이자 누가 명령이라도 한 것처럼 정문 쪽으로 뿔뿔이 흩어져 달려가기 시작했다. 도망친다기보다 오히려 어디론가 우르르 몰려가는 것 같았다. 마음속 깊은 곳에서 갑자기 무언가가 솟구쳐 오르는 것처럼, 아니 극도의 두려움이 전신을 휩싸기라도 한 것처럼 말이다.

15시 17분, 모든 상황이 종료되었다. 슈퍼마켓 주위로 사람들이 구름 떼처럼 몰려들었다. 물론 아이들은 이미 밀림으로 사라진 뒤였다. 피해 상황은 다음과 같다. 아이들이 휘두른 칼에 의해 모두 세 명이 다치고, 두 명—남녀 각 한 명씩—이 사망했다. 하지만 이에 비해 공포에 휩싸인 피해자들의 심리 상태를 설명하기란 그리 쉬운 일이 아니다. 왜냐하면 그들은 사태가 돌이킬 수 없는 단계로 들어섰다는 것을 직감했기 때문이다.

두려움으로 가득 찬 사람은 사랑에 빠진 이만큼이나 주의력이 남다르다. 어쩌면 이는 대수롭지 않은 발견일지도 모른다. 하지만 그 무렵 내가 그런 사실을 발견했을 때, 공존할 수 없는 두 세계가 그 사건 속에서 하나로 합쳐진 듯한 느낌이 들었다. 퇴근해서 집에 돌아오면 나는 딸아이의 숙제를 도와주기 위해 늘 복도에 앉아 있곤 했다. 그럴 때마다 나는 아내의 연주회가 열리던 그날 오후 세 아이가 머리를 불쑥 내밀었던 그 나무 울타리 쪽을 멍하니 바라보았다. 그 아이들의 생김새는 제대로 기억나지 않았지만, 이상하게도 그때 들었던 느낌만큼은 아직도 생생하다. 짧은 순간이었지만 아이들의 키와 몸집은 물론, 몸무게까지 짐작했던 것 같다. 그러고 나서 딸아이의 얼굴을 바라볼 때면 언제나 그 느낌이 거듭 떠올랐다. 나는 공책에 고개를 파묻고 있는 딸아이의 흰자위를 몰래 엿보았다. 그때마다 하얀 눈과 묘한 대조를 이루고 있는 거무스름한 피부와 둥글고 반듯한 이마 그리고 약간 늘어진 볼살과 헝클어진 굵은 머리가 어여쁘게만 보였다.

빅토르 코반은 1995년 1월 15일 자《엘 임파르시알》지 칼럼에 이렇게 썼다. 우리의 아이들을 평소와 다르게, 마치 원수지간이라도 된 것처럼 바라본다고 해서 전혀 이상할 것이 없다. 그의 판단은 틀리지 않았다. 그 아이들을 찾기 위한 필사적인 노력과 우리 아이들에 대해서 갑자기 느끼기 시작한 각별한 관심과 배려 사이에 공통점이 나타났다. 어떤 이의 마음속에서 그런 감정이 일어나면, 다른 이에게서도 같은 현상이 반드시 일어났다. 마치 두 사람이 거울상의 관계라도 되는 것처럼 말이다.

사건이 일어나고 처음 며칠 동안, 상반되지만 상호 보완적인 세 가지 반응이 나타났다. 민심의 동요와 복수심 그리고 동정심이 바로 그것이다. 슈퍼마켓 습격 사건의 여파로 타인의 불행에 대한 관심이 되살아나기 시작했다. 아이들이 거리에서 돈을 구걸할 때까지만 해도 사람들은 이들에게 선의를 베풀었다. 하지만 인정과 아량을 가장한 동정심은 사건 직후 커다란 사회적 혼란으로, 그러다 차츰 증오와 적개심으로 변해갔다. 피해자 가족들은 책임자 처벌을 요구하며 (그중에는

나도 포함되어 있었다) 시청 앞에 모여들었다. 그러곤 주변의
만류에도 불구하고 총회를 강행한 그들은 '몰이사냥'을 해서
라도 당장 아이들을 잡아야 한다고 결의했다. 다만 대상이 어
린아이들인 점을 감안해 '수색'이라는 말로 바꾸었다.

　그때만 해도 우리는 아이들이 머무는 곳이 밀림 어디쯤인
지 대강 짐작하고 있었다. 밀림에 들어가서 우왕좌왕하지 않
고 대부분의 아이들을 붙잡으려면 서두르기보다 철저한 사
전 조사와 준비가 필요했다. 아무리 끔찍한 짓을 저질렀다고
해도—그 당시 우리가 헛다리를 짚었으리라고는 꿈에도 생
각하지 못했다—아직 어린아이들인 이상 그리 멀리 가지는
못했을 터였다. 치밀한 계획 아래 단숨에 밀림을 향해 진격
해서 아이들을 끌고 나와 청소년 법정에 세우는 것이 우리의
궁극적인 목적이었다. 그러나 그 사건이 국내에 엄청난 파문
을 일으키면서 뜻하지 않게 일이 복잡하게 꼬여버렸다. 특히
감시카메라에 녹화된 영상이 얼마나 충격적이던지, 결국 텔
레비전을 통해 전국적으로 방송되었다. 그러자 산크리스토
발시는 삽시간에 전국에서 몰려든 기자들로 들끓었고, 아이
들을 봤다는 시민들의 목격담과 증언이 줄을 이었지만 서로
엇갈리는 내용이 대부분이었다. 사건 당일 오후 아이들을 목
격했다는 사람들이 있는가 하면, 그다음 날에는 아이들이 자
기 집 부근에 나타나 한밤중에 몰래 집 안을 들여다보거나 어

둠 속에서 쓰레기통을 뒤지고 있었다고 진술한 이들도 있었다. 거리가 기자들과 방송 카메라들로 넘쳐나자, 이번 기회에 유명해지고 싶은 욕심이 생긴 실제 목격자들은 있지도 않은 이야기를 꾸며냈다. 전날 두 명이 죽지만 않았더라면 그들의 목격담은 코미디를 방불케 했을 것이다. 어쩌면 정말 한 편의 코미디였는지도 모른다. 그로부터 꽤 오랜 시간이 지난 뒤, 마이아는 산크리스토발에 살다 보면 아무리 비극적인 사건이 일어난다 할지라도 절대 웃음이 그치지 않는다고 한 적이 있다. 듣고 보니 맞는 말이었다. 그런데 어떻게 여태껏 그런 것조차 모르고 지냈는지 나도 놀랄 지경이었다. 심지어 가장 참혹한 일이 벌어지던 날에도—오히려 그런 날일수록 더 그랬다—이따금씩 웃음을 터뜨리던 장면이 떠오른다. 그렇다고 우리가 객쩍은 농담을 나누면서 긴장을 풀려고 했다는 것은 아니다. 그런 상황에서 웃음이 나온 것은 오히려 상상도 못 할 일이 눈앞에서 버젓이 벌어졌기 때문이다. 어떤 범죄가 몰고 온 파장을 지속적으로 관찰하다 보면, 아무리 심각한 분위기라도 언젠가 한 번씩 웃을 일이 생기기 마련이다. 물론 우리가 큰 소리로 웃었다고 해서 당시 상황이 그만큼 절박하지 않았다는 것은 아니다. 그런데 문제는 쓸모없는 관료주의적 타성이 마치 풀을 바른 그물처럼 답답하게 우리를 옭아매기 시작했다는 점이다. 특히 내무성은 이 사건과 관련된 모든 결정 사항에 대해 소명 자료를 제출하라고 요구했다. 한시라도 빨리 수색 작업이 시작될 수 있도록 출발 승인을 얻어야 했지만, 발메스 내각의 무능함은 상상을 초월하는 터라 그마저 불가능했다.

1월 11일 이른 시간, 50명의 경찰관이 에레강 동쪽 강변을 따라 수색 작업에 나섰다. 사건 발생 이후, 아이들이 시내에서 목격된 적은 단 한 번도 없었다. 따라서 우리는 아이들이 일단 다른 곳으로 갔을 리는 없다고 판단했다. 시 경찰청장인 아마데오 로케는 지형지물을 이용해 포위 작전을 펼치기로 했다. 그래서 아이들 무리가 눈에 띄는 즉시, 그 주변으로 비상선*을 치면서 포위망을 좁혀가는 작전이었다. 하지만 수색대가 무성한 수풀을 헤치고 6킬로미터 지점까지 진입했지만, 버리고 떠난 야영지 두 군데와 옷가지 몇 점 그리고 먹다 남은 음식과 장난감 외에는 아무런 흔적도 발견하지 못했다. 수색 작업을 시작한 지 열다섯 시간이 다 되어갈 무렵, 경찰관 한 명이 산호뱀에게 물리는 바람에 배편으로 후송시켜야 할 판이었다. 결국 수색대는 아이들을 찾지 못한 채, 혀가 물먹은 해면동물보다 더 퉁퉁 부은 경찰관을 데리고 빈손으로 돌

---

* 긴급한 사태가 발생했을 때, 경찰이 비상경계를 하는 구역이나 그런 구역을 둘러싼 포위선.

아와야 했다. 그러자 막연한 기대는 일순간 실망감으로 변하고 말았다.

밀림은 산크리스토발에서 아이들을 꿀꺽 집어삼켜 어디론가 사라지게 만들었다. 한 남자아이에게 마음을 빼앗긴 테레사 오타뇨는 1월 17일 자 일기에 이렇게 썼다. '내가 지금 그아이들과 함께 있다면 '살쾡이'와 함께 당장 나무 위로 올라갈 텐데. 그러면 아무도 우리를 찾지 못할 텐데.' 나무 위든 아니면 강물 속이든 간에, 거의 네 달 동안이나 그 아이들이 어디에 틀어박혀 있었는지는 지금도 여전히 미스터리로 남아있다. 이제는 아이들의 동선 일부가 어느 정도 확실하게 파악된 상태인 데다, 내륙의 소작인 농장 한 군데와 네에 인디오자치 공동체 두 군데에 잠깐 나타났다 사라진 점을 고려하면, 그사이 그들이 어디에 숨어 있었는지 부분적이나마 지도로작성할 수도 있다. 하지만 그렇다고 해서 모든 궁금증이 다풀리는 것은 아니다. 이와 마찬가지로, 우리는 아이들과 시골 사람들의 만남이 어떤 의미를 지니고 있는지조차 전혀 감을 못 잡고 있다. 산크리스토발시에 대한 적대감이 아이들과농민들의 마음을 하나로 묶어주었기 때문에, 그들 사이의 접촉이 당사자들의 진술보다 더 우호적으로 이루어졌을 가능성을 배제할 수 없다. 우호적이든 아니든 간에 그들의 만남이잦았을 리는 없었다. 그들이 자주 접촉했더라면 어떤 식으로

든 우리 귀에도 들어왔을 테니까 말이다.

인간의 논리는 특정한 사고 형식을 지니고 있다. 그런데 몇몇 영상은 아무리 생각해도 그런 기준에 맞지 않는 것 같다. "말도 안 돼. 어떻게 저럴 수가 있지." 우리는 그 장면을 보면서 이렇게 말하곤 했다. 아무리 황당무계해 보일지라도 그런 일이 일어나지 말라는 법은 없다. 아이들이 산크리스토발에서 밀림 속으로 종적을 감춘 것만 해도 그렇다. 황당하기 짝이 없는 그 장면을 보고, 우리는 모두 넋이 나간 사람처럼 한동안 멍하게 있었다. 마치 무언가로 머리를 세게 두들겨 맞은 듯한 기분이었다. 그다음 주, 우리는 우리의 감각뿐만 아니라 눈앞에 있는 현실마저도 쉽게 믿을 수 없었다. 그러다 어느 순간 나무 이파리 사이를 비집고 아이들의 얼굴이 다시 나타났다가, 아무 일도 없었던 것처럼 모든 것이 정상으로 되돌아가게 될 거라는 생각이 들었다. 하지만 아이들은 모습을 드러내지 않았고, 경찰 수색대는 매일 좌절감을 애써 숨긴 채 빈손으로 돌아오곤 했다. 그 무렵 밀림을 볼 때마다, 저 무성한 나무와 수풀들이 아이들을 지켜주기 위해 우리의 앞을 가로막고 있는 듯한 느낌마저 들었다. 당시 우리가 경험한 일이 도덕적 우화는 아니지만, 그렇게 보이기에 충분했다는 점만 짚고 넘어가자.

오래전 어떤 책을—제목이 기억나지 않지만—읽다가 우

연히 떠올린 이미지는 현실에 대한 나의 관점을 완전히 뒤바꿔놓았다. 그 책에 등장하는 인물은 바다를 바라보다가 문득 '바다'라는 말이 자신의 상상 속에서 실제 바다와 일치한 적이 없다는 사실을 깨닫게 된다. 그가 '바다'라는 말을 할 때마다 언제나 거품으로 뒤덮인 녹청색의 묘한 수면만을 떠올렸지, 진정 바다가 무엇인지에 대해서는 단 한 번도 생각한 적이 없었다. 진정한 바다는 물고기들과 우리 눈에 보이지 않는 해류 그리고—무엇보다—어둠으로 가득 찬 거대한 심연이다. 바다는 그야말로 암흑이 지배하는 왕국이다. 아이들이 감쪽같이 사라진 날, 산크리스토발 시민들은 밀림을 보면서 그와 비슷한 느낌을 받았다. 현상이 갑자기 실체와 뒤섞여버린 듯한 느낌 말이다. 신비의 베일 속에 감추어진 밀림으로 달아나면서 아이들은 우리의 마음도 함께 데리고 갔다. 우리는 마치 잠수정을 타고 심해로 들어가는 기분이었다. 그 후로 아이들을 더 이상 보지 못했던 것은 사실이지만, 우리는 그 어느 때보다 그들과 가까이 있었던 셈이다. 그들의 시선 깊숙한 곳으로, 그리고 그들의 마음속에 가득 차 있던 두려움의 한복판으로 들어갔으니까 말이다.

두 달은 꽤나 긴 시간이다. 그런데 그 두 달 사이에 일어난 일은 지금도 여전히 우리에게 미스터리로 남아 있다. 어린아이들이 그 누구의 도움도 없이 적대적인 환경에서 살아남았을 리 없다고 여기는 사람들도 있을 수 있다. 만약 그런 이들이 있다면, 역사에 실존했던 야생아들, 즉 14세기 독일 헤센주의 늑대 소년들이나 16세기 말 짐승들 사이에서 자라난 것으로 알려진 밤베르크의 소년부터 로마 신화에서 카피톨리누스 늑대의 젖을 먹고 자라나 로마의 왕이 되었다는 로물루스와 레무스 형제의 이야기만 읽어봐도 의구심이 가실 것이다. 그 이외에도 인간이 자연이나 동물에 의해 보살핌을 받고 살 수 있다는 증거만 해도 수백 건에 달한다. 1923년 인도의 캘커타 지역에서는 늑대의 품에서 자라난 두 명의 여자아이—여섯 살 된 아말라와 네 살 난 카말라—가 발견된 적이있다. 20세기 중반 칠레 남부에서는 퓨마가 비센테 쿠아쿠아라는 남자아이를, 그리고 1990년대 우크라이나에서는 개들이 옥사나 말라야라는 여자아이를 길러주었다고 한다. 우간다에서는 긴꼬리원숭이들이 숲에서 길을 잃은 존 세부냐를무리에 받아준 일도 있었다. 이와 유사한 사례들이 잘 알려지지 않은 연구에 의해 많이 밝혀진 점을 고려한다면, 이는 그다지 놀라운 일도 아니다. 이처럼 자연에서는 어린아이와 동물이 엄숙함을 벗어던지고 단순하고 솔직하게 서로를 알아본다. 32명의 아이들과 밀림의 대화 또한 분명 그런 식으로시작되었을 것이다. 그들의 대화에 우리가 초대받지 못했다는 사실을 여기서 굳이 밝힐 필요는 없을 듯하다.

밀림이 우리를 거부했다는 것만으로도 우리의 마음을 사로잡기에 충분했다. 비록 이것이 논리적 사고의 결과라고 보기에는 무리겠지만 말이다. 몇 달 동안 항간에 떠돌던 소문이나 신문에 실린 허튼소리들도 따지고 보면 32명의 아이들에 대해 사람들이 저마다 궁리한 것들에 불과했다. 이는 결코 우연이 아니다. 아직 의미가 정해지지 않은 대상이 나타나는 경우, 우리는 일반적으로 거기에 인간의 속성을 투영하고는 곧장 호랑이들이 서로 사랑에 빠진다거나 신이 질투심과 복수심으로 가득 차 있고 나무들도 향수鄕愁에 젖는다고 믿어버린다. 인간은 행성부터 원자에 이르기까지 자신이 가진 능력으로 이해할 수 없던 모든 것에 늘 인간의 속성을 부여해왔다.

밀림에서 일어난 미증유의 사건에 대해서 우리는 거만한 비평가보다 과학자처럼 겸손한 태도로 접근하고 생각했어야 했다. 그렇다면 자연이 아이들을 통해—우리가 죽기 살기로 매달리는 것과는 전혀 다른—새로운 종류의 문명을 준비하고 있었을 가능성에 대해서도 신중하게 생각해보는 것이 어떨까? 그런 생각이 들 때마다 나도 모르게 그 몇 달간의 세월을, 그리고 밀림 한복판에 있던 그 아이들에게 모든 것이—빛과 시간, 어쩌면 사랑까지도—어떻게 변했을지 머릿속으로 떠올리곤 했다.

밀림 한복판, 빛이 거의 새어 들어오지 않을 만큼 무성한 나뭇잎 아래에 틀어박혀 모든 것을 운명에 맡긴 채, 새로운 세계를 만들어내려고 하던 아이들의 공동체. 그건 마치 수천 년 전, 자신의 처형을 하루 더 연기시키기 위해 매일 밤 술탄을 즐겁게 해주던 셰에라자드가 꾸며낸 이야기처럼 보인다. 밀림을 뒤덮은 초록은 진정한 죽음의 빛깔이다. 흔히 생각하듯, 죽음은 하얀색도 검은색도 아니다. 모든 것을 집어삼키는 초록. 무언가를 간절히 갈망하는 듯, 불안하고 숨 막힐 듯 답답한 느낌이 들면서도, 강렬한 기운을 뿜어내는 거대한 덩어리. 그 안에서 약자들이 강자들을 떠받치고 있는 반면, 거대한 것들은 작고 힘없는 것들로부터 빛을 빼앗는다. 거기서 거인들을 뒤흔들 수 있는 것은 오로지 눈에 보이지 않을 만큼 작고 미세한 것들뿐이다. 그런 밀림 속에서 32명의 아이들은 하나의 공동체로서 인간 고유의 저항력을 증명하며 살아남았다. 언젠가 내륙의 목장으로 하이킹을 갔을 때 우연히 어떤 나무에 손을 댔다가 흰개미 떼의 집이 있는 걸 보고 황급히 손을 떼야만 했다. 자세히 보니 수억 마리의 흰개미들이 15미터 정도 되는 나무 안을 무차별적으로 갉아 먹고 있었다. 그 바람에 난로보다 더 강한 열이 그 나무에서 뿜어져 나오고 있었다. 어쩌면 32명의 아이들도 흰개미들과 같은 공동체 의식을 가지고 있었을지도 모른다. 아이들은 벌레들과 마찬가지로 숙주인 동시에 기생적 존재였다. 겉으로는 약해 보이지만,

수백 년간 계속되어온 일도 한순간에 없애버릴 만큼 강단이 있었다. 그 후로 같은 실수를 되풀이하지 않으려고 나름 애를 쓰지만, 아이들의 공동체가 사랑이라는 관념 또한 아예 없애 버렸다고 장담할 수 있다. 전부가 아니라면 특정한 사랑, 즉 우리의 사랑만이라도 말이다.

오늘날 우리는 그 여자아이들 가운데 하나인 열세 살 된 아이의 시신이 임신 상태였다는 것을 알고 있다. 그렇다면 밀림에서 숨어 지내던 그 몇 달 동안 자기들끼리—가장 어린아이들도 포함해서—관계를 맺었을 가능성이 농후하다. 그런데 존재하지도 않던 사랑이 어떤 계기로 아이들의 마음속에서 싹트기 시작한 것일까? 보고 배울 데도 없던 세계에서 아이들은 어떻게 서로를 사랑하게 된 것일까? 사랑이라는 말을 평생 들은 적이 없는 사람은 결코 사랑에 빠질 수 없다는 라로슈푸코*의 유명한 잠언은 32명의 아이들의 경우 특별한 의미를 갖는다. 아이들은 어두운 밀림 속에서 짐승 같은 소리를 내면서 손을 붙잡고 서로의 몸을 애무하기 시작했을까? 아이들은 어떻게 사랑을 고백하고, 어떤 눈빛으로 서로를 바라보았을까?

---

* 프랑수아 드 라로슈푸코(François de La Rochefoucauld, 1613~1680)는 프랑스의 귀족 출신 작가로, 음모와 야심, 배신이 판치는 루이 13세 시절 궁중에서 파란만장한 삶을 살았다. 이후 현실에 환멸을 느끼고 살롱을 출입하며 라파예트 부인, 세비녜 부인 등과 우정을 나누었고, 사색과 저술 활동을 하며 만년을 보냈다. 인간 심성에 대한 예리한 사색과 성찰을 담은 『잠언과 성찰』(1665)이 대표작이다.

낡고 녹슨 것은 어디에서 끝나고, 어디에서 새로운 것이 나타났을까? 스페인어에서 새로운 언어를 싹트게 했던 것처럼, 아이들은 우리가 늘 하는 사랑의 몸짓과 표정에서 출발해서 전혀 다른 것을 만들어냈을지도 모른다. 나는 가끔 우리가 알아차리지는 못했지만, 아이들에게서 그런 움직임과 표정을 봤다고 믿고 싶다. 아이들이 시내에 나타났을 때 그런 따뜻한 눈빛을 우리와 교환했었다고 말이다. 결국 우리를 대가로, 그리고 우리와 대립하면서 무언가 새로운 것이 태어난 셈이다. 어린아이들은 허구虛構보다 더 막강한 영향력을 행사한다.

사건이 일어난 뒤 첫 달 동안 경찰은 매주 밀림으로 수색대를 투입했지만 시간이 지나면서 차츰 시들해졌다. 그 무렵 산크리스토발에는 많은 문제점이 나타나고 있었다. 비록 슈퍼마켓을 급습해 두 사람이나 죽였다고는 하지만, 얼마 되지도 않는 아이들을 찾는 일에 지역 경찰 병력의 3분의 1이나 투입할 수는 없는 노릇이었다. 도시 변두리의 빈민가에서는—1년 내내—일주일에 한 번꼴로 살인 사건이 일어났고, 밀림 주변은 폭행 사건과 마약 밀매가 상습적으로 발생했다. 슈퍼마켓 살인 사건만으로도 부족했는지, 그 직후 산크리스토발에서는 폭력 범죄가 급증했다. 그 주 주말에는 주유소를 비롯해 산크리스토발의 가장 큰 은행에서 강도 사건이 일어났다. 이렇듯 사건이 빈발하는데도 지역 경찰은 제대로 대처하지 못했다. 우리가 아는 한 밀림은 나무로 둘러싸인 감옥이나 다름이 없었다. 그 안에 들어간 이상, 아이들은 오도 가도 못하고 꼼짝없이 갇혀 있어야 했다. 아마 심한 병에 걸리거나 굶어 죽을 지경이 되면 그때는 어쩔 수 없이 밖으로 나올 수도 있었다. 그 아이들은 문제가 아니었다. 정작 문제는 전혀 예상치 못한 곳, 바로 우리 아이들한테서 별안간 일어나기 시작했다.

슈퍼마켓 습격 사건 이후, 많은 부모들은 자기 아이들에게서 무언가 이상한 점을 발견하기 시작했다. 아이들은 몸으로 다양한 감정을 분출하지만, 그것을 알아차리려면 아주 가까이 다가가야만 한다. 그러나 무엇이 아이들의 감정 변화를 일으키는지 항상 알기가 쉬운 것은 아니다. 예컨대 금요일에 어떤 아이가 보여준 눈빛은—그런 눈빛은 아이들의 상상력으로 쉽게 지어 보일 수 있다—일주일 후에 심각한 위기를 불러올 수도 있다. 길어지는 침묵과 식욕부진, 예전에는 즐거움을 안겨주던 습관마저 내팽개치는 등의 행동은 정말 사소한 일 때문일 수도 있지만, 매우 심각한 원인에서 비롯될 수도 있다. 상황이 이처럼 모호하고 불분명할수록 모든 부모는—자식을 가진 부모들이라면 누구나 이해할 수 있겠지만—경계심을 늦추지 않기 마련이다.

테레사 오타뇨의 일기가 없었더라면 우리는 잠시 동안이

나마 불안에 떨던 당시의 상황을 잊었을 것이다. 하지만 테레사의 글은 우리의 뇌리에서 떠나지 않는다. 그녀의 일기에 나오는 껄끄러우면서도 심각한 증언은 마치 추억 속의 사진처럼 머릿속에서 지워지지 않는다. 슈퍼마켓 습격 사건이 일어난 뒤, 테레사 오타뇨는 녜에 인디오의 전통 설화와 제2차 세계대전 후 그곳에 정착한 유럽 이주민들의 민간 설화가 뒤섞이면서 태어난 프란시스카 이야기를 일기에 언급했다. 대부분의 현지 인류학자들은 슬하에 자식이 없어 늘 슬퍼하던 한 노파가 다른 여인들에게서 아이를 훔친다는 비쿠 신화와, 알라딘 이야기와 매우 흡사한 독일 바이에른의 프란치스카 설화가 하나로 합해져 프란시스카 전설이 탄생한 것으로 보고 있다.

산크리스토발 사람들 사이에 널리 회자되고 있는 전설은 다음 두 가지 이야기가 혼합된 것이다. 프란시스카는 에레 강변의 어느 가난한 집에서 태어났다고 한다. 주변의 모든 이들이 아름다운 금발머리를 가진 그 아이를 사랑했다. 사소한 문제들을 겪던 과정에서 아이에게 어떤 재능이 있다는 사실이 암시적으로만 드러난다. 한편 거기서 수 킬로미터 떨어진 곳에 오래전부터 보물을 찾던 마법사가 살고 있었다. 그는 마법을 부려 어떤 여자아이가 그 보물이 묻힌 나무를 찾을 수 있는 능력을 지녔다는 것을 알게 된다. 이 전설에서 가장 흥미로운 대목이 있다면 바로 그 시점, 즉 마법사가 프란시스카를 찾기 위해 방법을 선택하는 장면일 것이다. 그는 땅바닥에 귀를 댄 뒤, 세상에서 나는 모든 소리 중에서 밀림을 거쳐 집으로 돌아가는 그 여자아이의 발걸음 소리를 알아낸다. 1990년 대 초, 산크리스토발에 마르가리타 마투드라는 구연자口演者가 있었는데 입담이 좋아 사람들에게 인기가 많았다. 그녀가 그 장면을 이야기할 때면 아이들은 넋이 나간 듯 입을 헤벌린 채 듣고만 있었다. 마법사로 분장한 그녀는 자리에서 벌떡 일어나, 과장된 몸짓으로 연단에 귀를 댔다. 그 순간, 준비한 녹음기에서 자동차 소리, 여러 나라 말로 대화하는 소리, 드릴 소리, 지하철과 기차가 지나가는 소리, 서둘러 가는 사람들과 느릿느릿 움직이는 이들의 발걸음 소리 등이 번갈아 나오다가, 마침내 집으로 돌아가는 여자아이의 목소리가 선명하게 들렸다. 이 정도면 흠뻑 빠지고도 남을 만한 공연이 아닐까? 여자아이를 찾으려는 마법사의 집념이 얼마나 대단하던지, 나머지는 하찮은 소음에 지나지 않을 정도였다.

언젠가부터 우리 아이들도 마치 놀이하듯이 32명의 아이들의 발걸음 소리를 들으려고 땅에 귀를 대기 시작했다. 아이들이 너무도 잘 아는 이야기인 프란시스카 전설에 나오는 대로 아주 간단한 동작이었다. 마법사는 지구 반대편에서도 프란시스카의 발걸음 소리를 들었는데, 왜 우리의 아이들은 몇 킬로미터 떨어지지 않은 곳에 있던 32명의 아이들의 목소리와 발소리를 들을 수 없었던 것일까? 우리가 방에서 나올 때마다 아이들은 정원에서, 수업 시간 사이에, 그리고 심지어 자기 방에서도 몸을 잔뜩 웅크린 채 바닥에 귀를 대고 그 아이들의 소리를 누가 먼저 듣는지 서로 경쟁하고 있었다.

어느 날 오후, 우연히 화장실에 들어갔다가 세면대 아래 바닥에 귀를 대고 있는 딸아이를 발견했다. 그때만 해도 나는 그 아이가 무엇을 하고 있는지 전혀 몰랐기 때문에 바닥에 뭐가 떨어졌냐고 물어봤다.

"아니에요." 딸아이는 순간 얼굴이 빨개지며 대답했다. 그 아이가 뜬금없이 부끄러워하는 통에 나도 얼굴이 덩달아 빨개졌다. 그 후로 그와 비슷한 일이 일어날 때마다 딸아이가 그사이에 많이 컸다는 느낌이 들곤 했다. 이제 열한 살밖에 되지 않았는데도, 셔츠 아래로 젖가슴이 수줍은 듯 봉긋 솟아올랐고 허리가 조금 잘록해져 있었다. 생김새도 갈수록 마이아와 딴판으로 변해갔고, 성격도 많이 달라지기 시작했다. 아이는 내가 학교에 데려다주는 것을 점점 꺼리는 눈치였을 뿐만 아니라, 비록 사소한 일에도 얼굴이 빨갛게 달아오르기는 했지만 나를 피하려고 하거나 쌀쌀맞게 굴었다.

"내가 도와줄까?"

"됐어요!" 내가 뭐라도 도와주려고 할 때마다 아이는 고함을 지르며 밖으로 뛰쳐나갔다.

몇 년이 흐른 뒤, 산크리스토발의 부모들은 테레사 오타뇨의 일기를 읽고 나서야 자기 아이들이 갑자기 왜 그런 행동을 보였는지 어렴풋이나마 이해할 수 있었다. 그 이유는 아이들이 자취를 감춘 지 두 달이 다 되어가던 1995년 3월 초순의 일기에 나와 있다. 테레사 오타뇨는 다음과 같이 말하고 있다.

　

무엇보다 그 아이들에 대해 생각해야 한다. 그것도 많이. 그리고 아이들의 얼굴이 네 얼굴 가까이에 있다고, 그들의 냄새를 맡을 수 있을 정도로 가까이 있다고 상상해야 한다. 눈을 감고서 말이다. 그러고 나서 아이들이 무엇을 생각하는지 떠올려보고, 아이들처럼 말해야 한다. 그런 다음 네 머릿속으로 무슨 생각이 떠오르는지 더듬어보아야 한다. 만일 네가 생각하는 바를 그들의 방식대로 말할 수만 있다면, 그 아이들은 보다 쉽게 너를 이해하게 될 것이다. 그 아이들도 너와 똑같은 것을—다만 다른 곳에서—하고 있을 테니까. 그리고 이제 너는 더 이상 예전의 네가 아니라고 생각해야 한다. 이제 너는 네 몸뚱이에서 벗어나 공중을 이리저리 날아다니고 있다. 그건 어렵지 않다. 물론 주문呪文 같은 것이 있다고 말하는 이들도 있지만, 그건 새빨간 거짓말이다. 지금 우리가 해야 할 일은 더 열심히 생각하는 것뿐이다. 그것이 가장 우선이다. 그런 다음,

혼자 있으라. 그 아이들은 혼자 있으면서도 우리보다 훨씬 더 많은 것을 알고 있다.

오늘날 「32명의 아이들에게 바치는 기도」로 알려진 글의 서두를 처음 읽었을 때, 나는 온몸의 피가 얼어붙는 것만 같았다. 그 순간 열두 살짜리 여자아이가 벌인 굿판을 지켜보는 듯한 느낌이 들면서, 그날 오후 내가 화장실에 들어갔을 때 딸아이가 느꼈을 두려움에 대해 생각했다. 대부분의 사람들은 그 글을 읽고 일종의 확신, 즉 '지침서'처럼 단정적인 어투에 대해 언급한다. 하지만 내가 더 강렬한 인상을 받은 것은 오히려 그 글이 우리에게 던진 문제, 즉 이제 더 이상 쓸모없는 세계, 그러니까 어른들의 논리였던 것 같다. 우리의 아이들은 자기들이 한 행동을 장차 우리에게 어떻게 설명할 수 있을까? 그러나 당시만 해도 우리 어른들은 여전히 아이들의 세계와 그들의 논리를 받아들일 준비가 되어 있지 않았다. 저 바깥, 땅 아래에서는 암호로 보낸 듯 귀에 거슬리는 소리가 계속 나고 있었다. 저 아래 세계의 무질서와 혼란.

뜻하지 않게 눈을 떴다면, 눈을 감고 다시 처음부터 시작해야 한다. 그러지 않으면 아무 소용도 없으니까. 그리고 어지럼증이 느껴질 때까지 제자리에서 세 번 돈 다음 바닥에 귀를 갖다 대라. 하지만 방해가 되지 않도록 먼저 머리카락을 쓸어 넘겨야 한다. 처음에는 조금 이상한 느낌이 들겠지만 곧 괜찮아질 것이다. 귀를 대고 있으면 여러 가지 소리가 들리기 시작한다. 그건 모두 땅에서 나는 소리다. 개미와 벌레들 소리. 식물들이 자라면서 나는 소리와 사람들이 말하고 숨 쉬는 소리, 자동차가 지나가는 소리, 그리고 강이 흘러가는 소리와 사람들의 발걸음 소리. 그때 네 머릿속으로 무언가 붉은 것이 떠오를 것이다. 눈 속으로 피가 쉴 새 없이 지나가고 있으니까 이상하게 생각할 필요는 없다. 눈을 감은 채 빛이 있는 곳으로 얼굴을 돌리면, 눈 속에 있는 피를 보는 것이기 때문이다. 그런데 빨간색은 더 빨갛게 보일 것이다. 그리고 너는 그것에 관해 생각하게 될 것이다.

인간의 정신을 파멸의 구렁텅이 속으로 몰아넣을 수도 있는 비극적인 운명을 이해하려면, 두려움에 사로잡혀 허우적거리는 아이를 눈여겨보는 것이 가장 좋은 방법이다. 어른은 어떤 것이든 자신과 상관없이 계속 존재할 거라는 사실을 알고 있지만, 어린아이는 자기가 생각하지 않는 것은 이 세상에 존재하지 않는다고 여기는 듯하다. 테레사 오타뇨 또한─실제로 이런 말을 하지는 않았지만─'살쾡이'의 존재가 자신의 생각 여하에 달려 있다고 믿는 것 같다. 따라서 이러지도 저러지도 못하는 상황이라면 마음속으로 간절히 기원함으로써 '속임수'를 쓸 필요가 있다는 식이다. 하지만 테레사는 시간이 흐를수록 기억이 희미해져서 자기가 사랑하는 남자아이의 모습과 윤곽, 또 목소리를 정확히 떠올리지 못하게 될까 봐 괴로운 모양이었다. 차라리 자신이 '살쾡이'가 되었으면 하는 간절한 바람이 그녀의 글 곳곳에 묻어나고 있다. 그러면 그가 이 세계에 계속 존재할 수 있을 테니까 말이다. 이쯤에서 그녀는 '기원'의 마음을 담은 짧은 글을 남긴다. 테레사는 두 단락에 걸쳐 '살쾡이'에 관해 다시 언급하고 있다. 그녀는 32명의 아이들이 어서 돌아오면 좋겠다고 기원하면서, 그 주 주말에 아버지가 가족을 데리고 강변으로 놀러 가기로 했는데 거기서 "아이들을 만나면 좋겠다"는 말을 덧붙이고 있다. 이처럼 아이들을 만나고 싶다는 간절한 바람을 밝힌 뒤, 테레사는 곧장 엉뚱한 길로 빠진다.

그리고 빨간색은 매우 빨갛게 보일 것이다. 흙보다 더 붉게, 번쩍거리는 용암만큼이나 빨갛게 말이다. 소리 또한 그 빨간색과 싸울 것이다. 귀를 열고 벌레들 소리와 거리의 소리를 들으면, 이 세상 모든 것이 버둥대면서 싸우고 있다는 것을 알게 된다. 그러다 갑자기 빨간색으로 뒤덮인 세계의 한가운데로 정적과 같은 것이 흐르다가, 밀림 속, 무성한 나무 사이에 살고 있는 아이들이 모습을 드러낼 것이다. 그때 너는 아이들과 똑같은 생각을 하도록 노력해야 한다. 아이들처럼 생각하는 것이 가장 어려운 일이다. 그도 그럴 것이 너는 여기에 있지만, 아이들은 없기 때문이다. 빨간색은 너를 거기로, 그 아이들에게 가까이 다가갈 수 있도록 해줄 것이다. 마치 소리 나지 않는 자동차처럼 말이다. 그러고 나면 네게는 있지만 그들에게는 없는 모든 것을, 그리고 너는 하고 있지만 그들은 할 수 없는 일도 떠올리게 될 것이다. 그 아이들에게는 집은커녕 먹을 것이나 침대조차 없으니까. 그런 것들이 없는 아이들은 두려움을 떨치기 위해 눈을 뜨고 잔다. 이제 곧 아이들이 네 안으로 들어올 것이다. 결국 너는 그들이 된다.

산크리스토발 아이들의 절반가량이 '밀림의 아이들'이 내는 소리를 들으려고 땅바닥에 귀를 대고 있자, 일간지들은 연일 어린이들의 두려움에 관해 심리치료사들이 쓴 글로 도배되다시피 했다. 그런 상황에서 사파타 남매가 등장하면서 문제 해결의 실마리가 풀리는 듯했다. '텔레파시'를 처음 언급한 사람은 1995년 2월 7일 자《엘 임파르시알》지에 글을 기고한 빅토르 코반이었다. 그 글에서 코반은 이틀 전 지역 텔레비전에서 방송한 내용을 언급했다. 보도에 따르면, 사파타 남매는 모두 네 명—남자 셋, 여자 하나—으로 나이는 다섯 살에서 아홉 살 사이이고, 칸델 지구에서 태어났다고 한다. 그 아이들은 32명의 아이들이 꿈에 나타나 자기들에게 했던 말을 "그림으로 그릴 수 있다"고 주장했다.

우리는 우리 자녀들이 밀림의 아이들과 서로 소통할 수 있다고 믿기 시작했다. 우리의 아이들이 그들과 이야기를 나누는 것은 물론, 그들과 같은 꿈을 꿀 수도, 심지어 같은 직감을 가질 수도 있다고 말이다. 아직껏 분별력을 가진 사람들은 다음에 또 어떤 일이 일어날지 궁금해한다. 하지만 이는 현 상황에 적절한 질문이 아닐지도 모른다. 어떤 사회든 모든 것에 의심이 들기 시작하면, '과연 텔레파시라는 것이 존재하는 걸까?'가 아니라 '우리는 어디가 아픈 걸까?'라는 질문을 먼저 던져야 한다.

하지만 한 가지 분명한 것은 빅토르 코반은 물론, 우리들 중 어느 누구도 이 질문에 선뜻 대답을 할 수 없다는 점이다. 그럴 바에는 차라리 우리 자신에게 텔레파시에 대해 질문을 던지는 쪽을 택하려는 것도 바로 그 때문이다. 마법을 맹신하는 것은 사랑에 빠지는 것과 같은 이치다. 누군가를 헌신적으로 사랑한다고 믿으면 정말 그렇게 되는 것처럼, 자신의 감정을 믿지 못하는 이들은 마음속에서 그런 감정이 아예 일어나지 못하게 막아버린다. 이러한 역설로 말미암아 그때 우리가 모든 것을 믿고 받아들였더라면 어떻게 되었을지 여전히 의문이 풀리지 않는다. 한편으로, 사파타 남매가 그린 그림에는 32명의 아이들에 대해 전혀 모르는 사람이라도 떠올릴 수 있는 흔한 장소만 나와 있었다. 딱 벌리고 있는 커다란 입 속에 또 다른 벌린 입들, 배가 불룩 튀어나온 아이들, 나무 아래에서 잠든 아이들, 그리고 피와 밀림의 식물들…… 반면에 그들의 그림은 새로운 투시화법이 사용되어 사실적이면서도 기이한 느낌을 주었다. 가령 상징처럼 보이는 사물들, 명확한 의미가 없는—사파타 남매 자신도 그 뜻을 파악하지는 못했지만, 꿈에서 분명히 들었다고 주장했다—말들, 그리고 서로 겹쳐진 삼각형과 원들, 그 주변으로 작은 행성들이 도는 태양들…… 물론 사파타 남매가 미술에 재능이 없었을지도 모르지만, 그렇다고 해서 그들의 주장에 아무런 설득력이 없다는 것은 아니다. 네 남매가 그린 그림에는 아이들의 순수한 환상과 소름 끼치는 두려움 그리고 가슴 한구석에서 꿈틀거리는 기대감이 뒤섞여 있었다. 그들의 그림을 보기가 힘들었던 것은 그 세 가지 요소가 하나씩이 아니라 동시에 나타났기 때문이었다.

사람들은 사파타 남매가 조금 더 가난했거나 조금만 더 귀엽게 생겼더라면, 또 "심하게 까불거렸다"거나 말재주가 좋았더라면 아무도 그들의 말을 믿지 않았을 거라고 한다. 하지만 사파타 남매는 특별한 재능, 즉 지극히 정상이라는 재능을 타고났다. 어떤 면에서 그 남매는 좋은 점을 두루 갖추고 있었다. 중학교 교사인 어머니와 은행원인 아버지 사이에서 태어난 남매는 동화에 나오는 요정 같았다. 평소 착하고 예의 바르기로 소문난 세 아들과 딸이었지만, 갑자기 방송국 제작 진이 몰려와 카메라를 들이대고 이것저것 물어보자 놀란 듯 눈이 휘둥그레진 채—사진 찍기에 딱 좋은 표정이었다—무뚝뚝하게 대답했다. 그중 한 남자아이는 스페인식으로 발음* 하기도 했다. 그리고 장남은 훌륭한 사회자처럼 형제들을 하나하나 일으켜 세우며 소개했다. 그중에서 막내인 여자아이는 촬영하는 내내 미소를 감추지 않았다. 남매 모두 윗입술이 아랫입술을 약간 덮고 있어서 칠면조 같은 인상을 풍겼다. 방송이 나가기 전부터도 사파타 남매는 이미 동네에서 어느 정도 알려져 있던 터라 주변의 많은 가족들이 성지순례 하듯 그 집을 드나들기 시작했다. 하지만 그들이 마이테 무니스의 프로그램에 출연하기 전까지 그 문제는 공론화되지 못하고 있었다.

텔레시에테 방송국의 보도는 1995년 2월 5일 〈마이테의 집에서〉라는 유명 프로그램에서 방영되었다. 지역 유명 인사이자 프로그램의 진행자인 마이테 무니스는 늘 금발로 염색을 하고 다니던 50대 여성인데, 산크리스토발의 가장 좋은 점

---

* 원문에는 'cecear'라고 되어 있는데, 이는 스페인의 일부 지역에서 /s/를 치간음 ([θ])으로 발음하는 것을 말한다. 이 소설의 공간이 라틴아메리카라는 점을 감안한다면 특이한 현상으로 볼 수 있다.

과 가장 나쁜 점을 동시에 지니고 있었다. 그녀는 다정다감하고 소탈한 한편으로, 경솔한 데다 사람을 공격적으로 몰아붙이는 버릇이 있었다. 가족들 사이에서 같은 일을 하고도 쫓겨나는 이가 있는가 하면 칭찬받는 이도 있는 것처럼, 마이테 무니스의 명성은 보수적인 우리 사회의 단면을 여실히 보여주는 예외였다. 세 명의 전남편, 탈세 혐의 그리고 '악의 없이' 내뱉은 인종차별 발언 등 문제를 일으킬 때마다 사람들의 순전한 동정심과 여론에 미치는 그녀의 영향력으로 인해 유야무야 넘어가곤 했다. 우리 사회가 지닌 가장 큰 단점은 가장 큰 장점의 직접적인 결과인 경우가 대부분이다. 꾸밈없이 '시원시원한' 마이테 무니스의 성격은 애당초 최소한의 시간 안에 모든 것을 준비해야 하는 일일 프로그램과 잘 맞지 않았다. 하지만 항상 자신감 넘치는 마이테는 생방송 도중 예기치 못한 상황이 발생하더라도 타고난 임기응변으로 넘어갔다. 그러다 보니 프로그램 진행 중에 상대를 가리지 않고—여기에는 유명 인사도 일부 포함되어 있었다—무안을 주거나 모욕하는 경우도 비일비재했다. 방송에 출연한 어떤 아이를 그가 걸린 병의 이름으로 부르는가 하면, 이곳을 순방 중이던 교황청 대사를 "자기"라고 부르는 망발도 서슴지 않았다. 이처럼 무니스가 아무리 무례하게 굴어도 시청자들은 으레 그러려니 하면서 눈감아주었다. 마치 버릇없는 자식을 대하듯 말이다. 그렇기는 하지만 그녀는 여전히 텔레비전 여왕의 자리를 군건히 지키고 있었다.

사파타 남매가 〈마이테의 집에서〉에 출연한 것은 전혀 뜻밖의 일이었다. 원래 방송 대본에도 없었지만, 출연자가 갑자기 펑크를 내서 제작진이 노심초사하던 차에 어떤 인턴 사원이 남매의 이야기를 꺼냈다고 한다. 네 시간 뒤, 사파타 남매는 아무런 사전 준비도 없이 집에서 인터뷰를 하게 되었다. 처음에는 아이들의 집과 정원이, 그리고 부모들이 임시 제단으로 꾸민 작은 테이블 위에 소박하게 걸어둔 아이들의 그림이 화면에 비치다가, 마침내 아이들의 얼굴이 나왔다. 마이테는 스튜디오에서 엄마의 품처럼 포근한 목소리로 아이들 한 명한 명에게 간단한 질문을 던졌다. 아이들은 가끔 서로 말을 가로채기도 했고, 끝까지 들어보나 마나라는 듯 다른 형제들의 말을 이어서 마무리 짓기도 했다. 그 아이들은 마음으로 우리에게 말을 걸어요. 막내인 여자아이가 말했다. 주로 밤에요. 그러자 스페인식 발음을 하던 남자아이가 나서며 말했다. 아무리 경험이 많고 유능한 작가라도 이처럼 효과적으로 대본을 쓰지는 못했을 것이다.

"너희들에게 어떤 말을 하니?"

"배가 고프다고 해요." 이번에는 사파타 남매의 장남이 불쑥 나서며 말했다.

네 남매 중에서도 막내 여자아이가 가장 인상적이었다. 막내는 줄곧 큰오빠의 손을 잡은 채 혼자서 장난질을 하고 있었다. 그러다가도 가끔 뒤에 있는 오빠들을 흘끔흘끔 뒤돌아보며 소리 나지 않게 웃다가도, 다시 카메라를 향해 고개를 돌리며 짐짓 진지한 표정을 지었다.

그렇게 15분이 지나자 마이테 무니스는 아무 대본도 없이 지금도 사람들 사이에서 심심치 않게 회자되는 그 유명한 독백을 남겼다. "나는 저 아이들의 말이 사실이라고 믿어요. 사파타 남매는 여태까지 '우리가 저지른 실수를 바로잡을 수 있도록' 도와주는 중간 다리 역할을 하게 될 겁니다. 이제 우리가 나설 차례예요……"

그런데 이후 그 프로그램이 조롱거리로 전락하는 바람에 사람들은 그날 그녀의 독백이 우리 모두에게 남긴 잔잔한 감동마저 인정하지 않으려고 한다. 그건 무니스의 사탕발림(여기서 그 말을 그대로 옮기는 것은 그녀에 대한 모욕이 될 것 같다) 때문이 아니라, 우리 모두가 마음속으로 느꼈지만 어떤 이유에서든 부인하고자 했던 그 무엇 때문이다. 아직 이름이 없거나, 언어로 표현될 수 없는 이름을 가진 그 무엇 말이다. 우리가 별안간 '그것을 느낀 것'은 바로 그 텔레비전 프로그램 덕분이었다. 이렇게 말하면 조금 터무니없는 이야기로 들릴지 모르겠지만, 나름 과학적 근거가 있는 주장이다. 즉 아이들이 밀림에서 돌아와주기를 바라는 우리의 간절한 소망이 표면으로 나타나는 데 마이테 무니스가 결정적인 역할을 했다는 것이다. 나는 그다음 날 재방송으로 그 프로그램을 모두 보았다. 나는 그날 하루 종일 그 방송을 본 사람들의 소감과 의견을 들은 터였다. 그래서 집에 도착하자마자, 나는 텔레비전부터 켰다. 비교적 차분한 마음으로 방송을 보았지만, 사파타 남매의 장남이 "배가 고프다고 해요"라고 하는 순간 눈앞이 뿌옇게 흐려졌다. 그때 나는 뒤를 돌아보았다. 딸아이가 마이아의 무릎을 베고 소파에 누워 있었다. 우리는 눈을 마주칠 엄두도 내지 못했다. 그 방송을 보는 동안 우리 셋은 가슴이 먹먹했다.

사람들은 흔히 산크리스토발에 퍼져 있는 미신의 세계가 그 나머지 역할을 했다고 한다. 하지만 우리 도시를 잘 모르는 사람들은 대체 어느 정도로 그랬는지, 또 주술이나 백마술*이 실제로 지역 전반에 얼마만큼이나 큰 영향을 미치는지 이해하지 못한다. 슈퍼마켓 습격 사건이 일어나기 1년 전, 시청 사회복지과에서 주술에 관한 통계를 분석했는데 당황스러운 결과가 나왔다. 20세에서 60세 사이의 성인 열 명 중 네

---

* 불행을 미연에 방지하거나 병을 고쳐주는 등 선의의 목적으로 행해지는 마술. 인간이나 동물에게 해를 줄 목적으로 행해지는 흑마술黑魔術과 대비되는 개념이다.

명꼴로 최근 1년 동안 적어도 한 번은 주문이나 부적, 혹은 점이나 사시邪視* 등 주술의 도움을 구한 적이 있다고 밝혔기 때문이다. 그중에서도 특히 사시는 산크리스토발 사람들의 마음속에 얼마나 큰 두려움이 도사리고 있는지를 단적으로 보여주는 사례라고 할 수 있다. 이는 산크리스토발 사람들의 특징인데, 길거리에서 누군가 자기를 몇 초 동안만 쳐다봐도 두려움으로 온몸이 돌같이 굳어져버린다.

〈마이테의 집에서〉가 방송된 지 채 몇 시간도 지나지 않아 수십 명의 구경꾼들이 사파타 남매의 집 앞으로 몰려들기 시작했다. 방송 도중, 우리 모두의 마음 깊은 곳에 꿈틀거리던 말이 자기도 모르는 사이에 무니스의 입에서 튀어나왔다. 그 아이들은 어린애들에 지나지 않아요! 우리가 노골적으로 적의를 드러내자 결국 도망치듯 달아난 아이들, 우리가 범죄자로 취급한 아이들, 결국 우리가 궁지로 몰아버린—따라서 바로 그 순간 아이들의 죽음은 전적으로 우리 탓일지도 모른다—아이들 말이다. 선택받은 아이들! 평소 경솔하기 짝이 없던 그녀의 입에서 느닷없이 주문이 튀어나왔다. 마법과도 같은 그말은 잠들어 있던 사람들의 의식을 깨웠을 뿐만 아니라, 반경

---

* 악의를 가진 사람이 상대를 노려봄으로써 저주를 거는 주술. 악마의 눈Evil eye이라고도 하며, 지중해와 라틴 문화권에 널리 퍼져 있다.

100킬로미터 내에 있던 모든 주술사들을 불러낼 정도로 놀라운 효과를 보여주었다.

그다음 주 내내, 사파타 남매의 집은 각지에서 몰려온 사람들로 들끓었다. 모두 그 집에서 만든 케이크를 한 입이라도 먹고 싶어 했다. 그리고 모두 벽에 붙은 그림을 보면서 아이들을 만져보고, 부모들과 이야기를 나눠보고 싶어 했다. 사람들 앞에 모습을 드러낼 때마다 네 남매는 몸이 떨어지면 한 걸음도 나갈 수 없다는 듯이 딱 달라붙어 있었다. 몰려든 인파를 보고 사파타 남매는 놀라서 눈이 휘둥그레졌다. 부모는 아이들보다 더 놀란 눈치였다. 언젠가 부모는 아이들이 군중의 환호를 받으며 등장하도록 잠가두었던 문을 연 적이 있었다. 그 순간, 집 앞에서 기다리던 사람들이 한꺼번에 몰려드는 바람에 하마터면 아이들을 깔아뭉갤 뻔했다. 사람들은 병자들을 그 집으로 데리고 오기 시작했다. 값어치 나가는 물건이라고는 하나도 없는 허름한 집이었지만, 우리 시청 측에서는 사파타 남매의 주거지를 보호하기 위해 폴리스라인을 설치해야 했다. 그런데 우리는 가족의 안전을 보장하기는커녕, 정반대로 집 안에 무엇인가가 숨겨져 있을지도 모른다는 생각에만 골몰했다. 아이들은 학교에 갈 엄두도 내지 못했고, 부모도 허락을 받고 일주일 내내 집 안에 틀어박혀 있을 수밖에 없었다.

참다못한 아버지는 두어 번 문 앞에 나가 자기 가족의 사생활을 존중해달라고 통사정을 하기도 했다. 그러곤 사람들에게 이렇게 어이없는 말을 했다. 우리는 지금껏 아무한테도 해를 끼친 적이 없다고요. 그래도 아무 소용이 없자 그는 잠시 후 잔뜩 주눅이 든 채로, 하지만 겉으로 무게를 잡고 다시 문 앞에 나타났다. 그러곤 기자 한 명을 차가운 눈초리로 쏘아보며 말했다. 지금 당신들이 무슨 짓을 하는지 모르는 것 같군요.

방송에 출연한 지 여드레째 되던 날, 결국 사람들이 집 안으로 돌진하는 사태가 벌어졌다. 새벽 2시에 열다섯 명의 사람들이 창문을 넘어 들어와 그림을 훔쳐 달아난 것이다. 어떤 여자는 무슨 주술에 쓸 생각이었는지, 자고 있던 남자아이의 머리카락을 가위로 싹둑 잘라 가기도 했다. 누군지는 모르겠지만, 달아나면서 아이들의 방에 있던 상자에 몰래 숨겨둔 돈을 훔쳐 간 (거기에 돈이 있다는 것을 아는 자의 소행이 분명했다) 양심 없는 인간도 있었다. 지역 텔레비전 오전 뉴스에서 그들이 침입한 흔적을 상세히 보여주었다. 인터뷰에 응한 아버지는 엉망진창이 된 방을 하나씩 보여주면서, 혹시 모를 사태에 대비해 아이들을 친척 집에 보냈다고 했다. 그로부터 두 시간 뒤, 문 앞에 나와 언론의 취재에 응한 사람은 어머니였다. 그녀는 남편과 달리 아무 일도 아니라는 듯 당당한 모습을 잃지 않았다. 문 앞으로 나온 그녀는 기자들이 깔보지 못하도록 작은 발받침 위에 올라섰다. 그녀는 가쁜 숨을 내쉬면서도 마치 선생 같은 말투로 사람들을 진정시키느라 애썼다. 얼마 전까지만 해도 실감이 나지 않았지만 이제는 두렵기 짝이 없는 저 사람들을 말이다.

그녀는 조용히 하라고 했다.

그녀가 잠시 입을 다물자, 기자들도 마침내 조용해졌다. 어디선가 매미들이 울어대는 소리만 들렸다.

그러던 어느 순간 그녀가 갑자기 입을 열었다.

"모두 거짓말이에요. 아무쪼록 잘 이해해주셨으면 합니다. 아이들이 장난삼아 한 짓이라고요."

자신감의 상실은 사랑이 식는 것과 비슷하다. 둘 다 마음의 상처를 들춰내고, 실제보다 더 나이 든 것처럼 느끼게 만든다. 사파타 남매의 말이 모두 거짓으로 밝혀진 후로, 산크리스토발은 살기 빡빡한 곳으로 변했다. 우리의 아이들은 32명의 아이들이 보내는 메시지를 듣고야 말겠다는 일념으로 계속해서 땅에 귀를 대고 있었고, 우리들은 분명한 것, 즉 아이들의 순진함마저 의심하기 시작했다. 당시 우리가 이를 말로 표현할 수 없었으리라는 점은 분명하다. 우리가 할 수 있던 일이라고는 더 이상 느낄 수 없던 것이 무엇인지, 다시 말해 우리가 어떤 점에서 한계에 부딪혔는지 정확히 설명하는 것밖에 없었다. 아직 사라지지 않고 마음속에 남아 있는 그때의 감정을 말로 옮기려고 애를 쓰는 것은 가장 감동적이면서도 가장 쓸데없는 짓일지도 모른다. 그래서인지 20년이 지난 지금까지도 그 상실감을 말로 전하기가 결코 쉽지 않다.

어쩌면 그 몇 달 동안 벌어진 사건들로 인해 우리는 유년기에 대한 종교적 믿음을 완전히 잃어버렸던 건지도 모른다. 하지만 아이들이라고 우리 어른들보다 그 과정을 더 쉽게 받아들인 건 아닐뿐더러, 예전보다 덜 적대적인 세상에 눈을 뜬 것도 아니다. 아이들에게 세상은 어른들이 대부분의 경우 다정하게 대해줄 수도 있지만 여전히 규칙을 강요하는 박물관이나 다름이 없다. 모든 것은 그들보다 훨씬 더 오래전부터 이미 존재해왔던 터라 철옹성처럼 단단하다. 따라서 아이들은 사랑 대신 마지못해 유년기의 순수함을 지켜야만 한다. 아이들은 당연히 순진무구해야 할 뿐만 아니라 이를 밖으로 드러낼 줄 알아야 한다.

사파타 남매의 사건은 우리 모두가 소중히 여기던 유년기의 신화로부터 어린아이들을 추방한다는 것을 의미했다. 우리는 누군가에게 모든 죄를 덮어씌워야 했지만, 차마 우리 자식들한테 그럴 수는 없던 터라 결국 32명의 아이들에게 화살을 돌리기로 했다. 우리가 보기에 그 아이들은 더 이상 잃어버린 천국의 신화를 상징하지 않았을뿐더러 우리 아이들의 동심마저 더럽혔기 때문에 당해도 싸다고 여겼다. 32명의 아이들은 산크리스토발의 애물단지, 아니 신선한 과일을 끝내 썩게 만드는 끈적끈적한 멍 자국과 같은 존재였다. 아마 우리의 급작스러운 태도 변화가 믿어지지 않는 이들도 있을 것이다. 그런 사람이 있다면, 도서관 정기 간행물실로 가서 사파타 남매의 어머니가 폭탄선언을 한 후로 신문의 논조가 어떻게 바뀌었는지 직접 눈으로 확인하라고 권하고 싶다.

단지 언론의 논조만 변한 것은 아니다.

1995년 2월 13일 자 시청 본회의 회의록과 청원 및 진정서 제3항에 따르면, 국회의원인 이사벨 플란테가 처음으로 산 크리스토발시의 현행 형사책임 연령을 전면 재검토할 것을 요구하고 나섰다. 32명의 아이들 사건을 계기로 그녀가 작성한 법안 초안은 청소년 보호법을 폐지하는 것을 골자로 하고 있었다. 현행 법률에는 13세 미만의 청소년이 범죄를 저질렀거나 1급 범행에 공모 공범으로 가담한 경우, 징역형에 처하는 대신 시민 위원회로부터 보호 관찰 명령을 받게 되어 있었다. 하지만 플란테 의원은 소위 '밀림의 아이들'의 경우 사건 자체가 워낙 이례적이어서 특별법을 제정하는 것이 시급하다고 주장했다. 그녀가 제출한 법안에 따르면, 다코타 슈퍼마켓 습격 사건에 가담한 청소년들 가운데 13세 미만이되 후견인이 없는 경우에 대해서는 구류 처분을 내려 전문 기관에 구금시키는 한편, 13세 이상의 청소년들은 법정 구속 하고 지방 관할 교도소에 수감시키도록 되어 있다. 법안이 시의회에서 과반수의 찬성을 얻지 못할 경우나(본회의에 상정된 법안이 처리되려면 과반수 이상의 찬성이 필요하다), 의회에서 통과된다 해도 관료주의의 타성으로 인해 법률이 시행되는 데만 3~4개월이 걸릴 것이 분명하기 때문에, 플란테 의원은 긴급 상황이라는 이유를 들어 한시적으로 '재활 및 갱생 위원회'를 만들자고 제안했다. 그간 산크리스토발 사회에 엄청난 충격과 피해를 주었을 뿐만 아니라, 다시 공격할 기회를 엿보며 밀림에서 '전열을 재정비'(의사록에 나온 말을 그대로 옮긴 것이다) 하고 있을 청소년 범죄자들을 갱생의 길로 이끌려면 그 방법밖에 없다는 주장이었다.

그런데 무엇보다 우려되는 점은 보수당 의원이 청소년의 기본권을 유린하는 법안을 제출했다는 것보다, 재적 의원의 70퍼센트가 눈도 깜짝 안 하고 법안 통과에 찬성했다는 사실이다. 오랜 세월이 흐른 뒤, 자유당 소속 시의원인 마르가리타 슈네이데르는 그 시절을 이렇게 회상했다. "이루 말할 수 없이 낯설고 괴이했지만…… 그래도 견딜 만했다." 우리는 오른손이 하는 일을 왼손이 모르게 하는 법을 그럭저럭 배울 수 있었다. 그 과정에서 우리는 그렇게 하는 것이 그리 어렵지 않을 뿐 아니라, 그보다 훨씬 더 소름 끼치는 사실, 즉 어쨌거나 생각보다 불안한 기분이 들지 않았다는 것도 깨닫게 되었다.

하지만 우리의 아이들은 여전히 공상에 잠겨 있었다. 우리 어른들의 경우, 태도가 확연하게 달라졌지만 아이들이 정신을 차리도록 설득하기는커녕, 정반대로 아이들이 32명에 대해 은밀하게 가지고 있던 흠모의 마음을 더 깊게 만들고 말았다. 마침내 32명의 아이들은 우리 아이들의 은밀한 내면세계로, 우리들이 들어오지 못하도록 문을 걸어 잠근 자기만의 방으로 변해버렸다. 지금 나는 산크리스토발에서 가장 어린 아이들을 말하는 건 아니다. 그 아이들은 우리만큼 두려움에 떨고 있었으니까. 내가 말한 것은 32명의 아이들과 같은 나이, 그러니까 아홉 살에서 열세 살 사이의 아이들 이야기다. 무언가로 인해 어린아이들의 세계가 둘로 나뉘어버렸다.

이미 언급한 바 있는 「감시」라는 글에서 가르시아 리베예스 교수는 매우 흥미로운 주장을 펼쳤다.

32명의 아이들은 전통적인 '악영향'과 완전히 반대로 산크리스토발의 아이들에게 영향을 미쳤다. 32명의 아이들은 아무도 모르는 곳에서 **영향력**을 행사했다. 아무리 부모들이라도 자기 아이들한테 보이지 않는 아이들의 행동을 따라 하지 말라고 타이를 수 없는 노릇이었다. 아이들이 거리에 나타나지도 않을뿐더러, 당시 살았는지 죽었는지조차 모르는데, 무슨 말을 할 수 있단 말인가? 32명의 아이들은 어디에도 존재하지 않음으로써 우리가 상상조차 못 할 일을 해낼 수 있었다. 다시 말해, 그 아이들은 이 세상 모든 곳에서 존재하게 되었던 것이다. 그런 상황에서 다른 애들이 하는 행동을 따라 하지 말라고 나무라면, 아이들은 이렇게 대답했을 것이다. 어떤 아이들을 말하는 거죠?

일은 그렇게 되었다. '현실'에서 종적을 감춘 뒤 32명의 아이들은 완벽한 괴물로, 어린아이들보다 우리 어른들을 악몽에 더 시달리게 만드는 괴물로 변해버렸다. 32명의 아이들은 무시무시한 것뿐만 아니라 매력적인 것도 비춰주는 견고한 빈 공간, 아니 완벽한 스크린이었다. 가르시아 리베예스 교수는 또 다음과 같이 썼다.

산크리스토발의 아이들은 직감적으로 32명의 아이들이 가진 능력 덕분에 환각을 경험하게 되는 것이라고 생각했다. 그렇다면 타인이 전하는 생각을 자각하거나 받아들일 수 있게 해주는 어떤 지적 능력이 있다고 해야 할까? 물론 그렇게 볼 수도 있을 것이다. 하지만 나는 순수한 자각 혹은 눈뜸이라고 생각한다. 32명의 아이들이 산크리스토발 아이들의 공상과 환상에 미치는 힘은 최상의 특권이자 그들이 미래에 누릴 권리의 근거와 같은 것이었다.

이를 달리 말하면, '너희들의 자유는 우리가 미래에 누릴 자유를 보장한다'는 뜻이다. 아이들은 우리 어른들이 상처 입은 바로 그곳, 경계심과 불신이라는 곳에서 오히려 자유로웠다. 언젠가 우리 아이들이 32명의 역할을 온전히 떠맡게 될 날이 오면—이는 단지 시간문제일 뿐이다—아이들은 그들의 진정한 후계자가 될 것이 분명했다. 그런데 놀라운 것은 아이들이 그 역할을 계승하는 데 있어서 수동적인 자세로 응했다는 점이다. 산크리스토발의 아이들은 돌연 역할을 바꿈으로써 32명의 아이들이 저지른 살인 사건을 그대로 떠맡은 것으로 보였다. 이어 가르시아 리베예스 교수는 거의 니체와 같은 어투로 글을 마무리 지었다.

나는 너를 이겼고, 너는 나를 이겼으니, 너와 나는 결국 비긴 셈이다. 어쩌면 그렇지 않을지도 모른다. 네 칼에서 흘러내리는 피는 나의 것이니.

산크리스토발에서 벌어진 논쟁에서 가르시아 리베예스가 자신의 글을 통해 보여준 것만큼 아무 거리낌 없이 자유롭게 생각한 사람은 그리 많지 않았던 것 같다. 그녀는 우리가 거의 불가능하다고 여긴 것, 즉 그 사건들의 결과를 토대로 그곳에서 무슨 일이 일어났는지 추론하기 위해 유년기 아이들과 관련된 상투적이고 진부한 언어에서 완전히 벗어날 수 있다는 것을 증명했다. 상투적인 언어를 찾아내려면 그 전에 그런 표현을 무심코 써봐야 하고, 그것을 뛰어넘으려면 사전에 그런 말을 사용할 필요가 있다. 그 아이들의 세계는 유년기에 대한 선입관에 사로잡혀 있던 우리를 더욱 당황스럽게 만들었다. 사람들이 32명의 아이들을 보면서 느낀 불쾌감은 몇몇 아이들이 난폭한 행동을 저지른 것이 정상적인지 여부가 아니라, 그 아이들로 인해 사람들이 유년기에 대해 가지고 있던 아름다운 환상이 산산이 부서져버린 데에서 비롯된 분노와 연관되어 있었다.

어쨌든 최악의 상황은 아직 오지 않았다. 가장 아이러니한 점은 그로 인해 우리 모두 단 한 순간도 불안감을 떨쳐버릴 수가 없었다는 사실이다.

이야기와 기록은 지도와 비슷한 면이 많다. 한편으로 모두가 기억하는 집단적 사건이 마치 견고하면서도 화려한 빛깔의 대륙처럼 머릿속에 남아 있는가 하면, 개인적 감정들 또한 바다처럼 마음속 깊은 곳에 고스란히 남아 있다. 본회의에서 '재활 및 갱생 위원회'의 창립이 의결되고 2~3주가 지난 어느 일요일 오후, 결국 일이 터졌다. 그날 마이아와 딸아이는 집에 있었다. 아침부터 푹푹 찌는 날씨였지만 우리 몸은 이미 우기에 익숙해져 있었다. 하루 종일 머리가 멍하고 무기력한 건 그렇다 치더라도, 몸이 풍선처럼 부풀어 오른 듯이 묘한 리듬에 따라 움직였다. 매미 울음소리 때문에 귀가 얼얼한데다, 이른 새벽부터 내린 비로 인해 습기가 많아지자 날씨가 끈적끈적하고 후텁지근하게 변했다. 우리는 집에서 파스타를 만들어 먹었다. 그러곤 일요일 점심을 먹고 나면 늘 찾아오는 울적한 기분을 자장가 삼아 우리도 모르는 사이에 잠이 들었다.

현관 벨이 울렸을 때, 모른 체하고 계속 자려고 했지만 결국 자리에서 일어났다. 마이아와 딸아이는 계속 자고 있었다. 문을 열자 내 또래쯤으로 보이는 메스티소* 남자가 앞에 서 있었다. 키는 작았지만, 단정하고 말쑥한 옷차림을 하고 있었다. 더구나 수염이 없이 뾰족한 그의 턱은 당시 산크리스토발 남자들 사이에서 미의 기준으로 여겨지고 있었다. 그는 산크리스토발 특유의 억양으로 나를 만나러 왔다고 말했다. 그래서 나는 내가 바로 그 사람이라고 대답했다.

"마이아의 아버지 되는 사람입니다." 그가 말했다.

내가 아무 반응도 보이지 않자, 그는 이렇게 덧붙였다.

"딸아이의 아버지예요."

나로서는 단지 그의 입에서 불쑥 튀어나온 말보다 이 상황 자체가 당황스러웠다. 딸아이의 얼굴 생김새가, 특히 내 마음에 드는 아이의 생김새가 그의 얼굴에서도 그대로 드러나고 있었다. 자그마한 코, 얼굴에 초콜릿색 반점처럼 붙어 있는 작은 입, 그리고 깊은 눈빛. 갑자기 그 둘의 눈, 코, 입이 이리

---

* 백인과 인디오 사이에서 태어난 혼혈.

저리 떠다니는 듯했다. 나한테 없는 이목구비를 가진 부녀에게 돌연 질투심이 일기까지 했다. 결국 엉뚱한 질문이 입에서 튀어나와버렸다.

"돈을 원하세요?"

남자는 이상하다는 듯이 나를 물끄러미 쳐다보았다. 그 남자와 마찬가지로 산크리스토발 사람들은 좀처럼 자기 속내를 내비치지 않는다. 그래서 실제로는 조심스럽게 눈치를 살피는 것이지만, 사려 깊은 사람처럼 보이게 만든다.

"선생과 이야기를 나누고 싶어서 온 겁니다."

나는 밖으로 나와 문을 닫았다. 그러곤 뜨거운 햇볕을 받으며 200미터 떨어진 강변 산책로까지 서로 한 마디도 나누지 않고 걸어갔다. 나는 한시라도 빨리 집에서 벗어나고 싶었던 나머지, 난처하기 짝이 없는 그 상황을 어떻게 모면할지에 대해서는 생각할 겨를이 없었다. 그사이 나는 두어 번 곁눈질로 흘끔거리면서 그가 내 곁에서 어떻게 걸어가는지 눈치를 살폈다. 마이아를 처음 만났을 때, 나는 딸아이의 친아버지에 대해 여러 차례 물어봤다. 하지만 그럴 때마다 번번이 그녀는 대답을 회피한 채 얼버무리고 넘어갔다. 그래도 내가 끈질기게 물어보자, 그녀는 마지못해 대답했다. 자기한테는 없는 존재나 마찬가지일 뿐만 아니라 어디에 사는지조차 모른다고 했다. 그리고 내가 아이의 친아빠 자리를 대신해주기를 바란다는 말도 덧붙였다. 그녀와 결혼하고 1년 동안은 유령처럼 주변을 떠도는 그 남자의 존재로 인해 벙어리 냉가슴 앓듯 혼자서 속을 썩였다. 하지만 그런 후에야 그가 완전히 사라졌다는 것을 사실로 받아들일 수 있었다. 그런 그가 무슨 일로 갑자기 나타난 것일까? 그는 흰색 리넨 바지에 가슴이 훤히 드러난 반팔 셔츠를 입고 있었다. 그는 붙임성이 좋으면서도 다부지고, 또 사치스러운 면도 있어 보였다. 그런데 사치스럽다고는 해도 부자가 아니라 장사꾼에게 어울리는 정도였다. 강변에 도착해서 그를 보았을 때, 나는 마이아가 왜 그 남자에게 마음이 끌렸는지 이해할 수 있었다. 그는 조용하고 차분한 분위기를 풍겼다. 그런데 마이아와 그 남자가 함께 있는 모습이 자꾸 떠올랐다.

"귀찮게 해드려 미안합니다." 그는 착 가라앉은 목소리로 말했지만, 내가 아무런 반응을 보이지 않자 말을 계속했다. "선생이 그 아이들을 담당하고 계시죠?"

"밀림의 아이들 말입니까?" 머리가 너무 어수선하고 혼란스러워서 그 말의 기본적인 뜻조차 가물가물해졌다.

"그 아이들 중 하나가 내 아들이에요."

그런 일이 일어난 것은 그때가 처음이 아니었다. 다코타 슈퍼마켓 습격 사건 후 신문에 사진이 실리자 오래전에 아이를 잃어버린 가족들은 그 사진 속에서 자기 아들이나 딸의 얼굴을 봤다고 믿는 경우가 많았다. 거의 불가능에 가까운 일이었지만 말이다. 누구든 오랫동안 깊은 절망감에 빠져 지내다 보면, 그렇게 믿을 만한 논리적 근거가 없는데도 결국 철석같이 믿게 되는 법이다. 나도 그런 가족을 만나서 아이들 관련 문서를 전달받은 적이 있다. 대부분의 아이들은 실종된 지 이미 오랜 세월이 지났기 때문에 나이만 따져보더라도 밀림의 아이들과 일치할 가능성은 전혀 없었다.

하지만 그 남자의 경우는 달랐다. 어떤 면에서 그는 나와 비슷한 처지였다. 처음 보는 얼굴에 이름도 몰랐지만, 어처구니없게도 나와 가까운 사이나 다름이 없었으니까. 딸아이의 모습이 그 남자의 얼굴에 어른거렸고, 마이아는 그와 잠자리를 함께한 사이였을 뿐만 아니라, 심지어 그를 사랑했을지도 모른다. 그는 주머니를 뒤지더니 가죽 지갑을 꺼냈다. 거기서 무언가를 꺼내 내게 내밀었는데, 열두 살쯤 되어 보이는 남자아이의 사진이었다. 그런데 우리 딸아이와 얼마나 닮았던지 깜짝 놀랐다.

"안토니오라는 아이예요." 그는 마치 그걸로 모든 문제가 해결되기라도 한 듯이 말했다. "선생은 아이들이 어디 있는지 알고 있죠?"

"아뇨. 저도 모르긴 매한가지예요. 그걸 아는 사람은 아무도 없으니까요."

그는 못 믿겠다는 눈초리로 나를 빤히 쳐다보았다.

"당신이 그 아이들과 함께 있다는 걸 알고 있어요."

그와 함께 있는 자리가 가시방석에 앉은 듯 갈수록 견디기 어려웠다. 더위와 질투심, 그리고 초면인데도 무례하게 구는 태도. 나는 그가 쳐놓은 덫에 걸리기라도 한 것처럼 속이 부글부글 끓어올랐다. 그 말을 듣고 화가 머리끝까지 치민 나는 당장 자리를 뜨기로 마음먹었다. 몸을 반쯤 돌리는 순간, 그는 내 셔츠 깃을 붙잡은 채 이글거리는 눈빛으로 나를 노려보며 말했다.

"내 아들을 반드시 찾아내란 말입니다. 알았어요?"

나는 원래 성격이 차분한 편이어서 살면서 화를 낸 적이 손에 꼽을 정도였다. 하지만 한번 분노가 치밀어 오르면―그 남자를 만났을 때 그랬다―갑자기 머리에 열이 오른다. 그 순간 말이 다르게 들리면서 생각이 감정적으로 바뀌기 시작했다. 그리고 우리가 왜 거기까지 갔는지 전혀 생각나지 않았다. 마치 바깥세상과 완전히 단절된 느낌이었다. 내가 난폭하게 밀치자, 그는 하마터면 뒤로 나가동그라질 뻔했다. 나는 화가 나서 얼굴이 붉으락푸르락했고, 그 또한 제정신이 아니었다. 남자는 다시 내게 달려들었다. 그가 무슨 짓을 하려는지 종잡을 수가 없던 터라 나는 달려드는 그의 왼쪽 귀 윗부분을 세게 내리쳤다. 마치 말의 등을 때리다가 단단한 등뼈에 부딪히기라도 한 것처럼 손마디가 얼얼했다. 꽤나 아팠을 텐데도 그는 신음 소리 한 번 내지 않고 다시 자리에서 일어섰다. 그러곤 그 당시만 해도 도저히 이해가 되지 않을 만큼 비굴한 태도로 (하지만 이제는 이해가 간다. 누구든 자포자기 상태에 빠지면 그 남자처럼 비굴해질 수밖에 없다) 내 셔츠 주머니에 자기 아들의 사진을 집어넣었다. 넋이 나간 것처럼 멍하게 앉아 한숨을 돌리는 동안, 우리는 어쩔 줄 모른 채 한 마디 말도 없이 잠자코 있었다. 그는 피가 났는지 보려고 귀에 손을 갖다 댔다. 나는 산책로 난간에 몸을 기댄 채, 혹시 누가 봤을지도 모른다는 생각에 주변을 둘러보았다. 다행히 아무도 없었다. 에레강은 귀가 먹먹해질 정도로 큰 소리를 내며 흘러가고 있었다. 아무 잘못도 없는 그를 때린 나 자신이 부끄럽기만 했다. 그를 힐끗 쳐다보았다. 그의 눈과 코, 그리고 입과 턱은 별다른 특징 없이 평범했다. 그는 딸아이의 친아버지였다. 그 순간 갑자기 그가 잃을 게 없는 이상 무서울 것도 없다는 걸 알았다. 저 남자의 절망감은 위용을 과시하는 에레강, 즉 어마어마한 양의 물과 모래를 실어 나르며 세차게 흘러가는 강물의 에너지와 다를 바가 없었다. 그 남자는 이미 정해진 선을 넘고 말았다. 나는 우리가 이 도시에 온 후 언젠가 마이아와 그가 만나서 이야기를 나누었다는 것을, 그리고 마이아가 그에게 우리 집 근처에 절대 얼씬거리지 말라고 했다는 것을 직감으로 느꼈다—아니 알고 있었다—. 자기 딸을 보고 싶은 건 인지상정이지만, 그가 이미 다른 여자와 새살림을 차린 데다 거기서 낳은 자식들도 분명 있다는 것을—그들 중 하나가 안토니오였을 것이다—직감으로 느꼈다—아니 알고 있었다—. 그에게 사과하고 싶었지만, 차마 입이 떨어지지 않았다. 대신 그에게 한 발짝 다가섰다. 하지만 그는 그 자리에서 꼼짝도 하지 않았다.

"우리가 나서서 아이들을 찾아보도록 합시다." 내가 말했다. 그사이 그의 이름을 떠올리려고 애를 썼지만, 아직 이름도 물어보지 않았다는 생각이 들었다. 그때 내 마음을 꿰뚫어 보기라도 한 듯 그가 자신의 이름을 밝혔다.

"안토니오예요."

나는 집으로 천천히 걸어갔다. 안토니오에게 작별 인사를 건넸는지조차 생각나지 않았다. 다만 내가 그 사진을 돌려주려고 하자 그가 다시 사진을 내 셔츠 주머니에 집어넣었던 것은 분명히 기억났다. 그리고 그를 쳐다보지 않으려고 흔히 코끼리의 귀라고 불리는 커다란 나뭇잎으로 시선을 돌리자, 자신의 땅을 되찾을 기회만 엿보는 듯 틈날 때마다 도시 안으로 밀고 들어오는 밀림이, 또 풀과 나무의 부드럽고 말랑말랑한 촉감이 느껴지는 듯했던 것도 떠올랐다. 집에 들어갔을 때 마이아는 여전히 자고 있었다. 그녀는 웬지 전보다 더 어려 보였다. 에스테피에서 처음 만났을 때만큼 어려 보였다. 나는 그녀 옆에 벌렁 드러누웠다. 그 바람에 침대가 출렁거리자 그녀가 살며시 눈을 떴다.

"어디 있다 왔길래 그렇게 땀을 흘리는 거야?" 마이아가 말했다.

"산책하고 오는 길이야."

그녀는 더 이상 묻지 않았다. 그녀는 검지 끝으로 내 이마에 송골송골 맺힌 땀을 닦아주었다. 그녀가 안토니오에게도 그렇게 해주었으리라는 생각이 처음 들었다. 똑같은 동작으로. 그에게 얼마나 많은 몸짓을 했을까? 사랑하는 사람마다 서로 다른 몸짓을 만들어낼 수가 없기 때문에 습관처럼 늘 똑같은 몸짓을 단조롭게 반복할 수밖에 없다는 사실이 서글프기만 했다.

나는 그녀가 셔츠 주머니에 있는 아이의 사진을 눈치챌까 봐 그녀에게서 눈을 떼지 않고 셔츠를 벗었다. 그런데 그녀는 내 동작을 다른 뜻으로 받아들였는지, 옷을 벗기 시작했다. 사정이 그렇게 되자 나는 어쩔 수 없이 옷을 모두 벗었다. 그녀도 마찬가지였다. 비록 나이가 들기는 했지만, 그녀는 여전히 젊은 외모를 유지하고 있었다. 작은 가슴에 히프가 거의 없다시피 한 탓인지 마치 젊은 남자의 몸매처럼 보였다. 그녀가 실오라기 하나 걸치지 않은 알몸이 되자, 자기 몸 어디로든 볼 수 있을 것 같은 느낌마저 들었다. 옷을 벗으면 그녀는 언제나 배가 팔딱거렸다.

　나는 그녀가 못 보도록 목에 키스를 하며 거칠게 그녀의 몸 속으로 들어갔다. 그 순간 내 안에서 도착적인 충동이 꿈틀거리는 것을 느꼈다. 마치 그녀가 나 몰래 안토니오와 만나 속삭이는 것을 알면 더 흥분되기라도 하는 것처럼 말이다. 그녀와 나는 서로를 잘 이해하고 있었고, 어떻게 하면 상대의 마음을 얻을 수 있는지도 훤히 알았다. 한마디로 그녀와 나는 서로에 대해서라면 속속들이 내리꿰고 있을 정도였다. 우리가 빠르면서도 짜릿하게 일을 치르고 싶어 했다는 것은 분명했다. 그리고 우리는 실제로 그렇게 했다. 하지만 그녀는 평소와 달리 격정을 가누지 못해 몸부림치는 것 같았다. 몸이 한데 뒤엉킨 상태에서 그녀는 있는 힘껏 나를 끌어안는가 하면, 잠시 온몸을 부르르 떠는 것 같았다. 잠시 후, 그녀는 내 어깨에 턱을 괸 채 나에게 사랑한다고 속삭였다.

　한바탕 격렬한 파도가 휩쓸고 지나간 뒤, 우리는 나란히 누워 천장의 선풍기에 시선을 고정시켰다. 밀린 이야기가 많은 듯했지만, 생각해보면 할 이야기가 전혀 없었다. 우리의 결혼 생활에서 가장 놀라운 점은 우리 자신보다 상대의 육체와 습관을 더 잘 알면서도 그런 겉치레를 계속했다는 것이다. 페르시아나* 틈으로 새어 들어온 빛이 그녀의 코 아래 곡선을 그리자 방긋 웃는 표정이 되었다. 아내의 무표정한 얼굴이 다시 내 마음을 사로잡았다.

"당신은 나랑 결혼한 걸 후회하지 않아?" 내가 물었다.

결혼한 후로 단 한 번도 그녀에게 그런 걸 물어본 적이 없었다. 그건 대부분 이기심이나 불안감으로부터 비롯된 삐뚤어진 질문일 뿐이다. 그래서 나는 어떤 일이 있어도 그런 질문을 던진 적이 없었지만, 그날은 무슨 이유에선지 궁금한 마음을 이길 수가 없었다. 어쩌면 안토니오와 만나고서 마음에 상처를 받은 모양이었다.

"당신은 내 인생에서 유일한 사랑이야."

"내가 물어본 건 그게 아니야." 나도 물러서지 않았다.

그녀는 조용히 미소 지었다. 하지만 그건 마음에도 없는 웃음이었다. 그 순간 가슴이 뜨끔해서 자기도 모르는 사이에 그런 표정을 지었는지도 모른다.

"그게 그 말이지." 그녀가 대답했다.

---

* 폭이 좁은 나무나 플라스틱 판을 발 모양으로 연결하여 위로 올리거나 내릴 수 있도록 한 일종의 덧문. 스페인이나 라틴아메리카에서 여름의 강한 햇살을 막기 위해 창문 안이나 밖에 설치한다.

그 몇 주 동안의 일을 생각할 때마다 내 눈앞에 떠오르는 건 그 아이의 얼굴뿐이다. 아직도 그 아이의 사진을 간직하고 있지만, 무슨 이유에서인지 사진은 기억 속에 남아 있는 아이의 모습과 많이 달라 보인다. 사진 속의 아이는 눈을 감으면 떠오르는 바로 그런 얼굴(그렇다고 인상을 찌푸린 보통 아이의 모습은 아니다)을 하고 있다. 그 아이의 얼굴은 여자아이처럼 갸름하면서도 둥근 편이어서 우리 딸아이 같은 느낌을 준다. 하지만 우리 딸아이에게서는—어디에 숨기기라도 한 것처럼—전혀 찾아볼 수 없던 사춘기 이전 아이의 모습이 얼굴에서 언뜻언뜻 드러난 탓인지 그 아이는 더 당돌한 인상을 풍겼다.

나는 다코타 슈퍼마켓 감시카메라의 녹화 테이프에서 그

아이를 찾아보기로 했다. 그런데 예상외로 금방 찾을 수 있었다. 그 아이는 다른 아이들에 비해 약간 작은 편이었지만, 아주 독특한 머리 모양을 하고 있었다. 앞머리가 이마 중간까지 일자로 내려와 있어서 마치 사발을 엎어놓은 모양이었다. 그 아이가 틀림없었다. 그 아이는 매장 안으로 가장 먼저 들어왔을 뿐 아니라 사람을 살해한 아이들 가운데 하나였다. 어느 순간, 그 아이는 놀라울 정도로 차분하게 페니 마르티네스(피살자 중 한 명)에게 다가가더니 고기 써는 나이프로 그녀의 배를 세 차례나 찔렀다. 그녀가 바닥에 피를 쏟으며 힘없이 쓰러지는 사이, 아이는 자리에서 꼼짝 않고 그 장면을 바라보고 있었다. 그날 슈퍼마켓에서 살인을 저지른 다른 아이들과 달리, 안토니오 라라의 경우에는 장난기가 전혀 없어 보였다. 그 아이는 공포에 사로잡혀 있는 듯했다. 마치 의식이라도 치르는 듯 표정이 엄숙하기까지 했다. 아이는 그 자리에 선 채 몇 초 동안 쓰러진 여자를 빤히 내려다보았다. 그러더니 조금 더 가까이에서 보려는 듯 아니면 그 여자에게 무슨 말이라도 건네려는 듯 몸을 숙였다. 그 아이와 여자는 서로의 얼굴을 빤히 바라보았다. 이어 아이는 여자 쪽으로 손을 뻗었다. 그의 손이 그녀의 몸에 닿을락 말락 했다. 그 동작을 보자 왠지 무시무시한 느낌마저 들었다. 무언가 섬뜩하면서도 철없는 아이처럼 순수한 모습이 동시에 어른거리는 듯했다.

지금도 그 몇 주를 떠올릴 때마다 안토니오의 모습이 번번이 되살아나 머릿속을 가득 채운다. 신체의 이미지와 기억 속의 이미지가 내면의 통로를 따라 공생하면서 나날이 더 부풀어 오르는 것 같다. 딸아이를 바라보면 늘 그 아이의 모습이 떠오른다. 딸아이가 어떤 행동을 할 때마다 그 아이가 겹쳐 보이곤 한다. 피는 결국 피를 부르게 마련이다. 그 무렵 딸아이는 바닥에 귀를 대고 있거나, 아니면 사파타 남매처럼 눈을 감은 채 꿈속의 목소리를 듣는 것 같았다. 물론 사파타 남매의 말이 모두 꾸며낸 거짓이라는 증거는 없다. 어쨌든 모든게 분명한 사실일지도 모른다. 그렇다면 아이들의 꿈과 생각이 거대한 흐름을 타고 밀림에서 우리의 집까지 전해졌을 가능성도 있다.

시청 사무실에 혼자 있을 때 나는 그 아이의 사진을 꺼내 마이아와 딸아이의 사진 옆에 나란히 놓아두었다. 그럴 때마다 세 사람이 얼마나 자연스럽게 어울리는지 소름이 끼치고 정신이 멍해질 정도였다. 그런 날 집에 돌아오면 제일 먼저 딸아이부터 찾았다. 하지만 딸아이는 무서운지 나를 피했다. 왠지 나 자신이 비참하게 여겨졌지만, 딸아이의 입장 또한 이해가 안 가는 바는 아니었다. 따지고 보면 저 아이도 이제 곧 어엿한 숙녀로 변할 나이인 데다 저렇게 빼는 척하는 것도 저 나이 때에는 당연한 것일 테니까. 다 이해할 수 있었다. 하지만 무슨 이유에서인지 자꾸 불안한 마음이 들었다. 사방에서 불안하고 수상쩍은 낌새가 느껴졌다. 딸아이는 물론, 길거리와 온도, 심지어는 긍정적인 반응에서조차 불길한 예감이 들었다. 그뿐 아니라, 마이아의 상냥한 태도와 아름다운 에레강, 그리고 갑자기 매미들이 울음을 멈추면서 사방이 고요해지는 순간과 밀림도 마찬가지였다.

그 무렵 마이아는 내가 들어본 것 중 가장 아름다운 곡인 시벨리우스의 바이올린 협주곡을 연습하고 있었다. 그녀는 산크리스토발 오케스트라에서 제1바이올린 연주자 자리를 차지할 수 있다고 자신했다. 하지만 내가 보기에 욕심이 지나친 듯했다. 하루 종일 연습에 매달렸지만 그 곡을 연주하기에는 다소 역부족이었다. 그 곡은 연주하기가 극히 까다로울 뿐 아니라 멜로디가 너무 정교해서 작은 실수만 해도 전체가 엉망이 되어버리기 십상이었다. 그녀는 아무도 이해하지 못하는 곡을 끈질기게 물고 늘어졌지만, 악보 전체가 버거운 듯 보였다. 시벨리우스의 멜로디는 나뭇결과 같아서 단순하면서도 견고하다. 그리고 손끝의 다양한 압력과 미세한 손짓을 통해 아름다운 선율이 폭포처럼 쏟아져 내린다.

그 일이 일어나기 시작한 게 바로 그 무렵이었다. 아이들이 하나씩 둘씩 사라지기 시작한 것이다. 밀림의 아이들이 아니라, 우리의 아이들이 말이다. 당초 이를 대수롭게 여기는 이는 아무도 없었다. 그건 실종된 아이들의 개별적인 문제일 뿐, 그 사건들이 서로 연관되어 있다고 보이지 않았기 때문이다. 그래서 기다리다 보면 언젠가 돌아올 것으로 여기고 있었다. 경찰이 주유소에서 아이들의 손을 붙들고 연락하거나, 어떤 집 앞에서 아이들을 발견한 이가 시청에 신고할 것이라고 믿고 있었다. 하지만 정작 아이들은 돌아오지 않고, 속절없이 시간만 흘러갔다. 답답한 상황이 이어지자 우리는 차라리 유괴범, 아니 살인범이라도 나타나기를 바랐다. 우리가 알고 있는 것이라면 어떤 공포라도 좋으니, 하루속히 정체를 드러냈으면 했다. 첫 번째 사건은 3월 6일에 일어났다. 심장 전문의인 아빠와 우체국 직원인 엄마 사이에서 태어난 아홉 살의 알레한드로 미게스가 그 주인공이었다. 그로부터 이틀 뒤, 시청 청소과 소속 공무원 부부의 딸인 마르티나 카스트로가 사라졌다. 그리고 산크리스토발의 《엘 임파르시알》지 경제부 기자이자 젊은 홀아버지의 열한 살 된 아들, 파블로 플로레스가 세 번째였다.

아이들은 1995년 3월 6일에서 10일 사이에 사라졌다. 지금도 그 당시 지역 신문만 보면 부아가 치밀어 오른다. 아이들이 실종되었다는 말과 사진 옆에는 어린이 마피아나 속달 유괴* 지수에 관한 기사가 실려 있다. 그런데 32명의 아이들에 대한 기사는 눈 씻고 찾아봐도 없다. 밀림의 아이들에 대한 그런 침묵은 감히 생각할 엄두도 내지 못하는 것에 대해 우리가 언급하기를 얼마나 꺼렸는지 단적으로 보여준다. 심지어는 빅토르 코반조차 당혹스러워하는 기색이 역력했다. 그래서인지 그 무렵 그가 쓴 글에는 아이들을 자기 마음대로 혼자 돌아다니도록 놓아둔 것이 너무 위험했다는 등의 뻔한 내용만 담겨 있다. 마치 길을 건널 때 아이의 손을 잡아주지 않거나, 집 앞의 공원에서 아이들끼리 놀도록 방치한 것만이 문제였다는 듯한 투였다.

대체 무슨 일이 있었기에, 가정에 아무런 문제도 없을 뿐만 아니라 예의 바르고 반듯한 중산 계급의 아이 세 명이—가족의 증언에 따르면 그들 중 한 아이는 성격이 유난히 소심하고 겁이 많았다고 한다—어느 날 갑자기 밀림에 틀어박힌 아이들에게 가기 위해 자기 집 창문이나 정원의 나무 울타리 밑으로 도망쳤단 말인가? 설령 이 아이들이 밀림의 아이들과 연락하는 방법을 알아냈다 치더라도, 굳이 집을 뛰쳐나갈 이유가 있었을까? 게다가 아이들끼리는 어떻게 마음이 통했던 걸까? 밀림으로 가려고 했지만 뜻을 이루지 못한 아이들이나 창문으로 달아나려다 잡힌 아이들조차 이에 대해 명확한 답

---

* 어린아이를 납치한 뒤, 즉시 소액의 몸값을 지불할 것을 요구하는 범죄로 라틴아메리카에서 성행하고 있다.

을 내놓지는 못할 것이다. 아이들을 붙잡아다 왜 그랬냐고 물어보면, 대담하게 도망치려고 했을 때와는 달리 다그쳐 묻는 것이 더 무섭기라도 한 듯이 표정이 금세 어두워지면서 눈물을 터뜨리기 시작했다. 아이들은 그저 '친구들'과 함께 지내고 싶었을 뿐이라고 대답했다. 어떤 친구들을 말하는 것이냐고 물어봤을 때, 아이들은 직접 가보지 않았다면 도저히 불가능할 정도로 상세하게 장소와 상황을 설명했다.

또한 그 당시 일어난 갖가지 사건을 비롯해 몇몇 상점과 아이들이 밤 시간마다 출몰하던 주택가의 감시카메라 녹화 영상 등에 관한 이야기들로 세간이 떠들썩했다. 그 주만 해도 여러 건의 식료품 절도 사건이 일어난 것으로 확인되었는데, 모두 그 아이들의 소행이 틀림없다. 그런데 발레리아 다나스가 제작한 편파적인 다큐멘터리 〈아이들〉에는 그 주에 녹화된 영상이 포함되어 있다. 겁이 난 어떤 아버지가 가정용 비디오카메라로 녹화한 영상인데, 열두 살쯤 된 네 명의 아이들이 집 담장을 폴짝 뛰어넘더니, 창문을 열고 밖을 내다보던 어떤 아이와 이야기를 나누는 모습이 보인다. 한밤중이라 화면이 어두워 제대로 분간이 되지 않았지만, 한쪽에서는 앙증맞은 뾰족코를 가진 아이들이 무리를 이루어 창문을 향해 몰려가고 있었고, 반대쪽에는 밤의 적막 속에서 무엇에 홀린 듯 창밖을 내다보는 아이의 모습이 어른거렸다.

그 장면을 볼 때마다 나는 어린아이들이 어떻게 사람의 마음을 사로잡는지, 그 방법을 떠올려본다. 결혼하고 얼마 지나지 않아 에스테피의 공원에 갔을 때 딸아이에게서 봤던 것처럼 그 방식은 단순하기 이를 데 없다. 다가오다가 뒤로 빼는 것이다. 이는 자신을 드러낼 위험을 감수하면서 타인의 의지를 압도하는 묘한 매력이 있다. 그렇게 함으로써 타인의 마음을 사로잡았을 때의 짜릿한 쾌감은 말로 표현하기도, 제대로 이해하기도 어렵다. 아이들 사이에서 이루어지는 유혹은 어른들에 비해 훨씬 더 본능적이고 충동적이다. 그들은 어른과 다른 체감 온도와 논리는 물론, 다른 힘과 지배력도 가지고 있다.

창밖을 내다보던 아이가 점차 두려움에서 벗어나는 모습을 녹화 영상을 통해 분명히 확인할 수 있었다. 시시각각으로 변하던 아이의 표정도 그렇거니와, 그 아이들이 재미있고 그럴싸한 말이라도 했는지 바보 같은 미소를 짓는 걸 보면 마음의 문을 연 것이 틀림없었다. 아이가 갑자기 사라지더니, 몇 분 후 통조림 몇 개를 들고 다시 창가에 나타났다. 하지만 아이들과의 대화는 계속되고 있었다. 아이는 몸을 수그리며 아이들의 머리를 만졌다. 제일 먼저 어떤 남자아이의 머리를 만진 그는 다른 아이들보다 높이 올라오려고 발끝을 든 아이— 여자아이였다—의 머리를 어루만졌다. 그 여자아이는 제법

예쁘장하게 생겼지만, 머리가 지저분해서 작은 암사자처럼 보였다. 나는 그 영상을 각기 다른 상황에서 스무 번 이상 보았지만, 아이들 간에 많은 말이 오가지 않았다는 사실을 알아차린 것은 아주 최근의 일이었다. 영상을 보면 그 아이들은 거의 말을 하지 않았다. 무언의 유혹. 아내가 살아 있다면, 내가 왜 그렇게 작은 일에도 두려움에 사로잡히는지 물어볼 텐데.

산크리스토발시는 아이들의 연이은 실종 사건으로 인해 궁지에 몰릴 때마다 예전처럼 주변이 가라앉을 때까지 참고 기다리기만 했다. 적어도 3월 10일까지는 그랬다. 하지만 이후 정반대의 일이 일어났다. 3월 10일 자 《엘 임파르시알》 1면에 파블로 플로레스—실종된 한 남자아이의 아버지였다—명의로 시민회의 소집 공고가 실렸다. 3월 10일 저녁 8시 카사도 광장으로 모일 것을 전 시민에게 호소하는 내용이었다. 공고문에서 (플로레스는 그 신문사의 칼럼니스트였기 때문에 지역 소식란에 지면을 얻을 수 있었다) 그는 아이들을 찾아야 할 경찰이 손을 놓은 채 무책임한 태도로 일관하는 이상, 시민들이 나서 무기를 들어야 한다고 주장한다. 파블로 플로레스의 글은 열정을 담은 성명서처럼 읽는 이들의 가슴을 전율에 휩싸이게 만든다. 글은 산크리스토발의 전 주민을 상대로 직접 호소하면서 시작된다. 당신의 아들, 그리고 당신의 딸을 한번 보세요. 그러곤 절대 금기의 말을 결국 꺼내고야 말았다. 다코타 슈퍼마켓 습격 사건이 일어난 후로, 우리 도시에서는 어린아이라는 말조차 꺼내기 두려워합니다. 플로레스는 전문가답게 문제의 정곡을 정확하게 꿰뚫고 있었다. 1분이 지날수록, 아니 1초가 지날수록 내 아들을 찾기는 더 어려워질 겁니다. 그는 가슴 아픈 말로 글을 마무리 지었다. 여러분, 부디 저를 도와주시기 바랍니다.

파블로 플로레스가 무엇을 예상하고 시민들을 카사도 광장으로 불러 모았는지를 정확히 아는 사람은 아직까지 아무도 없다. 그것은 (지난주 강변 산책로 앞에서 내 멱살을 움켜쥐었던 안토니오 라라의 경우처럼) 어떻게든 아들을 찾으려는 아버지의 처절한 몸부림이었을 가능성이 높다. 하지만 플로레스는 여러 면에서 웬만한 선동가를 능가했다. 43살의 경제학자로, 불과 1년 전에 사별한 그는 10년 동안 수도에서 일한 뒤 산크리스토발로 돌아온 특이한 이력을 갖고 있다. 플로레스와 같은 고급 인력이 지방으로 돌아오는 경우는 매우 드물었기 때문이다. 그런데 모든 일이 그의 뜻대로 풀리지는 않았던 모양이다. 산크리스토발에 돌아온 지 채 몇 달이 지나기도 전에 그의 아내가 갑자기 심장마비로 세상을 떠난 것도 모자라, 1년 후 어느 정도 안정을 찾으려고 할 무렵에는 아들마저 흔적도 없이 사라졌다.

공고문이 《엘 임파르시알》에 게재된 바로 그날, 후안 마누엘 소사 시장은 사태가 걷잡을 수 없이 악화될 것을 우려한 나머지 곧장 비상 내각 회의를 소집했다. 그 자리에서 시장은 "조금 더 두고 보는 것이 좋겠다"는 말로 시민회의의 불허 가능성을 시사했다. 시장은 다코타 슈퍼마켓 습격 사건 이후 일어난 일련의 사태에 대한 정치적 책임을 추궁당하는 것뿐만 아니라, 대중의 분노가 자신에게 쏟아질 것을 심각하게 우려하고 있었다(나름대로 일리가 있는 생각이었다). 폭넓은 관점에서 보면, 시민회의는 새로운 지방 정치의 모태母胎가 될 수도 있었다. 한편으로는 포퓰리즘을 표방하며 온갖 전횡을 일삼는 시장이 있는 반면, 시민의 손으로 직접 뽑은 공무원들이 있고, 마지막으로 불만과 분노가 폭발 직전까지 쌓인 상황이 앞을 가로막고 있었다.

대부분의 지방 정치인들과 마찬가지로 후안 마누엘 소사 시장의 가장 큰 결점 또한 교활하고 탐욕스러운 성격이라기보다, 상상력이 절대적으로 부족하다는 사실이다. 아직 젊은 데다 재능 또한 출중하고, 계급의식이 투철한 파블로 플로레스는 시장 같은 사람과 정반대의 인물이다. 파블로 플로레스는 그의 천적이었다기보다 오히려 그에게서 잠시도 눈을 떼지 않은 채 죽음의 돌—시장으로서 아이들 파동을 소홀히 다루었던 원죄—을 손에 쥐고 위협했던 인물이다. 비상 내각 회의에 참가한 누군가는 시민들의 공적公敵이 되지 않으려면 카사도 광장의 시민회의를 막는 대신 제도적으로 참여하는 것이 바람직하다는 주장을 폈다. 아버지들이 무슨 수를 써서라도 아이들을 찾아달라고 아우성을 칠 정도로 절망적인 상황에서 시장이 시민들 앞에 나서서 분명하게 사과하는 모습을 보이면 정치적 위기를 모면할 수 있으리라는 계산이 깔려 있었다.

그래서 그날 저녁 8시, 모든 이들의 예상을 뒤엎고 시장은 분노한 군중들 앞에 모습을 드러냈다. 소사는 원래 자신을 축출하려던 이들이 연설하기로 되어 있던 연단에 올라왔다. 나라도 시장이 그 자리에 나타나리라고는 상상조차 하지 못했을 것이다. 돌이켜 보면, 그동안 가려져 있던 정치인의 기질이 위기의 순간에 발동한 것 같다. 아마 시민들과 떠들썩하게 두어 번 포옹을 하고 아이들에게 입을 맞추는 사진을 찍으면 모든 문제가 해결될 거라고 믿었을지도 모른다. 하지만 그에게 포옹을 하려고 선뜻 나서는 사람도 없었을뿐더러, 그 자리에는 입을 맞출 아이조차 없었다. 그가 연단에 올라서자마자 광장에서 야유와 고함이 터져 나왔다. 그는 당황한 나머지 억지웃음을 지었지만, 얼굴이 경련을 일으켰다. 그 순간 누군가 병을 던지는 시늉을 하자 그의 얼굴이 새파랗게 질렸지만 곧 냉정을 되찾았다. 만약의 사태에 대비해 서른 명의 경찰관들이 인간 띠를 만들어 400여 명의 시민들 앞을 가로막았던 것 또한 사실이다.

나는 광장 안쪽에서 행사를 지켜보았다. 눈에 보이지 않는 어떤 힘이 거기 모인 사람들을 분노하게 만드는 동시에 마음을 하나로 묶어주고 있었다. 그래서 시작부터 폭력이 발생하지 않은 것만 해도 기적이라는 생각이 들었다. 설상가상으로 시장이 얼토당토않은 말을 꺼내자, 불에 기름을 끼얹은 듯 분위기는 한층 더 격앙되었다. 지금 경찰이 아이들을 찾기 위해 온 힘을 다하고 있다고 말해도 시원치 않을 판에 쭈뼛거리며 변명을 늘어놓기에 급급했다. 그러곤 그 문제에 대해 신속한 조치를 취할 것(이 말은 정반대, 즉 그때까지 정부가 아무 조치도 취하지 않은 채 손 놓고 있었다는 말이 된다)이라고 다짐했다.

바로 그 순간, 파블로 플로레스가 연단으로 올라와 고함을 질렀다. 지금 당장 우리의 아이들을 찾아야 합니다! 그러자 분노의 목소리가 카사도 광장에 쩌렁쩌렁 울려 퍼졌다. 그 장면은 지금 생각해도 등골이 오싹해진다. 평소 조용하고 차분하기 이를 데 없던―아연실색할 일만 없으면―사람들이 그렇게 급작스러운 반응을 보인 것이 도무지 믿어지지 않았다. 발레리아 다나스가 촬영한 영상을 보면 "옳소!" 하는 함성이 터져 나오자마자 시퀀스가 끊어지지만, 실제로는 5분 이상 계속되었다. 5분 동안이나 이어진 박수 소리와 함성. 마치 그 5분이라는 시간 동안 군중이 내지르는 함성의 의미가 급격히 변해가는 듯한 기분이 들었다. 처음에는 분명 파블로 플로레스의 연설에 대한 찬성의 표시였지만, 시간이 흐를수록 무엇을 뜻하는지 알 수가 없었다. 위협, 아니면 울분. 분위기가 심상찮게 돌아가자 시장은 황급히 자리를 떴다. 그 순간, 우리가 위험에 처해 있다는 생각이 들었다. 아니, 거기에 있던 우리 모두가 위험에 처해 있었다. 절망감에 짓눌린 탓인지, 아니면 사흘 동안이나 아이를 찾아 헤매 다니다 빈손으로 돌아온 뒤 잠을 못 이룬 탓인지, 파블로 플로레스는 눈에 벌겋게 핏발이 선 채 신경질적인 발작을 일으키고 있었다. 원래 멀쩡한 사람들이 착란을 일으키는 것이 가장 위험한 법이다. 평소 난폭한 사람들과 달리, 조용하고 차분한 사람들 속에는 억누를 수 없고 과격한 성격이 도사리고 있으니까. 설령 어떤 이가 바로 앞에 아들을 데려다놓았다고 해도, 파블로 플로레스는 분노에 눈이 먼 나머지 자기 아들조차 못 알아보았을 것이다.

사실 그는 더 이상 연설을 할 수도 없었다. 연단에서 가장 가까운 광장 한 모퉁이에서 싸움이 벌어지기 시작했기 때문이다. 급기야 마이크 소리도 끊어졌다. 잠시 숨이 막힐 듯한 분위기가 이어지더니, 결국 집단 난투극으로 확대되었다. 시장을 경호하던 사복 경찰들로 인해 시작된 싸움에 갑자기 서른 명이상의 사람들이 끼어들었다. 언제 일어날지도 모를 폭력 사태에 대비해 광장 주변에 대기하고 있던 경찰 병력이 곧바로 개입하자 사태는 걷잡을 수 없이 번졌다.

내가 서 있던 곳에서 15미터쯤 떨어진 곳에 안토니오 라라의 낯익은 목덜미가 언뜻 눈을 스쳤다. 가까이 다가가려던 순간, 그는 금세 시야에서 사라져버렸다. 나는 최대한 빨리 그곳을 벗어나 시청으로 향했다. 그로부터 30분 후, 광장에서 벌어진 싸움으로 인해 열두 명이 다치고—다행히 중상자는 없었다—파블로 플로레스를 포함해 모두 세 명이 체포되었다는 소식을 들었다. 그리고 다른 사실도 알게 되었다. '그날 밤 한바탕 소란이 벌어지는 사이 세 명의 아이들이 사라졌다는 것이다. 남자아이 둘과 여자아이 하나가 카사도 광장에서 소요가 일어난 틈을 타 집에서 빠져나간 모양이었다.

사랑과 두려움 사이에는 어떤 공통점이 있다. 그 두 가지 감정은 우리의 눈을 가리고 알 수 없는 곳으로 우리를 이끈다. 그뿐 아니라 우리 자신 또한 믿음, 특히 운명의 향방을 누군가에게 일방적으로 맡겨버린다. 32명의 아이들에 의해 일어난 심각한 위기가 10년, 아니 15년 만에 어떻게 해결되었는지 나 자신도 믿기지가 않는다. 1995년 1월과 2005년 혹은 2010년 1월 사이에 돌이킬 수 없을 만큼 급격한 변화가 일어났으니까 말이다. 진실, 진실의 표피적인 허상, 그리고 아흔 살 먹은 할머니를 기자로 둔갑시킬 수 있는 소셜 네트워크와 휴대전화는 아주 가까우면서도 아득히 먼 옛날인 1995년에 존재하지조차 않았다. "이것이 진짜다"라는 간단한 말의 의미도 지난 200년보다 지난 20년 사이에 더 많이 바뀐 듯했다. 오늘날 산크리스토발 시민들이 자주 지나다니고 석양을 배경으로 사진을 찍는 에레 강변 산책로는 예전과 같은 곳이다. 어디 하나 다를 바 없이 완전히 같은 장소다. 하지만 시간의 흐름보다 더 미스터리한 그 무엇이 그곳을 바꾸어놓았다. 그것의 정체는 바로 우리 믿음의 자발적인 유보 혹은 중단이다. 그 모든 사건들이 정말 일어났던 것일까? 오늘날의 젊은이들은 그 이야기를 사실이라기보다 신화로 받아들인다. 두 눈으로 모든 것을 직접 목격했던 우리들조차 정말 그런 일이 일어났는지 확신이 서지 않는다. 기억 속의 영상은 별 소용이 없다. 강변 산책로에 널브러져 있던 32명의 시신을 두 눈으로 똑똑히 보았건만, 크게 달라진 것은 없다.

카사도 광장에서 시민회의가 열리던 그날 밤, 내가 부분적이나마 과거의 나와 달라졌다는 것을 이제야 비로소 깨달았다. 나는 어떻게 할지 궁리하면서 무거운 몸을 이끌고 최대한 천천히 시청으로 돌아갔다. 시청에 도착하자, 갑자기 이유를 알 수 없는 용기와 결단이 가슴에 용솟음치면서 곧장 후안 마누엘 소사 시장의 집무실로 올라갔다. 하지만 그가 아마데오 로케와 회의를 하던 중이라 15분 이상을 기다려야 했다. 대기실에 앉아 있는 동안 어렴풋이나마 그 결단의 윤곽이 드러났다.

그들이 들어오라고 했다. 내가 집무실로 들어가자 비서가

문을 닫았다. 방 안은 숨이 막힐 듯 답답했다. 내가 시장 집무실에서 후안 마누엘 소사와 독대를 한 것은 그때가 처음이었다. 시장의 얼굴에는 당황하는 빛이 역력했다. 두려움에 휩싸인 이의 얼굴에 드러나는 절박한 표정. 나는 그가 카사도 광장에서 야유를 받은 일로 심한 모멸감을 느낀 나머지, 여전히 분을 삭이지 못하고 있다는 것을 그제야 알아차렸다. 무슨 이유에서인지는 몰라도, 그는 내가 시민회의의 참석을 부추긴 사람들 가운데 하나라고 확신하는 눈치였다. 그는 내 주제도 모르고 감히 어디라고 찾아왔냐면서 면박을 주었다. 그가 당장이라도 자리를 박차고 일어나 내게 덤벼들 것 같은 분위기였다. 다행히 그는 의자의 팔걸이를 아주 살짝 쥘 뿐이었다. 오히려 그보다 내 반응이 훨씬 더 엉뚱해 보였다. 나는 그에게 어떻게 될 줄 알고 그 자리에 갔는지 차가운 목소리로 물었다. 내친김에 시장은 가까이 지내는 친구들도 없을뿐더러 직언을 해줄 사람도 없다고 단도직입적으로 말했다. 시장에게 거침없이 말을 쏟아놓는 동안, 대체 무슨 이유로 그런 자살 행위나 다름없는 짓을 하는 건지 나 자신도 믿기지 않았다. 그날 내가 왜 시장에게 그런 무모한 질문을 던졌는지, 지금도 여전히 의문점으로 남아 있다. 사실 그날 내가 시장에게 하려고 했던 대부분의 말과 행동은 비난은 물론, 처벌받아 마땅한 것들이었다. 하지만 내가 모든 문제를 신속하게 해결할 수 있는 해결책, 즉 사회 불안으로 인한 소요 사태를 막고, 하루속히 그 위기를 타개할 수 있는 유리한 위치를 확보할 방법을 찾아내자, 시장은 오히려 나의 공을 치하해주기까지 했다.

나는 시장에게 내 계획을 설명했다. 우선 그다음 날 '봉기'의 가능성을 최대한 줄일 수 있도록 시장 명의의 공식 발표를 통해 언론을 통제하고, 파블로 플로레스를 즉각 석방한다. 마지막으로 해가 뜨자마자 산크리스토발의 경찰력을 총동원해서 밀림 수색 작업을 개시한다. 무엇보다 아이들을 찾는 것이 급선무였다. 무슨 수를 써서라도 아이들을 당장 찾아야 했다. "한 아이만 찾아도"—나는 그에게 말했다—"충분합니다. 아이들은 어른들과 달라요." 내가 말했다. "아이들은 결국 말을 하게 되어 있어요. 문제는 아이들의 입을 열게 만드는 방법을 찾아내는 겁니다."

그러자 시장은 그게 무슨 말이냐고 물었다.

나는 그걸 굳이 말로 설명할 필요가 없을 거라고 대답했다.

잠시 침묵이 흘렀다. 그사이 시장은 의자의 팔걸이를 다시 부드럽게 쓰다듬기 시작했다. 갑자기 주변이 어두워졌다. 우리 둘은 마치 두 마리 박쥐처럼 어둠 속에서 꼼짝도 않고 있었다. 그는 불을 켜면서 내 이름을 물어보았다. 그는 여태껏 그 문제와 전혀 무관한 사람과 이야기를 나누고 있다고 생각했던 것이다. 그는 나를 전혀 알아보지 못했다. 게다가 마치 술주정뱅이가 자기 아내를 쳐다볼 때처럼 잔뜩 뒤틀리고 적개심으로 불타는 얼굴과 경멸하는 눈초리로 나를 바라보았다. 그가 어떻게 할 생각인지 묻자, 나는 내 계획을 밝혔다. 이야기하는 동안 둔한 머리를 열심히 굴리는 소리가 그에게서 들리는 듯했다.

"내가 망하면, 당신도 같이 망하는 거야." 그가 한참 만에 입을 열었지만, 나는 아무 대답도 하지 않았다. "내가 무너지면 모두 무너지는 거나 마찬가지라고."

나는 그의 얼굴에서 시선을 떼지 않으려고 애를 썼다. 하지만 이미 정치적으로 시체나 다름없는 그와 운명을 함께하기로 경솔하게 결정을 내린 나 자신이 그저 놀라울 따름이었다.

"그렇겠죠." 내가 대답했다.

시장은 그제야 굳었던 얼굴을 펴고 미소를 지어 보였다.

"내가 쫓겨나면, 당신들도 다 쫓겨날 거라고."

가끔 누군가의 생각이 너무 지당해서 거기에 공감하지 않는 것이 오히려 이상하게 느껴지는 상황도 있다. 이성의 힘으로 고통을 덜어줄 수는 없지만, 그 원인을 밝힐 수 있다. 그러면 현실의 절박함은 자취를 감추고, 마치 누군가 우리를 위해 일부러 그렇게 해놓은 것처럼 현실은 영광스러운 이상理想의 모습으로 드러나게 된다. 그날의 일을 떠올리면 시장과 마주하고 있던 내 모습이 왠지 낯선 외지인처럼 느껴진다. 그 무렵 내 모습이 어땠는지는 지금도 기억에 생생하다. 하지만 시장에게 그런 말을 할 때의 감정은 (그 말 속에 담겨 있던 폭력성과 더불어) 마음속 한구석에 그대로 남아 있다. 기억 속에 나타난 모습은 내가 분명하지만, 그 모습 속에는 눈꺼풀이 뒤집힌 채 갑자기 눈을 껌벅거리기라도 할 것처럼 음험하고 사악한 기운이 꿈틀거리고 있다.

평소 나는 그보다 훨씬 더 합리적인—어쩌면 더 너그러울지도 모르는—사람이다. 돌이켜 보면 그 당시 상황은 우리가 가장 흔하게 마주치는 장면과 닮았다는 생각이 든다. 가령 어떤 아이가 여러 날 동안 속을 썩이면, 마침내 아버지는 더 이상 참지 못하고 화를 버럭 내고 만다. 그가 제정신을 잃고 손바닥으로 탁자를 내리치면서 아이에게 벌을 주려고 자리에서 벌떡 일어나는 그 순간, 즉 신체적 폭력을 가하기 직전의 순간은 단지 정신적 폭력에 지나지 않는다. 그 짧은 순간 동안 대체 무슨 일이 일어난 걸까? 그때 고개를 획 돌리며 아버지를 노려보는 아이는 넘지 말아야 될 선을 넘었음을 직감한다. 그 아이의 표정은 진정한 그 무엇, 혹은 아직 나타나지 않은, 따라서 아직 현실이 아닌 그 무엇의 출현이 여전히 임박해 있음을 알려주는 신호가 아닐까? 32명의 아이들이 선을 넘자, 산크리스토발시는 손바닥으로 탁자를 내리쳤다. 하지만 분노가 현실적 폭력으로 나타나기까지는 아직 많은 시간이 남아 있었다.

《엘 임파르시알》의 편집국장인 마누엘 리베로를 혼쭐내주려고 호들갑을 떨 필요까지는 없었다. 단지 소사 시장이 내린 지시를 따르기만 하면 그만이었다. 나는 시장을 대신해서 리베로를 찾아갔다. 그러자 그는 그다음 날부터 최근에 사라진 세 명의 아이들과 카사도 광장에서 벌어진 난투극에 관해 단 한 줄의 기사도 내지 않기로 약속했다. 물론 우리의 지시를 따르지 않으면, 시 정부가 그들의 숨통을 죄고 있던 대출 신용 보증 협약을 그 즉시 해지하겠다는 조건을 내걸었다. 무거우면서도 음산한 침묵이 한동안 계속되었다. 그걸 보면 찾아간 사람만 다를 뿐, 이와 비슷한 일이 이전에도 여러 차례 있었던 모양이었다. 그런데도 눈 하나 까딱하지 않고 그 자리에 앉아 있는 나 자신이 놀라웠다.

"우리는 소요 사태가 일어나는 것을 원치 않습니다." 내 말이 계속되었다. "지금으로서는 무엇보다 실종된 아이들을 찾는 데 총력을 기울여야 하니까요. 우리는 아이들의 안전을 위태롭게 하는 어떤 요소도 용납할 수 없는 입장입니다."

안전. 이는 마법의 말이자, 가장 기본적인 사고도 마비시킬 수 있는 주문과도 같다. 마누엘 리베로는 한참을 지나서야 침통한 목소리로 대답했다. 그는 아이들의 실종 사건에 대해서는 더 이상 기사를 쓰지 않겠다고 약속했다. 하지만 광장 난동 사건의 경우, 목격자들이 워낙 많은 데다 데스크에서 시평 기사를 쓰고 있기 때문에 우리의 요구를 받아들일 수 없다고 했다. 나는 그 기사를 「편집국장에게 보내는 편지」로 바꾸라고 제안했다. 그리고 카사도 광장에서 열린 시민회의는 큰 불상사 없이 순조롭게 진행되었다는 것을 신문사의 공식 입장으로 속히 발표해달라고 요구했다. 또한 관련 기사를 내가 작성해서 한 시간 내로 보내주겠다고 덧붙였다.

험악한 분위기에서는 조금만 세게 나가도 사람들은 놀라울 만큼 쉽사리, 재빠르게 꼬리를 내린다. 살면서 누군가를 협박한 것은 그때가 처음이자 마지막이었다. 나는 마누엘 리베로가 그렇게는 못 하겠다고 완강하게 버틸 줄 알았다. 그리고 그런 짓을 하는 나 자신이 미치도록 혐오스러워질 것만 같았다. 비록 그 두 가지가 다 일어나기는 했지만 거기서 가장 중요한 장면, 즉 내가 그를 거세게 몰아붙이고 그가 내 요구를 받아들인 이유는 어쩔 수 없이 우리의 초점에서 벗어나 있었다. 우리 둘 다 예상치 못하게도 거의 동시에 똑같은 두려움을 느꼈을지도 모른다는 생각은 전혀 들지 않았다. 마치 한 사람의 협박과 다른 이의 수모가 이루어지려면 하나의 영역을 공유해야 하는 것처럼 말이다. 그 두려움이 우리를 특별한 방법으로 하나로 묶어주리라는 생각 또한 전혀 들지 않았다. 마치 어떤 본능적인 동작이 우리 둘을 안전하게 지켜주기라도 한 것처럼 말이다. 마음 깊은 곳에서 우러난 친근한 동작이.

나는 그에게 자녀들이 있는지 물었다. 그는 자녀가 셋이라고 대답했다.

"지금 이 상황을 지켜보는 것이 나로서도 결코 달가운 일은 아니에요." 그가 말했다.

"하지만 그리 오래가지는 않을 겁니다." 내가 대답했다.

"당신이나 나 같은 사람들이 이런 일을 하는 동안은 계속되겠죠."

치밀하게 계산된 발언이었다. 그의 말 속에 인신공격의 의도가 전혀 없다는 것을 생각할 여유조차 없을 만큼 그날 밤 상황이 급박하게 돌아갔기 때문에, 거기에 담긴 본뜻을 이해하는 데 꽤나 많은 시간이 걸렸다. 어쨌든 나는 그렇게 생각했기 때문에 무례한 태도로 대답했다. 그는 아무 대꾸도 없이 전화를 끊더니 다시는 내게 말을 걸어오지 않았다. 그 후로 20년이 지났지만, 지나가다 그를 발견하고 가까이 다가가려고 할 때마다 그는 몸을 돌려 나를 외면했다. 그때 그가 30분만이라도 틈을 내주었더라면 그날 밤 그 말을 해준 것에 대해 깊은 감사를 표하고 싶었는데, 아쉽기만 했다.

그다음 날인 1995년 3월 11일 새벽 5시, 밀림 수색을 개시하기로 결정했다. 164명의 지역 자치 경찰 외에 적어도 40명에 이르는 지원자들이 기다리고 있었다. 그들은 대부분 최근에 사라진 아이들의 가족이었다. 지원자들을 '모집'하는 데 있어 중심적인 역할을 한 것은 바로 파블로 플로레스였다. 무엇보다 우리에겐 실종자 가족들 앞에서 권위가 서는 인물이 필요했는데, 그런 일에는 그가 적임자였다. 그래서 우리는 수색 작업에 합류하기를 원하는 이들이 지켜야 할 기본 지침 사항을 그에게 건네주었다. 그리고 그들이 시간을 철저히 엄수하도록 그에게 당부했다. 그날 밤, 나는 잠을 제대로 이루지 못했다. 새벽 2시 《엘 임파르시알》에 연락해서 카사도 광장 사건에 관해 내가 작성한 기사를 싣도록 다짐을 받은 뒤, 사무실을 나섰다.

집으로 가는 길에 나는 경찰청장인 아마데오 로케의 사무실을 살짝 엿보았다. 그는 새벽에 출발 예정인 수색대의 이동 경로를 정하느라 부하 직원들과 회의를 하고 있었다. 사람들이 생각하는 바와 달리, 사실 로케는 좋은 사람이었다. 몸집이 비대하고 약간 괴팍한 면이 있었지만, 어쨌든 좋은 사람임은 분명했다. 험상궂게 생긴 얼굴에 벗어진 머리는 나이 든 여자처럼 펑퍼짐한 엉덩이와 어울리지 않았지만, 언제나 활기차게 움직임으로써 자신의 약점을 보완했다. 로케 주변으로는 남자 네 명이 몸을 숙인 채 도시 외곽의 지도를 살펴보고 있었다. 로케가 평소보다 더 큰 소리로 말하자, 부하 직원들은 약간 겁을 먹은 표정이었다. 아이들의 사건으로 인해 신경이 날카로워진 듯 보였다. 어디로 튈지 예측할 수 없는 상황이라 평소 논리적으로 엄격한 그의 판단 능력조차 무용지물인 것 같았다. 그건 단지 그가 시장으로부터 10여 번의 경고 조치를 받아서도, 그로 인해 자리가 위태로워져서도 아니다. 오히려 그보다 더 단순하면서 근본적인 그 무엇, 즉 그로서는 도무지 이해가 가지 않는 데다, 작은 자극에도 격한 반응을 일으키는 그 무엇 때문이었다.

그 무렵 우리는 모두 기진맥진한 상태라 산송장이나 다름없는 몰골을 하고 있었다. 아마데오 로케가 그다음 날 시작될 첫 번째 수색 지역을 지도에 표시하려는데, 그만 연필심이 부러지고 말았다. 그런데 연필심을 갈거나 다른 것을 달라고 하는 대신 그는 그 연필을 반으로 분지르더니 자기 보좌관의 얼굴에 냅다 집어 던졌다. 로케처럼 신경증에 걸릴 만큼 타인의 일거수일투족에 마음을 쓰는 사람이 그런 돌발 행동을 저지르자 옆에서 그 광경을 지켜보던 우리는 너무 낯설고 놀라서 입을 다물지 못했다. 그런데 그건 단순히 폭력적인 반응이라기보다 일종의 연기, 정확히 말하자면 연기 연습인 듯 보였다. 그는 돌발적인 행동을 통해서 자기 자신을 '보기' 원했던 것이다. 그런데 돌이켜 보면 꼭 그만 그랬던 것은 아니다. 그 자리에 모여 있던 우리 모두 비스듬히 거리를 두고 서로를 대했으니까. 그건 다른 이들이 어떻게 나올지 몰라서라기보다, 우리 자신의 반발을 억누를 자신이 없어지기 시작했기 때문이다.

두 시간 후, 시청 건물에는 아무도 남지 않았다. 우리는 작별 인사도 나누지 않고 집으로 돌아갔다. 여러 우여곡절이 있었음에도 밤 내내 큰 사건 없이 조용히 넘어간 것이 신기할 뿐이었다. 밤하늘에 환하게 뜬 보름달 덕분에 가로등이 없는 거리에—그 당시만 해도 그런 곳이 많았다—나무 그림자가 드리워졌다. 집까지 걸어가는 15분 동안 당장이라도 어떤 아이가 내 앞에 불쑥 나타날 것 같은 예감이 들었다. 나는 구부정한 자세로 사진—그가 늘 몸에 지니고 다니다가 내게 건네준—속의 안토니오 라라와 같은 표정을 지으며 그 모습을 상상했다. 상상 속에서 그 아이는 마치 동화에 등장하는 신화적 인물인 두엔데,* 혹은 엘프 같은 모습을 하고 있었다. 몇 분 동안—동화에서와 마찬가지로—나는 그 아이의 등장 여부가 내 소망에 달려 있다는 생각을 했다. 만약 내가 정성껏 소원을 빌면 그 아이도 결국 나타나게 될 것이라고 말이다. 그래서 열심히 소원을 빌었지만, 아무도 나타나지 않았다. 밤인데도 바람 한 점 불지 않는 데다, 우리 집 안의 모든 것이 멈춰버린 듯했다. 거실은 물론, 딸아이의 방에도 불이 꺼져 있었다. 오로지 우리 침실에서만 희미한 불빛이 새어 나오고 있었다. 마이아의 나이트테이블 전등 불빛이었다.

문을 열자, 모이라가 꼬리를 흔들며 나를 반겼다. 우리가 이 도시에 도착한 바로 그날, 우리 집 문 앞에서 차에 치였던 바로 그 개 말이다. 우리는 그사이 모이라를 완전히 길들이지 못했다. 그래서 녀석은 한동안 우리 곁에 머물다가도 어느 순간 홀연히 사라지곤 했다. 그러다 몇 달 동안 배를 곯아 뼈만 앙상하게 남은 채, 아니면 어디서 싸우다가 물렸는지 목에 큰

---

* 스페인과 라틴아메리카의 동화나 전설에 자주 등장하는 존재로, 사람과 비슷한 생김새를 가지고 있다. 주로 집에 살면서 사람들을 골탕 먹이기 좋아하는 요정으로 등장한다.

상처를 입은 채 집으로 돌아오곤 했다. 녀석은 우리 집을 단순한 가정이라기보다, 기적을 바라면서 돌아오는 어떤 장소처럼 여기고 있는 것 같았다. 모이라가 몇 달 만에 돌아올 때마다 우리는 기쁘게 녀석을 맞이했지만 마음 한구석이 늘 불안했다. 마이아는 미신 때문에 모이라에게 손도 대지 않았을뿐더러, 혹시라도 병균이 옮을지 모른다는 생각에 딸아이도절대 개와 놀지 못하도록 했다. 마지막으로 우리 집에 돌아왔을 무렵, 녀석은 차에 치였을 때보다 더 위독한 상태였다. 말파리라는 열대 파리가 녀석의 살갗 속에 유충을 낳았던 모양이다. 알을 깨고 나온 구더기들이 몇 달 동안 녀석의 살을 파먹고 자라난 탓에, 집에 돌아왔을 때는 이미 회복 불능의 상태였다. 손으로 털 속을 비집자 눈앞에 펼쳐진 광경이 너무나처참해서 구역질이 나려고 했다. 모이라의 목덜미 속에 수많은 구더기들이 떼를 지어 꿈틀거리면서 귤만 한 크기의 공처럼 똘똘 뭉쳐 있었다. 그 순간 앞도 제대로 못 보는 구더기 떼가 잠시 멈칫하더니, 다시 미친 듯이 꿈틀대기 시작했다. 모이라의 상태가 다소 호전되어갔다. 녀석은 몸이 들썩거릴 만큼 숨을 할딱거렸고, 짙은 어둠 속에서 나를 빤히 쳐다보았다. 나에게서 잠시도 시선을 떼지 않는 바람에 거북한 느낌마저 들었다. 다행히 상처는 치료가 되었지만, 목덜미 아래쪽은털이 다 빠져 맨살이 드러났다.

이 세상의 모든 것은 순순히 죽음을 받아들이지 않으려고 하지. 나는 생각했다. 저런 구더기는 물론 세쿼이아 나무까지, 그리고 에레강부터 흰개미 떼들까지도. '나는 죽지 않을 거야. 나는 절대 죽을 수 없어. 나는 절대 죽지 않을 거야.' 이는 이 지구가 내지르는 단 하나의 진정한 외침이자, 단 하나의 확실한 힘인 것 같다. 꼬리를 살랑살랑 흔들면서 나를 반기는 모이라, 방에서 곤히 잠들어 있는 딸아이, 침실에서 내가 하는 이야기를 관심 있게 듣는 마이아 그리고 아내의 두 눈에서 반짝이는 총명의 빛. 이 모든 것에서 강렬한 힘과 외침이 터져 나오고 있었다. 이를 볼 때마다 나도 마음속 깊은 곳에 묻혀 있던 그 말을 힘껏 외치고 싶었다. '나는 죽지 않을 거야. 나는 절대 죽을 수 없어. 나는 절대 죽지 않을 거야……' 우리 위로, 마이아와 내가 볼 수 없는 저 너머로 무엇인가, 선善과 비슷한 그 무언가가 지나가는 듯했다. 하지만 그런 선하고 자애로운 기운도 외침으로 들썩이던 흥분을 가라앉히지는 못했다.

나는 그녀에게 카사도 광장에서 벌어진 난투극에 관해 상세하게 알려주었다.

그리고 그날 밤 《엘 임파르시알》 편집국장에게 으름장을 놓았던 일, 다음 날 새벽 수색 작업이 개시된다는 것, 그리고 이왕 시작한 이상 그 사건만큼은 끝장을 보기로 굳게 마음먹고 있다는 이야기까지 해주었다.

이야기를 듣고 난 마이아는 피곤할 테니 잠시라도 눈을 붙이라고 했다. 나는 말없이 그녀를 바라보았다. 어둠 속에서 본 그녀는 신생아처럼 커다란 눈망울에 검은 눈동자를 가지고 있었다. 그녀는 나를 쳐다보면서 말로 표현할 수 없을 정도로 뿌듯해하는 표정이었다. 하지만 늘 그랬듯이 그녀는 명확치 않은 이유로 내게 아무 말도 하지 않으려고 했다. 갑자기 하루의 피로가 몰려왔다. 그렇지만 내 주변의 모든 것이 얼어붙은 듯 꼼짝도 하지 않을수록 그 함성 소리가 더 우렁차게 울려 퍼지는 것만 같았다. 마이아는 내 곁에 모로 누운 채 조용히 내 등에 손을 얹었다. 그녀는 예전부터 내 마음을 진정시키려고 할 때마다 늘 그렇게 했다. 작고 미지근한 손, 바이올린 현 때문에 까칠까칠해진 손가락 끝. 그런데 그날따라 그녀의 손이 평소보다 더 뜨겁게 느껴졌다. 그건 단순히 손이 아니라, 누군가 나를 낭떠러지 아래로 밀어버릴 때 사용한 몽둥이처럼 조금 무서운 느낌이 들었다. 나는 죽지 않을 거야. 나는 절대 죽을 수 없어. 나는 절대 죽지 않을 거야……

나는 온몸이 땀에 흠뻑 젖은 채 잠에서 깨어났다.

"무슨 꿈을 꾸었길래 그렇게 잠꼬대를 하는 거야?" 마이아가 잠이 덜 깬 목소리로 말했다.

"내가 뭐라고 했지?"

"무슨 말을 하는지 잘 못 들었어."

"내가 무슨 말을 했는지 말해주고 싶지 않은 거야?" 내가 물었다.

아내는 내 부탁이 내키지 않으면 교묘하게 피하는 버릇이 있었다. 조용히 미소 지으면서 나를 공격하는 식이었다.

"당신이 무슨 말을 했는지 알고 싶지 않다면, 굳이 나한테 물어볼 필요도 없잖아?"

우리의 대화는 대부분 그렇게, 마치 동양의 우화처럼 끝이 났다. 나는 그녀에게 아이들을 찾을 때까지 수색 작업을 계속 벌여야 하기 때문에 집에 못 올 수도 있다고 말했다. 그러자 그녀는 내가 감당하기 어려운 상황이 닥쳐도 외면하려고 애쓰지 말라고 했다. 그러곤 듣기 언짢은 말을 평소 그녀의 스타일대로 했다. 그리고 너무 두려워하지 마.

"뭘 말이야?" 내가 물었다.

"혹시라도 아이들을 못 찾을까 봐 걱정하지 말라고."

새벽 5시 공기는 투명하리만큼 맑았고 몇 군데 가로등은 여전히 켜져 있었지만, 거리는 쥐 죽은 듯 고요했다. 잠이 깨지 않은 탓에 강변 산책로까지 200미터가량 걸어가는 동안에도 모이라가 내 옆에 따라오고 있었다는 것을 전혀 알아차리지 못했다. 구더기가 끼지 못하도록 녀석의 목에 하얀색 개 목걸이를 매주었는데, 걸음을 옮길 때마다 끝에 달린 술 장식이 가볍게 팔랑거렸다. 잡종이기는 하지만 셰퍼드종의 멋진 모습을 그대로 간직하고 있는 녀석을 볼 때마다 예나 지금이나 놀랍기만 했다. 모이라가 그동안 내게 진 신세를 갚으려고 저러는 게 틀림없었다. 기특한 마음에 나는 녀석의 머리를 부드럽게 쓰다듬어주었다.

경찰과 지원자들을 포함해서 모두 200명 넘는 사람들이 유람선 선착장 주변에 모여 있었다. 아이들을 찾기 위해 그토록 많은 사람들이 모여들리라고는 나로서도 전혀 예측하지 못했다. 그 당시 선착장은 오늘날과는 전혀 딴판이었다. 옛날에 강을 가로지르던 배는 오늘날 산크리스토발 사람들이 자랑스럽게 여기는 하얀 쌍동선*이 아니라, 호두 껍데기처럼 울퉁불퉁한 나무에 파란색으로 칠해놓은 초라한 나룻배—누군가 거기에 '촐로'**라는 이름을 붙였다—에 불과했다. 그때 선미에 올라탄 아마데오 로케는 마이크를 들고, 경찰청장으로서 이번 수색 작업에 관해 몇 가지 지시 사항을 전달하겠다고 소리를 질렀다. 그래도 그는 전날 밤에 비해 피곤한 기색이 덜했지만 여전히 신경이 잔뜩 곤두서 있었다. 그는 말하는 동안 내내 배의 난간을 있는 힘껏 잡고 있어서, 마치 망아지의 고삐를 꽉 쥐고 훈련시키는 사람처럼 보였다. 그는 1차 수색에서 밀림 안쪽 6킬로미터 지역까지 샅샅이 뒤질 것이라고 목소리를 높였다. 아직 어린아이들이기 때문에 그보다 더 깊숙이 들어갔을 리는 없다는 것을 근거로 들었다. 일단 동쪽으로—거기는 실종된 아이들이 마지막으로 목격된 곳이었다—진입한 다음, 거기서 도시의 서쪽을 향해 마치 몰이사냥 하듯

* 같은 형의 두 개의 선체를 일정한 간격을 두고 갑판 위에서 결합한 배.
** 라틴아메리카 인디오와 유럽 혈통의 혼혈을 의미하는 것으로, 비하하는 의미가 강하다.

부채꼴 모양으로 산개散開하면서 수색을 진행할 예정이라고 덧붙였다.

아무리 남자들이라고 해도 (당시 보안대 소속이던 대여섯 명의 여성을 제외하면 수색대는 거의 대부분 남자들로 구성되어 있었다) 불안하기는 마찬가지였다. 그들은 우리가 미리 전달한 지시 사항을 대체로 잘 따르고 있었다. 긴 바지와 부츠 그리고 밝은색의 면으로 된 옷을 착용하고 있었다. 그들의 얼굴은 잔뜩 굳어 있었지만, 졸린 듯 눈을 끔쩍였다. 그 장면을 보자, 어린 시절 봄이 오면 항상 떠나던 순례가 잠시 눈앞에 떠올랐다. 세상의 순환을 기쁜 마음으로 맞이하고 계절의 변화를 널리 알릴 뿐만 아니라, 신에게 제물을 바쳐 안녕과 풍요를 비는 것은 지구상에서 인간이 살아온 역사만큼이나 오래된 의식이다. 1년에 건기와 우기, 딱 두 계절밖에 없는 저 밀림과 비교하면, 사계절이 뚜렷한 세계는 완전히 별세상처럼 보일 정도다. 아마데오 로케는 여전히 선미에 선 채 큰 소리로 지시를 내리고 있었다. 새벽빛이 부옇게 밝아오자, 여태껏 어둠 속에 잠겨 있던 사람들의 윤곽이 드러나기 시작했다. 강에서 가장 가까운 지역의 수색을 진두지휘할 사람은 바로 파블로 플로레스였다. 그에게 수색 작업의 지휘를 맡긴 것은 아주 탁월한 선택이었다. 물론 그의 간절한 열망이—과로와 누적된 피로로 인해—다소 식은 듯 보였지만, 그의 눈은 카사도 광장의 연단으로 올라갈 때처럼 광기에 사로잡혀 있었다. 그런데 안토니오 라라의 모습이 보이지 않았다. 지원자 명단에 올라와 있는 걸 보면 저들 중에 섞여 있는 게 분명한데 도무지 찾을 수가 없었다. 호루라기 소리가 세 번 울리면서 수색 작업의 개시를 알리자, 우리는 각자 맡은 위치로 이동했다.

우리는 다코타 슈퍼마켓 습격 사건 직후, 아무런 성과 없이 끝난 1차 수색 작업에서 많은 교훈을 얻었다. 그래서 이번에는 모든 이들이 마체테*와 호루라기 그리고 손전등을 지참하고 길을 떠났을 뿐 아니라, 독사에 물렸을 경우에 대비해 그날 밤 시청 보건위생과에서 마련한 해독제 키트를 열 명당 한 개씩 나눠주었다. 그리고 보건위생과에서는 사람들이 비단뱀, 방울뱀, 살모사를 쉽게 구별할 수 있도록 전단을 제작했고, 해독제는 혼동하지 않도록 서로 다른 색깔의 유리병에 뱀머리의 그림을 붙여 배포했다. 우리가 어떤 뱀한테 물렸는지를 정확하게 아는 것이 최대한 빨리 해독제를 투여하는 것만큼이나 중요합니다. 수색 작업에 참여했던 의사들 중 한 명이 나서서 설명했다. 그러곤 상처 부위를 꼬집듯이 하면서 해독제를 투여하는 방법을 시범으로 보여주었다. 그리고 독거미

---

* 라틴아메리카에서 사탕수수를 베거나 밀림에서 길을 낼 때 사용하는 길고 큰 일자 모양의 칼.

에게 물렸을 경우에 대비해 항히스타민제가 든 주사기도 준비했다. 경찰청장은 옆 사람과 10미터 간격을 유지하고, 측면에 있는 동료들을 눈에서 놓치지 않도록 주의하라고 거듭 강조했다. 그리고 밀림 속에서 아이를 발견하면, 곧장 거기로 쫓아가지 말고 호루라기를 불면서 같은 속도로 접근하되, 어떤 경우라도 절대 대형을 무너뜨리지 말라고 당부했다.

대부분의 기억은 시간이 우리의 감각과 인상에 어떤 흔적을 남겼느냐에 달려 있다. 우리가 마침내 밀림 속으로 들어갔을 때 공기가 온통 우윳빛으로 변한 것이 사실일까, 아니면 그 당시 내 감정이 왜곡된 탓에 그렇게 보였던 걸까? 강 옆에 있던 첫 번째 구역은 평소 내가 자주 다니던 곳이다. 이 도시에 도착한 뒤로 마이아와 딸아이를 데리고 놀러 가던 유명 피크닉 구역이 몇 군데 있었다. 그곳들은 버려진 채 그 자리에 여전히 남아 있었다. 바비큐용 그릴은 이미 사라졌지만, 벽돌로 만든 식탁은 초창기 문명의 폐허처럼 잔해만 쓸쓸하게 남아 있었다. 그곳에서 가족과 즐거운 시간을 보내던 때가 천년도 더 넘게 지난 것 같은 느낌이 들었다. 그러자 갑자기 순수하던 그 시절이 사무치게 그리워졌다. 나무들은 선과 악에 신경 쓰지 않는다. 벌레들과 풀뿌리도 인간들의 생각과 말은 커녕, 그런 그리움에 귀 기울이지 않는다. 그런 생각을 하고 나면 확실히 마음이 편안해진다.

흡사 게임을 하는 것 같았다. 앞서가던 대열이 무성한 잡초 사이로 감쪽같이 사라졌다가도, 마체테로 길을 내면서 다시 나타나기를 반복했다. 그 과정에서 큰 소리가 나지 않도록 최대한 노력했다. 바닥에 쓰러진 나무와 가지를 이리저리 피하면서 느리게 내딛던 우리의 발자국 소리만 들렸다. 그리고 이따금씩 호루라기 소리가 저 멀리서 들리기도 했다. 호루라기를 한 번 불면 잠시 휴식을 취하고, 두 번 불면 수색 작업을 재개한다는 뜻이었다. 그리고 호루라기 소리가 세 번 울리면, 그건 아이를 발견했다는 신호였다. 만약 호루라기 소리가 세 번 나면, 아이(들)를 에워싸기 위해 측면 동료들과 일정한 간격을 유지하면서 소리가 나는 쪽으로 가기로 되어 있었다. 우리는 최대한 천천히 이동했다. 그 때문에 몇 분 지나지 않아 방향감각을 거의 잃다시피 했다. 설상가상으로 에레강의 작은 지류를 건너고 나서는 다시 헤쳐 모여서 대열을 정비해야 했다. 그런 사소한 일로 미적거리다 예상보다 거의 한 시간 반이나 늦게 우리가 맡은 지역에 도착했다. 사람들은 가는 동안 내내 생각에 잠긴 듯 아무 말도 하지 않았다. 보통 두 시간 넘게 걸어 들어가면, 저 밀림 안쪽에서 스며 나오는 정체불명의 우수를 느낄 수 있을 것이다. 나는 밀림을 보면서 늘 이런 생각을 했다. 녜에 인디오 공동체의 의례적인 삶 또한 주변의 풀과 나무가 인간들에게 언제나 자연처럼 느리고 여유롭게 생각하도록 가르쳐준 데에서 비롯된 것이라고 말이다. 그렇지만 작업에 참여했던 우리 모두는 그 아이들을 찾게 될 것이라고 확신하고 있었다. 단 몇 시간이 걸릴 수도 있고 사흘이 넘게 걸릴 수도 있겠지만, 끝내 아이들을 찾게 되리라는 믿음에는 변함이 없었다. 처음 들을 땐 이해가 가지 않았지만, 결국 마이아의 말이 옳았다. 바로 그 생각이 우리에게 말 못 할 두려움을 안겨준 것이다.

모이라는 태연하게 내 곁에서 걷고 있었다. 보아하니 그 지역을 훤히 꿰고 있는 눈치였다. 녀석은 이따금씩 앞으로 달려나가 나무에 코를 킁킁대며 냄새를 맡고는 다시 눈을 찌푸린 채 돌아오곤 했다. 저 개는 내가 무엇을 찾고 있는지 전혀 모를 거라고 생각했다. 그런데 녀석이 갑자기 멈춰 서더니 으르렁거리기 시작했다. 그때 녀석의 소리에는 비장한 각오 같은 것이 깃들어 있었다. 나는 모이라의 시선을 따라가보았다. 거기에는 아무것도 보이지 않았다. 빽빽하게 모여 선 나무들 곁에 풀과 잡초가 거대한 벽을 이루었고, 옆으로는 벌건 땅이 드러나 있었다.

높은 나뭇가지에 달린 이파리 사이로 빛이 스며들기 시작하자, 땅바닥 여기저기에 반짝거리는 점이 흩어져 있었다. 그 순간 내 몸의 특정한 부분에서 직감이 떠오른 것은 아니지만, 나는 모이라가 어떤 아이를 보았다는 것을 알아차렸다. 나는 다시 몸을 돌려 녀석의 눈이 가 있는 방향과 기울기를 정확하게 측정한 다음 그곳을 쳐다보았다. 다시 시선을 돌리자, 벽을 이루고 있는 풀과 잡초들이 뿌옇게 흐려 보였다. 마치 피곤한 상태에서 한곳을 오래 쳐다볼 때처럼 말이다. 그러나 얼마 뒤, 그곳에서 어떤 물체가 소름 끼칠 만큼 뚜렷하게 드러나 보였다.

나는 마침내 그것을 보았다.

그 초록빛의 무無 한가운데에 턱이 살짝 삐져나와 있었다.

그리고 입.

초록색 벽에 박힌 핀처럼 생긴 두 눈.

4년 전쯤 친구 아들의 결혼식 피로연에서 우스꽝스러운 나비넥타이를 맨 남자와 같은 자리에 앉게 되었다. 마이아가 세상을 떠나기 얼마 전의 일이었다. 그 무렵 나는 날로 깊어가는 아내의 병 때문에 늘 마음이 울적했다. 그 때문에 사람들과 나누던 대화도 시시껄렁하게만 느껴졌고, 내가 만나던 사람들의 90퍼센트는 눈 뜨고 못 볼 정도로 멍청해 보였다. 어느새 앳된 소녀티를 벗은 딸아이는 물리 선생에게 홀딱 빠져 있었다. 딸아이는 그와 동거하기 위해 끝내 집을 떠났다. 떠나는 모습을 보면서 마음이 아려왔지만, 저 지경이 된 엄마를 내팽개친 채 연애질에만 정신이 팔린 아이의 처사가 너무 괘씸해서 한편으로는 속이 후련하기도 했다. 사랑하는 마이아를 떠나보내고 텅 빈 집에서 고독과 마주할 생각을 하자, 세상이 한낱 부질없는 환상에 불과해 보였다. 당시 나는 '고통 받는 자의 도도함'이라는 상태에 빠져 살았다. 누군가에게서 들은 말로, 정곡을 찌르는 표현이었다. 그건 오랫동안 고통을 받으면서 만성적인 분노를 경험하는 이들이 자신의 불행을 통해 결국 도덕적 우월성을 얻게 된다고 믿는 현상을 말한다. 마이아와 나는 그날 결혼식에 못 갈 뻔했지만, 우여곡절 끝에 그 자리에 앉게 되었다. 그런데 맞은편에 앉아 있던 나비넥타이의 남자를 보자마자, 나는 그의 면전에 대고 당장 가겠다고 말하고 싶었다. 그러나 2분이 지나자, 그럴 마음이 싹 사라졌다. 그 남자는 매력적이고 재미있었을 뿐 아니라, 어떤 이유에서인지 마이아를 각별히 배려해주었다. 아내를 정성스럽게 대해주는 그의 모습에 나는 깊은 감동을 받았다. 어디가 아프거나 병에 걸리면 뜻밖의 친구들이 생기기 마련이다. 식사를 하면서 신랑 신부에 대해 농담을 주고받은 뒤, 그가 갑자기 정색을 하더니 흥미로운 질문을 던졌다.

"가령 말이죠, 우리 삶의 운명을 결정할 사람을 처음 만나면서 어떤 신호 같은 게 느껴진다면 어떻게 될까요?"

"어떤 신호를 말하시는 거죠?" 마이아가 물었다.

"그렇다고 꼭 물질적인 것은 아니에요. 그런 것이 빛이나 소리일 필요는 없을 테니까요. 하지만 분명하고 확실한 것이기는 해요. 그 사람이 우리가 내리는 모든 결심에 속하리라는 것을 알려주는 그 무엇. 뭐 그런 거죠."

그때 같은 테이블에 있던 이가 그런 느낌은 백 퍼센트 확실하지는 않아도 이미 직감의 형태로 존재하고 있다고 대답했다. 가령 큐피드의 화살에 맞았을 때처럼 말이다. 하지만 그 남자는 고개를 설레설레 흔들었다.

"물론 지금 사랑에 관해 말하는 게 아니에요. 증인에 관한 이야기라고요."

그러곤 나비넥타이만큼이나 엉뚱한 의견을 펴기 시작했다. 다름 아니라 우리 모두는 증인을 가지고 있다는 주장이었다. 그가 말하는 증인이란 우리가 은밀하게 설득하려고 하고, 우리가 행동을 보여주는 대상이자, 남몰래 대화를 계속할 수밖에 없는 이를 의미한다. 그리고 그 증인은 배우자나 아버지, 여동생이나 연인처럼 가장 자명한 곳에 있을 리 없다고 덧붙였다. 오히려 대부분의 경우 증인은 삶의 정상적인 전개 과정에서 늘 사소하고 부차적인 역할을 할 뿐이라고 했다.

그 자리에 앉아 있던 사람들 중에서 그의 말을 이해한 것은 나뿐인 듯했다.

그의 독백과 더불어 시작된 침묵 속에서 나는 헤로니모 발데스의 얼굴이 얼핏 눈을 스치고 지나간 듯한 느낌이 들었다. 헤로니모 발데스는 지난 15년간 내게 있어서 증인과 같은 존재였다. (그는 여전히 살아 있었고, 이전에 수없이 감옥을 드나들었던 것처럼 그때도 지방 교도소에 갇혀 있었다.) 15년 전 밀림 수색 당시 그를 처음 만났을 때, 나는 나비넥타이의 남자가 말했던 바와 같은 신호 비슷한 것을 느꼈다. 모이라가 우리 바로 앞에 우뚝 서 있던 풀과 잡초의 벽에 시선을 고정시키고 있었을 때, 푸르른 이파리 사이로 그의 얼굴이 언뜻 비친 것 같았다. 그 무렵 헤로니모 발데스는 열두 살이었지만, 기껏해야 아홉 살로 보일 만큼 키가 작고 왜소했다. 그 아이는 다람쥐처럼 뾰족한 얼굴에 머리카락과 똑같은 밤색 눈동자를 가지고 있었다. 하얗게 빛나는 이와 밤색 머리, 그리고 연한 초콜릿색 피부와 입술. 어떤 면에서 하늘은 그를 세 가지 색깔로 칠해놓은 것 같았다.

그 아이는 20미터 앞에서 끌로 박은 듯 꼼짝 않고 서 있었다. 아이는 까맣게 때가 탄 셔츠를 입고, 정면으로 나를 쳐다보고 있었다. 아이는 자기 키보다 열 배나 높이 뛰어오를 수 있는 사향노루 새끼처럼 날렵해 보였다. 무슨 낌새가 느껴졌지만 그것이 정확히 어떤 건지, 또 그 아이와 내가 왜 그토록 오랜 시간 동안 침묵을 지켰는지 지금도 모르겠다. 게다가 그때 정말로 많은 시간이 흘렀는지, 아니면 내 몸속에 분비된 아드레날린으로 인해 단 몇 초의 시간이 그토록 길게 느껴졌던 것인지도 여전히 오리무중이다. 나는 입에 호루라기를 물고 있었지만 소리를 내지는 않았다. 너무 놀란 나머지 호루라기를 불 생각조차 하지 못했다. 그렇지만 그 아이가 제발 호루라기를 불지 말아달라고 마음속으로 사정하는 듯한 느낌이 들어 엄두도 내지 못했다. 나는 그 아이의 가벼움이 이래 저래 나의 '중력'에 의해 좌우되고 있지 않은가, 즉 내가 그 아이를 땅에 붙어 있게 만드는 중력이 아닐까 하는 생각이 잠시 들었다. 나는 모이라가 아이에게 달려들지 못하도록 녀석을 꼭 붙잡았다. 하지만 몇 초 후, 나도 모르는 사이에 그 아이를 뒤쫓기 시작했다. 내가 다가가자 헤로니모는 잽싸게 몸을 돌려 달아났다.

내 기억으로 쫓고 쫓기는 추격전은 그리 오래가지 않았던 것 같다. 그건 내 몸에 남은 흔적으로 충분히 알 수 있다. 얼굴이 몇 군데 긁혔고, 무언가에 부딪혔는지 다음 날 무릎이 퉁퉁 부어 있었다. 모이라가 내 앞을 가로막자 나는 의도치 않게 녀석을 걷어차고 말았다. 아팠는지 녀석이 깨갱거렸다. 나는 성큼성큼 세 걸음 만에 처음으로 헤로니모의 셔츠를 잡았지만, 급하게 서두르느라 몸이 부딪힐 뻔했다. 하지만 그 아이는 몸을 살짝 구부리며 용케도 나를 피해 달아났다. 몇 미터 더 달려간 끝에 나는 아이의 팔을 붙잡을 수 있었다. 그러자 아이는 있는 힘을 다해 발길질하기 시작했다. 몇 달 전 우리 집 정원에 몰래 숨어 마이아의 이야기를 엿듣고 있던 여자아이를 붙잡았을 때 느낌이 생생하게 떠올랐다. 그때와 마찬가지로 헤로니모도 어린아이라기보다 거대한 벌레 같았다. 마치 여덟 개에서 열 개 정도 달린 다리를, 찌르거나 할퀼 수 있는 갈고리가 하나씩 달린 다리를 어딘지 알 수 없는 곳을 향해 필사적으로 내젓는 생물체나 다름없었다. 아이에게서 시큼한 악취가 풍겨 나왔다. 도시에 거주하는 인디오들의 몸에서 나는 것과 비슷했지만, 그보다는 유통기한이 지난 요구르트처럼 달차근한 냄새가 났다.

숨을 돌리고 있던 참에 나는 문득 아이의 다른 손으로 눈이 갔다. 그제야 나는 무슨 일이 일어났는지 알아차렸다. 헤로니모의 손이 피로 벌겋게 물들어 있었던 것이다. 그 아이는 손에 막대사탕 크기의 면도칼을 손가락 마디가 하얗게 변할 정도로 세게 움켜쥐고 있었다. 더구나 아이는 내가 흥분해서 알아차리지 못한 사이에 내 팔을 면도칼로 두 번이나 그었다. 우리 둘은 한동안 충격을 받은 표정으로 안절부절 어쩔 줄 몰라 했다. 그는 내 팔을 두 번이나 면도칼로 그은 것 때문에, 반면 나는 무언가 따끔한 금속성의 느낌 외에 아무것도 느끼지 못했기 때문이다. 제정신이 든 아이는 다시 면도칼로 내 가슴을 찌르려고 했다. 하지만 나는 아이의 손을 낚아챈 다음, 신음 소리를 낼 때까지 엄지로 있는 힘껏 손목을 눌렀다. 마침내 아이의 손에서 칼이 툭 하고 바닥으로 떨어졌다. 아이는 마치 길에 아스팔트를 깔다 온 것처럼 시커먼 기름때로 절어 있었고, 머리카락은 수세미처럼 억세 보였다. 윗입술은 포진인지 화상 때문인지 거무튀튀한 빛깔로 기분 나쁘게 번들거리고 있었다.

"꼼짝 말고 있어." 나는 그 아이의 눈을 똑바로 보지도 못한 채 말했다. "알아들었어?"

그러나 헤로니모는 아무 대답도 하지 않았다.

우리의 출현이 순수할지라도, 절대 그렇게 받아들여지지는 않는 법이다. 우리에게 내려진 최고 형벌은 우리가 무엇인지를 단번에 증명해야 하는 것이 아니라 이를 거듭해서 증명해야 한다는 사실이다. 어쩌면 나비넥타이를 맨 현자賢者에게 내가 꼭 하고 싶었던 말이 바로 그런 것이었을지도 모른다. 즉 우리 마음속에 있는 무언가가 그를 결코 이겨낼 수 없는 대화 상대자로 선택한 것에 대해서 증인은 아무런 잘못이나 책임이 없다는 것, 그리고 그에게 그런 행세를 하도록 강요하는 것 또한 바로 우리라는 것을 말이다. 이 세상 어느 누구도 영원히 진실할 수만은 없다. 그건 어린 증인들도 마찬가지다.

헤로니모는 고전적인 아름다움을 갖추고 있었다. 모든 네에 인디오 아이들과 마찬가지로 그 아이의 얼굴도 사진을 잘 받는 편이었다. 빈틈이 없고 고집스러운 실제 성격과는 아주 대조적이었다. 그 아이는 거의 웃지 않았다. 그래서 어쩌다 방긋 미소를 짓는 모습은 경이로움마저 느끼게 했다. 그 아이는 농담을 좋아했지만, 이를 고스란히 사실로 받아들이는 게 문제였다. 그런 면에서 헤로니모는 전형적인 산크리스토발 사람이었다. 시골에서 차 농사를 짓던 부부의 넷째 아들로 태어난 그 아이는 막 걸음마를 시작할 무렵부터 산크리스토발 시내 거리에서 구걸을 했다고 한다. 그의 인생은 마치 꿈속에서 듣는 이야기만큼이나 놀라웠다. 그래서인지 그가 처음부터 32명의 아이들과 함께했다고 해서 조금도 놀랍지 않다. 녹화된 영상에서도 그 아이의 모습이 유독 많이 보인다. 다코타 슈퍼마켓 사건이 벌어진 직후 밖으로 달아나는 아이들 틈속에서, 그리고 발레리아 다나스의 다큐멘터리 필름에 나오는―날짜가 표시되어 있지 않은―여러 장의 사진에서도 빠지지 않고 나온다. 그런데 그 아이의 행동에서는 무언가 특이한 점, 즉 다른 아이들로부터 약간 거리를 두는 듯한, 왠지 따로 노는 듯한 모습이 눈에 띈다. 그렇기는 하지만 그의 표정으로 봐서는 따돌림은커녕 오히려 상당한 특권을 누리는 듯하다. 마치 다른 아이들이 그가 지닌 어떤 장점을 속으로 부러워하고 있는 것처럼 말이다.

오랜 세월이 지난 후 지방 교도소를 방문했을 때 (헤로니모는 그 무렵 스무 살이었는데, 협박에 의한 강도죄로 다시 교도소에서 복역하고 있었다) 나는 밀림에서 나한테 '붙잡힌' 순간 어떤 느낌이 들었는지 그에게 물어보았다. 그는―그 시절에 관해 말할 때면 언제나 짧게 톡 쏘아붙이던 예전과 달리 꽤나 정확하게 말해주었다—그날 밤 무슨 일이 일어날 것만 같은 불길한 예감에 마음이 무거웠다고 털어놓았다. 하지만 자기가 왜 거기 혼자 있었는지, 그리고 무엇을 하러 다른 아이들로부터 그토록 멀리 떨어진 곳까지 갔는지는 기억하지 못했다. 나는 그 아이가 정말 기억하지 못했을 거라고 믿는다. 헤로니모 발데스는 거짓말을 하느니 차라리 모든 것을 털어놓을 아이였으니까. 그리고 그 시절에 관해 몇 가지 기억을 떠올리는 동안에는 처음 나를 만났을 때처럼 눈빛이 사납게 변했다. 하지만 그 공격성은 결코 증오심으로 바뀌지 않았다. 그리고 나도 결코 그를 증오하지 않았다.

어쩌면 자기 자신을 용서하고 이해하기 전에 다른 이들을 이해하고 용서한다는 것은 불가능할지도 모른다. 나는 아이의 손을 잡고 엄지로 손목을 빼갤 듯 힘껏 누르면서 입에 물고 있던 호루라기를 최대한 크게 불었다. 이로써 내가 그 아이에게 판결을 내렸다는 것을 알고 있었기 때문에 나는 더 이상 그 눈빛을 견딜 수 없었다.

그날 하루 동안 벌어진 사건들 중에서 몇 가지 분명하게 기억나는 것들이 지금도 희미하게나마 눈앞에 떠오르곤 한다. 어느 순간 나는 의식을 잃고 들것에 실려 지역 병원으로 이송되었던 것으로 알고 있다. 병원에 도착했을 무렵에는 이미 피를 1리터가량 흘린 상태였다. 의식을 회복했을 때, 마이아와 딸아이가 내 곁을 지키고 있었던 것도 기억난다. 특히 딸아이는 놀라서 눈이 휘둥그레진 채로 나를 보고 있었다. 다친 내 모습을 본 딸아이는 잠시 반항적인 사춘기에서 물러나 어린 소녀로 되돌아간 듯, 갑자기 눈에 눈물이 그렁그렁 돌았다. 그러더니 딸아이는 내 목을 와락 껴안으며 입을 맞추었다. 마이아는 내가 열두 시간 동안 잠을 잤다고 했다. 병원에 도착했을 때, 신경쇠약의 반응을 보여 (내가 그랬는지 전혀 기억나지 않았다) 의사가 신경안정제를 투약할 수밖에 없었기 때문에 그렇게 오래 잤다는 것이다. 그리고 아이들을 발견하지 못한 채 수색 작업이 종료되었다는 말도 덧붙였다.

"내가 찾은 아이는?"

"한 명밖에 없어." 마이아가 대답했다. "당신이 찾은 그 아이 말이야."

"그럼 그 아이 말고는 정말 아무도 못 찾았다는 거야?"

내가 불필요한 것을 물을 때마다 늘 그랬듯이 마이아는 아무 대답도 하지 않았다. 그럴 때 보면 내 아내는 꼭 동양 여인 같았다.

"아직 아파?" 그녀가 물었다.

나는 아무리 사소한 것이라고 해도 충분히 생각한 뒤에 대답했어야 했다는 생각이 들었다. 나는 불과 몇 시간 전 바로 코앞에 있던 아이의 얼굴을 떠올리려고 했지만, 또렷이 기억해낼 수 없었다. 분명히 기억나는 것은 그 아이, 헤로니모의 가벼움뿐이었다. 그 가벼움은 하나의 특성이라기보다, 그 아이의 고유한 존재 방식인 것 같았다. 그 아이를 보면서 마치 살아 있는 새를 처음 잡았을 때, 작은 심장의 고동이 고스란히 손에 전해지는 듯한 느낌이 들었다. 나는 면도칼에 찔린 오른팔을 내 눈으로 처음 확인했다. 아래팔에 찔린 상처가 하나 있었고, 위팔에는 좀 더 큰, 반원형의 깊은 상처가 나 있었다. 마치 뼈가 부러진 것처럼 통증이 가시지 않았다. 그런데 마이아는 그 정도로 끝난 것만도 천만다행이라고 했다. 의사 말로는 내가 정말 운이 좋은 사람이라는 것이다. 오른쪽으로 몇 센티미터만 더 깊게 찔렸어도 노동맥과 아래팔 중간정맥*이 단번에 잘렸을 테고, 그러면 피를 세 배 이상 흘려 결국 목숨을 잃었을 거라는 얘기였다.

30분 뒤 아마데오 로케가 병원에 찾아와서 자초지종을 설명해주었다. 그에 따르면 내가 찾은 아이의 이름은 헤로니모 발데스로, 《엘 임파르시알》지에 실린 사진 덕분에 이미 가족에 의해 신원이 확인된 상태라고 했다. 그 아이는 아무것도

---

* 노동맥과 나란히 달리는 두 개의 정맥으로, 그중 아래팔 중간정맥은 아래팔의 가운데서 올라가다가 갈라져서 자쪽 피부 정맥과 노쪽 피부 정맥으로 들어가는 정맥을 말한다.

알고 싶어 하지 않는 눈치였고, 아이의 부모 (그들은 그 사건이 사회적으로 워낙 큰 충격을 안겨준 데다, 법적인 명령에 의해 어쩔 수 없이 나타난 것이다) 또한 그 사건에 대해 대수롭지 않게 여기고 있는 듯했다. 부모에 따르면, 그 아이는 예전부터 폭력적인 행동을 일삼았을 뿐만 아니라 심지어 자기 동생을 죽이려고 한 적도 있다고 했다. 감옥에 들어간 후로 아이는 음식을 입에 대려 하지도, 씻지도 않으려고 하는 등 반#야만적인 상태로 지냈다. 그래서 교도관들이 억지로 음식을 떠먹여주고 씻겨야만 했다. 게다가 뭘 물어보면 언제나 '전혀 알아들을 수 없는 말로' 대답을 했다. 아마데오 로케의 몰골도 말이 아니었다. 사흘을 못 잔 사람처럼 눈에 핏발이 서 있는 데다, 무더위로 인해 안쪽부터 흐물흐물해지고 있기라도 한 것처럼 피부색이 푸르뎅뎅하게 변해 있었다. 시내에서는—그가 계속 말했다—카사도 광장 때에 버금가는 소요 사태가 일어날 조짐이 보인다고 했다. 게다가 기대를 모았던 수색 작업이 실패로 끝나면서 시민들의 분노에 기름을 끼얹은 격이 되었다고 했다. 시장이 곧 사임할 것이라는 관측이 나도는 가운데 경찰은 아무 대책도 마련하지 못한 채 수수방관하고 있는 실정이었다. 그러던 와중에 전자제품 상점 강도 사건과 두 건의 주유소 권총 강도 사건이 발생하는 등 갈수록 분위기가 흉흉해져만 갔다. 사태가 심각해지자 중앙정부는 타 도시의 경찰 병력을 산크리스토발로 급파한다는 계획을 발표할 예정이었다. 그런데 밀림의 아이들은 문자 그대로 감쪽같이 증발해버렸다. 헤로니모 발데스는 시종일관 침묵을 지켰다. 우리는 그야말로 막다른 골목에 몰린 셈이었다.

수색 작업이 있고 이틀 후인 1995년 3월 13일, 나는 팔에 붕대를 동여매고 병원을 나와 헤로니모 발데스가 갇혀 있던 경찰서로 향했다. 여전히 상처에서 심한 통증이 느껴졌지만, 30분 전에 시장이 직접 전화를 걸어와 경찰서에서 그 아이와 함께 있다고 알려주었던 것이다.

"그 아이의 입을 열게 하기는 쉽지 않을 거야."

나는 시장에게 아마데오 로케가 지휘하는 취조 팀에 들어갈 수 있게 해달라고 부탁했다. 그러자 그는 48시간이 지나면 아이를 재판에 넘겨야 하기 때문에 그 안에 모든 걸 밝혀야 된다고 말했다. 이는 '재활 및 갱생 위원회'와의 면담이 이루어질 때까지 청소년 구치소에 격리 조치한다는 것을 의미했다. 그 무렵부터 시장은 완전히 의욕을 잃어버린 듯했다.

"자네가 아무리 애를 써봐야 별 소용이 없을 거야." 그가 말했다. "물론 그런 일이 재미있다면야……"

오래전 힌두교의 어떤 현자가 살면서 자신에게 닥친 모든 불행이 어린 시절 장난삼아 돌팔매질로 물뱀 한 마리를 죽인 것 때문이라고 쓴 글을 읽은 적이 있다. 날이 갈수록 깊어지는 마이아의 병세, 요즘 들어 부쩍 나를 차갑게 대하는 딸아이 그리고 이처럼 아름다운 세상에 대한 무관심. 이 모든 것이 헤로니모 발데스라는 아이를 마흔 시간 넘게 재우지 않은 것과 아무 관련이 없다고 누가 장담할 수 있겠는가?

그 생각은 시장과 전화 통화를 한 뒤에 거의 즉흥적으로 떠올랐다. 이틀 밤 동안 불면증에 시달리다가 장거리 비행기 여행을 했을 때 정신 착란을 일으킬 뻔했던 장면이 불쑥 떠오르면서 그런 생각이 들었던 것이다. 그때 나는 거의 서른다섯 시간 동안 한숨도 못 잔 상태에서 비행기에 탔다가 결국 애꿎은 스튜어디스한테 화풀이를 하고 말았다. 그 순간, 나는 내 육신이 어떻게 굴복하고 '무너져 내리는지' 느낄 수 있었다. 그 느낌을 어떻게 말로 표현할지 모르겠지만, 그 순간 무언가 우지끈 쪼개지는 소리를 들었던 것 같다. 그 소리를 듣자 금세 심장 발작이 일어날 것만 같더니, 잠시 후에는 불안과 공포로 내 목구멍이 꽉 막혀오는 듯했다. 그때 내 주변에 있던 이들은 넋 나간 표정으로 나를 쳐다보기 시작했다. 비행기 엔

진의 금속성 소리가 귀청을 때리면서 고통스러운 마음이 거의 **육체적인** 고통으로 둔갑하기 시작했다. 이 상태로 5분만 더 있다가는 결국 내 혀를 깨물어버릴 것만 같았던 기억이 난다. 극도의 공포에 짓눌린 나머지, 나는 서럽게 울기 시작했다. 그 순간, 조금 전 나한테 봉변을 당한 그 스튜어디스가 내게 보여준 모습은 정말 가슴 뭉클할 정도로 감동적이었다. 그녀는 베개와 담요를 들고 다가오더니 내 곁에 있게 해달라고 부탁했다. 그러곤 비행기 한구석에 있던 두 개의 빈 좌석을 손으로 가리켰다. 나는 좀비 같은 꼴로 그녀의 뒤를 따라갔다. 그녀는 의자 팔걸이를 들어 올리고는 편하게 누우라고 말했다. 믿기지 않겠지만, 나는 전혀 고맙다는 생각이 들지 않았다. 나는 순간적으로 울면서 그녀의 발 앞에 쓰러질 뻔했다. 절망의 구렁에서 허우적거리는 내 모습을 보자, 그녀는 한동안 말없이 내 곁에 있더니 내게 담요를 덮어주었다. 담요를 덮어주던 그녀의 모습을 보면서, 나는 눈을 감기 직전 그녀가 원하는 것이면 무엇이든 들어줄 수 있을 것 같다는 생각이 들었다. **문자 그대로**, 그 어떤 것이라도.

나는 경찰서로 걸어가는 동안 내내 이리저리 머리를 굴렸다. 헤로니모 발데스가 피로에 지친 상태이기 때문에 하룻밤만 안 재워도 아는 대로 다 털어놓을 것이라고 생각했다. 그렇다고 내가 무슨 엄청난 계획을 세운 것은 아니다. 다 아는 대로 좋은 경찰과 나쁜 경찰의 역할을 나누는 것이었다. 나쁜 경찰 역할을 맡게 될 아마데오 로케는 수시로 헤로니모의 잠을 깨울 것이다. 반면 아이가 틈틈이 눈을 붙일 수 있게 해줄 좋은 경찰 역할은 당연히 내가 맡게 될 터였다. 그리고 32명 아이들의 부모들 중 한 명의 역할 또한 내 차지가 될 것이었다. 우선은 내가 안토니오 라라의 아버지라고 설득시켜야 할 것 같았다. 그 아이를 쉬게 할 때나 깨울 때 아마데오 로케와 나는 계속 똑같은 질문을 던질 것이다. 나머지 아이들은 어디 있지? 어떤 일이 있어도 질문이 여러 가지로 나와서는 안 된다. 늘 똑같은 질문을 던져야 하는 것이 중요했다. "나머지 아이들은 어디 있지? 나머지 아이들은 어디 있지? 나머지 아이들은 어디 있지?" 오늘은 두 번 정도만 물어도, 그 말이 두개골에 구멍을 뚫을 때 나는 금속성 소리처럼 아이의 귀청을 때리게 될 거야. "나머지 아이들은 어디 있지?"

그런데 감옥에 도착하자마자, 나는 생각보다 왜소한 헤로니모의 모습을 보고 깜짝 놀랐다. 정말 저 아이가 밀림에서 하마터면 나를 죽일 뻔한 그 아이란 말인가? 우리가 자신을 찬찬히 뜯어보고 있다는 것을 느꼈는지, 아이는 당당한 자세를 취했다. 그 아이는 이틀 내내 아무것도 입에 대려 하지 않았다지만, 축 늘어져 있기는커녕 한시도 의연함을 잃지 않았다. 나는 그때껏 그런 아이를 본 적이 단 한 번도 없었다. 그 아이는 마치 밀림에서 태어나 단지 생존하는 것 외에는 아무 데도 관심이 없다는 듯이 살고 생각하는 듯했다. 아이의 모습을 보면서 측은한 마음이 들었지만, 이와 동시에 생명의 힘 같은 것이 느껴졌다. 그 아이는 나와 단둘이 있게 해달라고 했다. 나는 그의 옆에 앉았다. 나는 아이에게 내가 누군지 기억나느냐고 물으면서, 오른팔과 상처를 보여주었다. 그러곤 이렇게 만든 장본인이 바로 너라고 알려주었다. 그러자 아이는 도저히 믿을 수 없다는 눈빛으로 나를 쳐다보았다. 이제 아이의 몸에서는 악취 대신 비누 냄새가 솔솔 풍겨왔고, 머리도 단정히 빗어 넘겼다. 하지만 입술에 난 포진 때문에 그의 얼굴은 죽은 이들 사이에서 부활한 라자로*처럼 영적인 분위기를 느끼게 했다. 나는 주머니에서 안토니오 라라의 사진을 꺼내 아이에게 보여주었다. 아이는 사진을 집어 들었다. 그런데 고개를 숙이는 바람에 그의 표정을 제대로 볼 수가 없었다.

"내 아들이란다." 나는 거짓말을 했다.

그 순간 아이는 안토니오 라라가 무슨 악마라도 되는 것처럼 내게 고개를 획 돌렸다. 그때 아이가 감탄한 눈빛을 지었는지, 아니면 두려운 눈빛을 지었는지는 앞으로도 알기 어려울 듯싶다. 어쨌든 깜짝 놀란 건 분명하다.

---

* 『요한의 복음서』 11장에서 예수가 죽은 라자로를 다시 살린 일화를 언급한 내용.

"내 아들을 찾으려고 하는데, 좀 도와줄 수 있겠니?"

아이는 아무 말도 하지 않았다. 나는 다치지 않은 손을 그의 어깨에 얹었다. 아이가 내 손을 뿌리치거나 밀치지 않고 가만히 내버려두는 것만으로도 묘한 느낌이 들었다.

결코 쉽지 않았다. 그렇게 열 시간이 지나자 헤로니모는 스르르 잠이 들어버렸다. 그때 우리는 감옥에서 간이침대를 치우고 의자 하나만 달랑 남겨놓았다. 그러자 아이는 요가 수행자처럼 셔츠를 벗어 바닥에 깔더니 그 위에 벌렁 드러누웠다. 아마데오 로케는 일단 자도록 내버려둔 뒤, 잠시 후 쾅 소리 나게 문을 닫고 감방 안으로 들어갔다. 아이는 그 소리에 놀라 벌떡 일어나 의자 뒤로 재빠르게 기어갔다. 나는 감방 문에 붙어 있는 색유리 뒤에 서서 그 광경을 지켜보고 있었다. 그 안에서 벌어지고 있는 모든 것이 역설적이었다. 어린아이, 의자, 작은 변기와 세면대.

가끔 이 세상 그 누구보다 내가 더 낫다는 생각이 들 때가 있다. 그럴 때마다 내가 다른 아이들의 행방을 알아내기 위해 열두 살짜리 아이를 이틀 동안이나 재우지 않고 고문할 수 있는 사람이라는 사실만 떠올리면 그만이다. 그때 감방 안에 흐르고 있던 분위기는 불행한 가족들 사이에 자리 잡은 침묵, 그리고 대놓고 욕하고 싸우는 것보다 훨씬 더 무거운 침묵과 비슷했다. 헤로니모가 잠이 들려고 할 때마다 아마데오 로케는 안으로 들어가 아이의 어깨를 흔들어 깨웠다. 나는 그의 뒤를 따라 들어가 똑같은 질문을 했다. "다른 아이들은 어디 있지? 내 아들을 찾으려고 하는데, 좀 도와줄 수 있겠니?" 그러고 나면 우리는 아이가 바닥에 풀썩 쓰러져 자게 내버려두는 척했다. 심지어는 아이가 눈을 감고 있는 동안 머리를 쓰다듬어주기도 했다. 그렇게 20분이 지나면 아마데오 로케가 다시 안으로 들어가 똑같은 장면이 되풀이되었다.

그때 헤로니모의 머리카락에서 느껴지던 푸석한 느낌, 소원하면서도 어딘가 친근한 느낌, 그리고 물과 기름처럼 따로 놀던 감각과 의식 등은 지금도 내 기억에 생생하게 남아 있다. 어쩌다 그 장면들을 떠올리기만 하면 속이 뒤집어질 정도로 심한 거부반응이 일어날 때도 있다. 하지만 대부분의 경우 몽롱한 상태에서 그때의 상황을 떠올린다. 그래서인지 그런 짓을 한 사람은 내가 아니라 다른 사람, 그렇지만 내가 알아볼 수 있고 그의 감정을 속속들이 꿰고 있는 타인일 거라는 생각에서 벗어날 수 없었다. 그리고 내 기억 속의 헤로니모 또한 전혀 다른 아이였다. 훗날 사춘기 소년으로 자란 아이도, 내가 교도소에 찾아가서 만났던 그 소년도, 더구나 밀림 속에서 다른 남자, 여자아이들과 함께 살던 그 아이도 아닌, 내가 굴복시키려고 안간힘을 쓰던 자연의 힘이었다. 하지만 경찰청장과 내가 현실주의와 체념의 논리로 생각하던 곳에서 헤로니모는 본능과 신의의 논리로 생각하고 있었다.

32명의 아이들이 죽고 오랜 세월이 지난 뒤, 나는 생물학 실험에 관한 글을 읽게 되었다. 연구자들은 유리병에 파리와 벌을 각각 여섯 마리씩 넣은 다음, 막힌 바닥을 창문 쪽으로 향하게 하고 병을 수평으로 눕혔다. 파리와 벌 중에서 누가 먼저 열린 입구로 달아나는지를 알기 위한 실험이었다. 실험 결과, 파리는 창문 반대 방향으로 달아난 반면, 벌들은 유리병 바닥에 계속 부딪히다 결국 모두 죽었다고 한다. 벌들은 빛이 들어오는 방향에 출구가 있다는 믿음을 끝내 버리지 못했기 때문이다. 벌들의 이야기를 읽으면서, 그 당시 헤로니모가 나에 대한 믿음을 끝까지 버리지 않았던 사실을 알고 놀랐던 일이 자연스레 떠올랐다. 물론 나는 그 아이의 마음을 이해하지 못했다. 그는 마치 새가 지저귀는 듯한 언어로 이상한 표현을 섞어가며 내게 말을 했다. 그 아이는 내가 자기를 보호해주리라는 믿음을 단 한 순간도 버리지 않았다. 나쁜 습관이 강한 의지 속으로 뿌리를 내리듯이 그러한 확신은 그의 유전자 속으로 깊숙이 스며든 듯했다. 어떤 면에서 그 아이의 사고 능력은 나라는 빛에 부딪혀 산산이 부서지고 만 셈이다. 내가 나타나기만 하면 그 아이의 얼굴빛이 눈에 띄게 누그러졌다. 가령 내가 감방에 들어가 태양이 사라졌다고 해도, 그 아이는 내 말을 곧이곧대로 믿었을 것이다. 나는 그 아이의 맹목적인 믿음 또한 우리가 그에게 거의 마흔 시간 동안 가한 고문만큼이나 끔찍한 것이라는 사실을 이제야 알 것 같다. (그런 의미에서 무언가를 이해한다는 것은 재능이라기보다 결국 끊임없는 훈련의 결과인 듯하다.) 어쩌면 그의 믿음은 하늘이 나를 응징하는 방식이었을지도 모른다. 여태껏 지나온 세월은, 내 상상력이 거기에 어떤 이름을 붙이든 간에, 그다지 중요하지 않다. 내 삶은 예나 지금이나 똑같이 힘들고 고통스러우니까.

우리의 끈질긴 요구에 마침내 아이가 굴복했다.

그건 시간문제였다는 것을 우리는 알고 있었다. 하지만 아이가 모든 것을 털어놓자, 마치 기적이라도 일어난 것처럼 우리는 그저 어안이 벙벙할 뿐이었다. 이튿날 초저녁 무렵, 그러니까 우리가 조사를 시작한 지 40시간 만의 일이었다. 내가 감방 안으로 들어가자, 무언가 달라졌다는 것을 직감할 수 있었다. 헤로니모는 젤리 같은 입술을 부들부들 떨고 있었던 데다, 검지 끝으로 눈썹을 쓸기 시작했다. 그 모습을 보자 아이가 여리면서 동시에 성숙해 보였다. 그 아이가 여전히 알아들을 수 없는 말로 두어 마디 하자, 나는 예전과 같은 말로 대꾸했다. 그가 무슨 말을 하는지 알아들을 수 없었기 때문이다. 그러자 아이는 다시 눈썹을 쓰다듬었다. 그때 경찰서 소속 의사가 우리에게 오더니, 얼마 있으면 아이가 환각 상태에 빠질 가능성이 높다고 알려주었다. 그건 아이의 건강이 좋지 않다는 것을 알리는 위험 신호임이 분명했다. 그 말을 듣자 나는 아이가 혹시라도 우발적인 행동을 저지르지나 않을지 잠시 걱정스러웠다. 나는 아이에게 다가가 말없이 어깨에 손을 얹었다. 그런데 이번에는 내 손을 금세 밀쳐버렸다. 그러더니 온몸이 가려운지 긁으면서, 마치 시험지를 앞에 둔 아이들처럼 조바심에 다리를 덜덜 떨기 시작했다.

나는 그 아이에게 배가 고픈지 물었다. 아이는 아무 대답도 하지 않았지만, 나는 샌드위치 하나와 물 한 컵을 갖다달라고 했다. 아이는 감옥에 들어온 후 처음으로 맛있게 먹었다. 그런데 물을 들이켤 때마다 마치 잊어버린 말을 머릿속으로 찾고 있는 사람처럼 점점 더 멍한 표정을 지었다. 너무나 짧은 순간에 일어난 일이지만, 아이의 얼굴이 발개진 것 같았다. 샌드위치를 다 먹은 뒤, 아이는 자리에서 조용히 일어나 접시를 바닥에 내려놓고 거리가 내다보이는 창문 쪽으로 의자를 옮겨놓았다. 그는 내 도움 없이 혼자 의자 위에 올라섰다. 그러곤 X 자 모양의 쇠창살을 두 손으로 꽉 붙잡았다. 아이는 내게 가까이 와보라고 했다. 그러더니 또다시 알아들을 수 없는 말로 내게 뭔가를 얘기했다. 마치 내 귀에 대고 나직이 속삭이는 소리 같았다.

"헤로니모, 나는 네가 무슨 말을 하는지 모르겠어." 나도 속삭이는 목소리로 같은 말을 여러 번 반복했다.

그가 갑자기 내게 몸을 휙 돌리자, 겁이 덜컥 났다. 아이의 눈 밑에는 밝은 빛이 희미하게 감도는 보라색 그림자가 드리워져 있었다. 아이는 나를 보고, 그리고 유리창에 비친 자신의 모습을 보고, 또 자기가 의자 위에 올라가 쇠창살을 통해 내다보고 있다는 사실에 적잖이 놀란 듯 보였다.

"나머지 아이들은 어디 있지?" 나는 똑같은 질문을 되풀이했다.

그러자 아이는 다시 창문을 향해 몸을 돌리면서, 손으로 하수구를 가리켰다. 그러더니 완벽한 스페인어로 소곤거리듯 말했다. 아이가 스페인어로 말한 것은 그때가 처음이었다.

"저 안에 있어요."

마치 배우자의 불륜을 뒤늦게 눈치챈 사람처럼, 나는 지난
날을 돌이켜 보다 이상한 징후와 조짐이 전에도 적지 않게 나
타났다는 생각이 퍼뜩 떠올랐다. 가령 마당에서 쥐 소리가 났
다든가, 슈퍼마켓 입구에 쓰레기가 지저분하게 널브러져 있
던 일이 바로 그것이다. 이 세상에는 우리가 받아들이고 인정
할 때만 이해할 수 있는 것들이 있다. 그러나 나는 아이들이
하수도에 살고 있다는 명백한 징조를 배척한 것이 바로 그런
지적 능력이 아니었는지 자문해보곤 한다. 나는 아이들을 보
고도 시치미를 뗀 사람들이 이 도시에 있었다고 (아니면 있어
야만 했다고) 생각한다. 어떤 것이든 일단 믿기 시작하면 그 어
떤 현실보다 더 진짜처럼 보이기 때문에, 대부분의 경우 우리
는 주변의 도덕에 따라 행동한다. 그렇다면—우리가 늘 당당

하게 말하듯이―우리의 눈으로 본 것을 정말로 믿어도 된다는 걸까?

우리는 당장이라도 하수구로 내려가고 싶었지만 일단 두고 보기로 했다. 그 당시 분위기로 봐서는 서둘러 들어갔다가 아이들이 다치기라도 하는 날이면, 우리가 감옥에 갇힐 가능성이 높았기 때문이다. 이와 더불어 정체를 알 수 없는 두려움, 모든 것을 가로질러 지나가면서 마치 꿈결처럼 느껴지던 두려움도 있었다. 그런데 그 두려움이 너무 생생해서 아이들의 소리가 귓전을 울리는 것 같은 착각이 들기도 했다. 시 정부는 비상 내각 회의를 소집하고, 아마데오 로케의 책상 위에 도시 하수도 전도全圖를 펼쳐놓았다. 산크리스토발의 하수 처리 시스템은 별 모양을 하고 있었으며, 모두 도시의 동쪽으로 이어졌다. 다시 말해, 여섯 개의 하수로가 에레강 부근의 거대한 배수관으로 모여들고 있었다. 아이들이 어디쯤에 있는지 정확히 파악하지는 못했지만, 지하 하수 터널의 길이와 높이를 감안할 때 (대부분의 터널 구간은 천장의 높이가 0.5미터에 불과했다) 대략 네 군데에 모여 있을 것으로 추정되었다. 네 군데 모두 가까울 뿐만 아니라 강변 산책로와 12월 16일 광장 지역 아래에 서로 거미줄처럼 연결되어 있었다.

우리는 불안하고 두렵다기보다 오히려 마약에 취한 듯 멍한 상태였다. 아무 생각도 떠오르지 않았다. 아마데오 로케는 시청 하수관을 통해 곧장 진입하자고 제안한 반면, 안쪽에서 모닥불을 피우면 아이들이 연기로 인해 숨을 쉴 수가 없어 밖으로 나올 수밖에 없다고 주장한 얼간이도 있었다. 그리고 관할 경찰서장 중의 한 명인 알베르토 아빌라가 T 구역(아이들이 모여 있을 것으로 추정되는 사분면四分面 구역)의 하수도 출구를 모조리 봉쇄한 다음, 거기에서 반경 수백 미터 내 등거리에 있는 하수구로 진입해 막힌 지점에 도달할 때까지 터널을 수색하자고 제안한 바로 그 사람이었다.

오랜 세월이 지난 뒤, 나는 헤로니모 발데스 덕분에 정말 우연하게 아이들을 찾아냈을 뿐이라는 것을 알게 되었다. 하수구로 내려간 지 처음 몇 주 동안 아이들은 우리가 지목한 그 구역이 아니라 북동쪽에 모여 살고 있었다. 그 지역이 밀림과 가장 가까운 곳이었기 때문이다. 헤로니모의 말에 따르면, 아이들이 T 구역으로 장소를 옮긴 것은 어떤 여자아이가 뱀에게 물려 사망하는 사건이 벌어졌기 때문이라고 했다. 헤로니모는 아이들이 도시 하수도의 중심 구역으로 이동하기 전에 잔해만 남은 휴게소 벽의 벽돌을 빼내서 그 옆에 여자아이를 묻어주었다고 털어놓았다. 사건이 모두 종결된 지 일주일 후, 나는 여자아이의 시신을 꺼내기 위해 사회복지과 담당자, 그리고 시체 안치실 직원 두 명과 함께 그곳으로 갔다. 그 후로 엿새 동안 신문에는 강변 산책로에 널브러져 있던 32명의 시신들 사진만 계속 나오고 있었다. 그래서인지 뒤늦게 나온 여자아이의 시신에 대해서 각별한 관심을 갖는 이가 아무도 없었다. 우리는 헤로니모가 말한 그곳에서 여자아이의 시신을 찾아냈다. 벽돌 무더기 속에서 나온 시신은 열 살도 채 되지 않은 어린아이에 불과했다. 아이들은 일을 최소한도로 줄이기 위해 그 여자아이를 엄마 배 속의 아기처럼 웅크리게 한 뒤 묻어놓았다. 그리고 아이의 몸에는 담요가 덮여 있었고, 먹고 남은 것으로 보이는 음식과 자그마한 장난감들이 그 주위를 둘러쌌다. 그곳에 몇 달 동안이나 묻혀 있던 데다, 밀림에서 뿜어내는 습기로 인해 시신의 부패 정도는 일정하지 않았다. 그래서 몸 전체가 짙은 갈색 얼룩으로 뒤덮여 있었지만, 몇 군데는 놀라울 정도로 멀쩡했다. 아이는 왼손에 플레이모빌* 인형 세 개를 꼭 쥐고 있었다. 시체 안치실 기사가 무엇인지 살펴보려고 아이의 손에서 그 인형을 빼냈을 때, 나는 불경한 짓을 저지른 듯 불길한 예감이 들었다. 아이의 이마에는 Z 자가 커다랗게 그려져 있었고, 어린 나이에 죽은 것이 못마땅한지 부루퉁한 얼굴이었다. 왼쪽 다리 발목에—아이를 죽음으로 몰고 간—뱀에게 물린 자국이 선명히 보였는데,

---

* 독일의 브란트슈테터 그룹에서 만드는 유아용 피겨 장난감 브랜드. 보통 7.5센티미터 크기의 미니 인물 피겨로, '클릭키klicky'라고 불리는 웃고 있는 얼굴로 유명하다.

검보라색을 띤 채 여전히 퉁퉁 부어올라 있었다. 상처 주변으로 아이들이 사인펜으로 그린 그림이 남아 있었다. 다리에서 시작해 배로 올라가는 무지개와 별들. 그리고 누군가 배 위에 커다란 해를 그려놓고, 그 아이의 이름을 써놓았다. 아나. 우리는 나머지 아이들이 모두 죽은 지 일주일 만에 아나의 시신을 거두었다. 그 여자아이의 죽음과 마주한 순간, 그때까지 우리가 감히 들어갈 엄두도 내지 못하던—충분히 할 수 있었음에도 불구하고—곳의 문이 열리는 것만 같았다. 그건 단순히 다른 아이들에 의해 만들어진 한 아이의 무덤이 아니라, 또 다른 문명의 증거 혹은 흔적만큼이나 불가해하면서도 현실적인 그 무엇이었다. 또 다른 세계.

논의에 논의를 거듭한 끝에 우리는 결국 알베르토 아빌라의 안案을 따르기로 했다.

1995년 3월 19일 오전 10시, 산크리스토발의 모든 하수구 출구를 쇰틀로 틀어막은 데 이어, 아이들이 있을 것으로 추정되는 곳 주변의 맨홀마다 경찰 병력을 배치했다. 그 계획은 아이들이 포위되었다는 사실을 알게 되면 자연히 지하의 한 지점, 즉 하수로가 합류하는 지점으로 모여들 것이라는 판단에 근거한 것이다. 지도에 따르면 그곳은 오각형으로 된 지하 공간이다.

작전은 11시 반경에 개시되었다. 그날은 산크리스토발에 살면서 가장 더웠던 날 중의 하루였는데, 온도는 38도, 습도 87퍼센트였던 것으로 기억된다. 그날은 목요일이었기 때문에 사람들은 저마다 일을 하느라 바쁘게 움직이고 있었다. 우리는 하수구로 내려갔다. 시청 소속 기술자들로 보였는지, 우리에게 특별히 관심을 보이는 사람은 아무도 없었다. 늘 그렇듯이, 밤에는 수상쩍게 여겨질 만한 것도 사람들이 많은 대낮이 되면 아무렇지 않게 보이는 법이다. 우리는 모두 일곱 개 조로 나뉘었다. 서쪽 하수도를 따라 1.5킬로미터를 수색하기로 되어 있던 우리 조는 나를 포함해 경찰관 네 명과 사회복지과 소속 보건 요원 한 명으로 이루어져 있었다. 몇몇 조에는 아이들의 가족이 포함되어 있었다. 안토니오 라라도 어떤 조에 속해 있었고, 파블로 플로레스는 4조를 지휘했다. 즉 그는 첫 번째 수로에서 우리가 아이들을 발견하게 될 거라고 추정하던 교차 지점까지 전 구간의 수색을 맡은 책임자였다. 만일 계획대로 이루어진다면, 우리는 아이들을 한구석으로 모는 셈이 될 것이다. 그 합류 지점 위, 지상에는 순찰차 세 대와 사회복지과 트럭 두 대가 미리 대기하고 있었다.

쇠 난간을 붙잡고 사다리계단을 내려갈 때 오른팔의 상처에서 심한 통증이 느껴졌다. 헤로니모 발데스가 원망스럽기만 했다. 내가 하수구에 내려간 것은 그때가 처음이었다. 냄새가 좋지는 않았지만 그럭저럭 견딜 만했다. 수로는 말라 있었고, 생각보다 환기도 잘되는 상태였다. 그래서인지 쥐도 거의 없다시피 했다. 어쩌다 쥐가 나타나도 우리는 적개심이 솟기보다 웃음부터 터져 나왔다. 하긴 저들의 눈에는 오히려 우리가 이상하게 보일 테니까. 하지만 우리는 당연히 나타나리라 예상했던 것을 보다 보니 즐겁기까지 했다. 우리는 손전등은 물론, 헬멧에도 전등을 부착하고 들어갔지만 대부분의 경우 그것들을 켤 필요조차 없었다. 군데군데 나 있는 하수구 덮개로 새어 들어온 빛이 지하 도로에 기묘한 효과를 일으키고 있었다. 마치 무대 조명이 통로를 비스듬히 비추고 있는 것처럼 말이다. 길이 좌우로 갈라지는 지점에는 (지도에 따르면, 산크리스토발의 하수로는 거미줄처럼 복잡하게 연결되어 있었다) 지상의 거리 이름을 알려주는 표지판이 세워져 있었다. 우리가 아이들의 흔적을 처음 발견한 곳은 그런 거리 표지판 아래였다. 거기에는 날개를 활짝 편 커다란 새가 분필로 그려져 있었다. 특이한 것은 수없이 많은 혈관이 새의 심장으로부터 날개로 이어져 있었다는 점이다.

터무니없는 그림으로 보일 수도 있겠지만, 나는 새 그림을 보면서 처음으로 아이들이 우리를 증오하고 있을지도 모른다는 생각이 들었다. 어쩌면 아이들이 흔히 누군가를 싫어하게 되는 것처럼 저들도 우리를 미워하게 된 것은 아닐까? 우리는 아이들의 사랑이 어떤 것인지 잘 알고 있지만, 아이들의 증오심에 대해서는 기껏 초보적인 수준으로만 알고 있거나 아예 잘못 이해하고 있는 경우도 허다하다. 가령 우리는 아이들의 마음속에 도사리고 있는 증오심이 두려움과, 따라서 현혹과, 그러다 어쩌면 또다시 사랑, 일종의 사랑과 뒤섞이는 것이라고 생각한다. 아니면 아이들의 증오심이 마음속에서 요동치는 여러 감정을 서로 연결해주는 수로水路로 이루어져 있고, 그 감정들을 증오심으로 흘러가게 만드는 무언가가 있다고 믿는다.

오랜 시간 동안 나는 다양한 형태로 나타나는 그 감정에 대해서—다만 '증오심'이라는 말은 꺼내지 않고—헤로니모에게 물었다. 그는 내가 묻는 말에 단 한 번도 대답을 하지 않았다. 정작 문제는 그 아이가 감정에 대해 말하기를 꺼렸던 것이라기보다—이때의 경험을 통해 나는 그 아이가 원치 않을 때도 입을 열게 만드는 나름의 방법을 터득하게 되었다—내가 존중할 수밖에 없었지만 지나칠 정도로 모호하고 불확실한 그 무엇, 즉 도와달라는 간절한 요청이었다. 마침내 나는 아이들이 늘 똘똘 뭉쳐 다녔던 것도 우리에게 도와달라고 호소한 것이나 다름이 없다는 사실을 깨달았다. 누구든 위험에 직면하면 멈추어 서서 도움을 요청할 것이다. 한쪽은 강한 반면, 다른 쪽은 약하니까. 하지만 아이들의 세계는 어른들과 전혀 다르다. 오히려 약자가 위협하고, 강한 자는 꼼짝도 않는다.

바로 그곳이 모든 문제의 발단이었다.

그 감정, 정확히 그 자리에서 말이다.

발레리아 다나스의 다큐멘터리에서 유일하게 봐줄 만한 부분은 '비밀의 도시'—어떤 이들은 도시 하수도를 꼭 그런 식으로 불렀다—안으로 들어갔던 우리들 중 26명과 인터뷰를 한 장면이다. 기억에 희미하게 남아 있는 모습 외에는 이제 그곳이 어떻게 생겼는지 제대로 생각나지도 않는다. 우리가 그곳을 몇 분 동안만 볼 수 있으리라는 것을 미리 알았더라면 좀 더 주의를 기울였을까? 그거야 굳이 말할 필요도 없을 것이다.

내가 속한 조는 남들보다 조금 늦게 거기에 도착했다. 우리가 도착했을 때, 적어도 열 명 정도가 이미 와 있었는데 모두 놀라서 입을 다물지 못하고 있었다. 그곳은 면적이 90제곱미터, 높이가 3미터가량 되는 오각형 모양의 홀인데 네 개의 하수구 덮개를 통해 빛이 새어 들어오고 있었다. 거기서 처음 받은 인상은 경이로움 그 자체였다. 무슨 연유인지는 모르겠지만 사방이 반짝이는 유리 천지였다. 자세히 보니 벽의 틈마다 끼워 넣은 거울과 유리 조각만 해도 수백 개에 이르렀다. 벽에 박힌 병목과 안경 조각, 깨진 전구 등이 서로 빛을 반사하는 바람에 마치 성대한 파티라도 열린 것처럼 초록색, 밤색, 파란색, 오렌지색 빛이 황홀하게 어우러지고 있었을 뿐만 아니라, 우리에게 어떤 암호문을 보여주는 듯했다. 하수구 벽에 파놓은 구덩이에 올려놓은 유리 조각도 있었고, 벽 속에 끼워 넣은 조각들도 있었다. 심지어 아이들은 파란색 대형 유리를 하수구 덮개 아래에 매달아놓기도 했다. 그래서 그 하수구 아래 바닥 전체를 파란 빛깔로 물들이고 있었다. 정오에 홀 안으로 쏟아져 들어온 빛은 분명 모든 물체들을 3시 때와는 다른 모습으로 반짝였을 것이다. 그렇다면 시간이 흐름에 따라 빛나는 글자도 바뀔 것이다. 색유리와 깨진 거울의 파편, 돋보기와 작은 병 조각 등은 어떤 특정한 모양을 만들어내기 위해 의도적으로 배치되었을 것 같은 느낌이 들었다. 사방에서 반사되는 빛이 한데 어우러지면서 어떤 때는 사람의 얼굴이, 또 어떤 때는 나무, 강아지, 집이 보이는 듯했다.

인간 역사의 여명기에 그려진 동굴 벽화를 보면서 감탄을 금치 못한다면, 32명의 아이들이 산크리스토발 지하 하수 터널에 만들어놓은 화려한 빛의 향연을 보고 놀라지 않을 이유가 어디 있겠는가? 인류의 조상들이 빨리 달리고 싶은 마음에 다리가 여덟 개 달린 말이나 동굴의 움푹 들어간 곳에 들소를 그렸다면, 32명의 아이들은 그보다 훨씬 더 포착하기 어려운 것, 즉 빛으로 벽을 장식한 셈이다. 반짝거리는 물체들이 빚어내던 고요한 정적은 부드럽게 우리의 온몸을 휘감았다. 그 황홀한 분위기에 취한 나머지, 우리 모두는 몇 분 동안 침묵을 지켰다. 성스러워 보이기까지 하던 그곳에서 나 혼자 있고 싶은 마음이 얼마나 간절했는지 지금도 기억에 생생하다. 어떤 여자가 훗날 인터뷰에서 한 말은 영원히 잊을 수 없을 것 같다. 처음 그 장면을 보고 놀란 그녀는 한동안 벌린 입을 다물지 못하다가, 휘황찬란한 빛이 "꼼꼼하면서도 즐겁게" 만들어진 듯한 느낌이 들었다고 했다. 그때의 상황을 이보다 더 정확하게 표현하기는 어려울 것이다. 즐거움은 달걀 속의 노른자처럼 빛을 아름답게 반사하는 구조에 포함되어 있었다. 아이들이 정말 우연히 그것을 만들었다고 생각한다면 큰 오산이다. 그건 마치 어떤 말을 허공에 내뱉은 다음, 그것이 땅으로 떨어지면서 자연스럽게 이야기가 시작되기를 기다리는 것이나 마찬가지다. 그러한 빛의 폭포 속에서 아이들은 기쁨에, 가슴 뭉클한 감동과 환희로운 경이감에 사로잡혔을 것이다.

헤로니모는 유리에 대해서 절대 말하려고 하지 않았다. 다만 자기도 그곳에 유리를 몇 번 갖다놓은 적이 있다고 털어놓았다. 그리고 매일 그런 것이 아니라, 하루 중 정해진 시간에 아이들이 거기 모여 신명 나는 놀이마당을 펼쳤다고 했다. 하지만 아이들이 어떤 방식으로 그 엄청난 일을 해냈는지 구체적으로 밝히기를 꺼렸다. 그 아이는 언젠가 지나가는 말로 찬란한 빛의 대성당이 철저히 "민주적인" 방식으로 설계된 것이라고 말했다. 베일에 가려진 설계자 대신, 놀이에 대한 중립적이고 집단적인 사랑, 그리고 그 여인이 다큐멘터리에서 말한 바와 같이 어떤 "즐거움"이 있었을 뿐이라는 것이다. 인터뷰에 참여한 나머지 목격자들은 서로 엇갈린 증언을 했고, 허세를 부리는 경우도 종종 있었다. 어떤 이들은 유리에서 "딸랑딸랑"하는 소리가 났다고 주장하기도 했다. 내 기억으로는 그렇지 않았던 것 같다. 대부분의 유리는 벽에 걸려 있지 않고, 벽 속에 끼워 넣어져 있었으니까. 이러한 사실은 아이들의 창의력이 아니라, 땅의 높낮이와 수로의 배치 구조 등 하수도의 지형학적 특성이 화려한 빛으로 반짝이던 그 공간의 형태를 결정지은 것이라는 발레리아 다니스의 주장을 뒷받침해준다. 하지만 발레리아 다니스가 아주 간단한 설명을 할 때조차 마법의 신비한 힘을 얼마나 철저하게 부정하는지는 이미 잘 알려진 사실이다. 그녀의 견해를 처음 들었을 때 나는 동의할 수 없었다. 물론 지금은 더 받아들이기 어렵다. 세월이 흐르면서 어떤 것들은 점점 더 기억이 희미해지는 반면, 요즘 들어 어떤 것들의 경우는 로스코*가 작품에서 반

---

* 마크 로스코(Mark Rothko, 1903~1970)는 유대계 리투아니아 출신의 미국 화가로 추상표현주의의 대가이다. 순수 추상화로 옮겨 가던 시절에 그는 안개가 낀 것처럼 몽환적인 직사각형의 면을 그림으로써 '멀티폼multiform'이라는 형식을 창안했다.

복적으로 그린 것과 크게 다르지 않은, 마치 의도적으로 지은 것처럼 보이는 문에 이어진 직사각형과 비슷한 일종의 도형과 같이 단순한 형태로 더욱 또렷하게 떠오르는 것 같다. 하수도의 지형적 특성에 의해 우연히 그렇게 보일 뿐이라고 생각할 수도 있겠지만, 나는 그렇게 생각하지 않는다. 유리와 거울, 그리고 양철 깡통과 안경 조각으로 뒤덮인 오각형 홀은 우리가 상상할 수 있는 어떤 신체와 가장 비슷했다. 엄마 배 속처럼 포근한 그 신체 안에서 32명의 아이들이 모여 살고 있었다. 그런데 따지고 보면 그 생각은 너무 단순한 것이어서 종종 맥이 풀릴 때가 있었다.

그 장소의 배치 구조는 물론, 지면의 높이도 실제적인 필요성에 따라 의도적으로 만들어진 것은 아니다. 분명 그곳으로 수많은 가스관과 도시 북쪽에서 가장 중요한 송전선이 모여들고 있었지만, 그것 때문에 그 공간이 오각형 모양으로 되어 있었다거나 벽에 그토록 많은 구덩이가 나 있던 것은 절대 아니다. 한동안 오각형 홀이 하수도 공사 당시 각종 자재들을 보관하기 위해 만들어진 낡은 창고였을 거라는 추측이 돌기도 했다. 그나마 이러한 추측은 벽에 그토록 많은 구덩이가 있던 이유를 설명할 수 있다. 더구나 그 자리에 있던 우리들은 유리에서 반사되는 빛을 보고 모두 넋을 잃은 나머지, 벽에 그런 것들이 있는지조차 몰랐다. 벽 구덩이들은 모두 서른

개가 넘었는데 (지금도 여전히 그 자리에 있기 때문에, 넘는다고 해야 옳다) 각각의 길이는 1.5미터 이상, 그리고 깊이는 1미터 가량이었다. 아이들은 되는대로 아무렇게나 자기 위해 그곳을 이용했다.

그렇게 작은 잠자리들이 치밀한 공화국을 이루고 있었다는 사실이 놀랍기만 했다. 발레리아 다나스의 다큐멘터리에서 그곳의 영상을 볼 수 있지만, 그것은 아이들에 대한 논쟁이 벌어진 지 한참 뒤에 촬영된 것이라서 32명의 아이들이 걸어온 삶의 흔적이 전혀 남아 있지 않다. 따라서 그것은 빈집을 찍은 사진처럼 겉만 번드르르할 뿐, 진실이 담겨 있지 않다. 사진보다는 오히려 목격자들의 증언이 훨씬 더 믿을 만하다. 어떤 이들은 그곳을 "불규칙한 모양의 벌집"이라고 한 반면, 어떤 이들은 가족—아주 적절한 표현이다—납골당의 벽 같은 느낌을 받았다고 전했다. 겉모습은 납골당의 벽감壁龕* 처럼 생긴 게 분명하다. 하지만 선실의 이층 침대나 식자공들이 책에 인쇄할 활자를 담아두던 상자처럼 보이기도 했다. 각 구덩이마다 한 아이씩 잤을 것 같지만, 그건 사실이 아니다. 아이들의 옷가지들은 뒤섞여 있었을 뿐 아니라, 대부분의 경

---

* 장식을 목적으로 벽면을 오목하게 파서 만든 공간. 보통 반원이나 아치 모양으로 파서 그 안에 성상이나 조각품, 장식품, 혹은 고인의 유골함 등을 놓는다.

우 서로 다른 아이들의 것으로 보였다. 어떤 구덩이들은 벽의 구석진 곳에 있었는데, 다치지 않고 어떻게 거기까지 올라갔는지 도저히 상상할 수도 없다. 더군다나 갖가지 물건들, 그러니까 아이들이 소중히 여기던 작은 보물들이 사방에 흩어져 있었다. 병뚜껑, 돌멩이, 사탕들과 브로치 하나 그리고 허리띠 버클…… 내가 거기서 본 물건들 가운데 지금 기억나는 것은 별로 많지 않다. 그 물건들은 지금 내 머릿속에 잡동사니처럼 마구 뒤섞여 있을 뿐이다. 다만 한 가지 분명한 것은 그 물건들이 애초부터 거기에 있었다는 사실, 아이들의 소망이 듬뿍 담긴 채 하나씩 둘씩 천천히 모아놓은 것들이라는 사실이다. 언젠가 헤로니모는 내게 이런 말을 한 적이 있다. 아이들은 일찍부터 돈(우리의 돈)을 사용하지 않았지만, 작은 물건들을 서로 교환하거나 도움을 주고받는 일은 계속되었다고 말이다. 어쩌면 사방에 흩어져 있던 그 물건들이 사실 그들한테는 돈이었을지도 모른다. 아이들이 서둘러 자신의 도시에서 달아나는 바람에 미처 자신의 돈을 챙겨 가지 못했던 듯하다.

하지만 그 아이들은 어떻게 살았던 것일까? 누구든 집에 들어가면 거기 사는 사람들의 움직임과 규칙이나 법도를 직감적으로 알아차리는 것과 마찬가지로, 그 장소도 움직임의 영혼 같은 것을 지니고 있는 듯했다. 다시 말해, 어떤 장소(예를 들어 하수관과 가스관 계기판 옆)에 있으면 자연스럽게 다른 곳(천장에서 쏟아지는 푸른 빛 아래)으로 움직이게 되는 단순한 방식 속에서 그러한 영혼이 느껴졌다. 한동안 32명의 아이들이 살던 그 공간을 떠올릴 때면, 언제나 어린 시절의 일부를 보냈던 오래된 시골집이 생각났다. 방이 원형으로 배열되어 있던 그 집은 식당에 가려면—그 이유는 알 수 없지만—어떤 방을 가로질러 가야만 했다. 그런 터무니없는 구조가 못마땅했던 엄마는 늘 불평했지만, 어떤 이유에서인지 아무도 바꾸려고 하지 않았다. 이제 와서 생각해보면 그러한 배치가 그 집에 가장 자연스러웠기 때문에 손을 대지 않았던 것 같다. 결국 우리는 독특한 구조에 적응해서 살 수밖에 없었다. 어떤 집들은 거기 사는 이들을 파충류로, 어떤 집들은 사람으로, 또 다른 집들은 벌레로 둔갑시켜버린다. 물론 하수도를 설계한 건축가가 거기서 32명의 아이들이 모여 살 것이라고 예상했을 가능성은 거의 없지만, 그 장소의 운명은 어느 정도 미리 결정되어 있었다. 아이들은 마침내 그 장소가 자신들에게 요구하던 정신을 따르게 되었다. 그곳의 어둠에 익숙해지려면, 그리고 그 공간이 사실 거대한 방의 역할을 했다는 것을 확인하려면, 눈을 약간 떴다가 다시 감기만 해도 된다. 거기에 있던 우리들은 모두 지하 터널의 작은 구멍을 통해 도착했다. 굳이 누가 가르쳐주지 않아도 거기에 무언가가 있다는 것을 곧장 직감할 수 있었다. 그 공간은 엄청나게 크면서도 아늑한 방이었다. 그리고 그 순간 감지되던 어떤 팽창. 마치 그 전체가 손님을 맞기 위해 활짝 열리는 것 같았다. 그리고 안으로 발을 디딘 순간, 사방을 둘러싸고 있는 벽이 시멘트로 되어 있지만 실제로 잘 늘어난다는 착각을 일으키게 했다.

언젠가 헤로니모가 그곳에서 나던 소리에 대해 말해준 적이 있다. 그 무렵 그 아이는 막 열여섯 살이 되었고, 목공일을 배우기 위해 청소년 보호 관찰소를 떠나 직업학교로 보내지려던 참이었다. 헤로니모는 가족의 면회 신청을 거부한 데 이어, 나더러 법정 후견인의 역할을 맡아달라고 부탁했다. 나로서는 전혀 예상치 못한 일이었지만, 그 이야기를 듣자 가슴이 울컥하면서 눈물이 앞을 가렸다. 그 아이가 있는 데서 그 사실을 알려주지 않은 것만 해도 얼마나 다행이었는지 모른다. 헤로니모는 이미 곱상한 사춘기 소년으로 성장했지만, 워낙 말수가 없어서 속을 털어놓는 일이 없었다. 그는 시종일관 입을 굳게 다물고 있었기 때문에 주변 사람에게 반감을 살 수밖에 없었다. 또 난폭한 행동을 저지르는 경우도 종종 있었는데, 돌이켜 보면 소년원에서의 생활이 그다지 쉽지 않았던 모양이다. 그렇지만 아이는 이에 대해 아무런 내색도 하지 않았다. 헤로니모로서는 32명의 아이들 중에서 유일한 생존자라는 운명을 감당하기 어려웠을 것이다. 그래서 그 아이는 결국 혼자만의 세계에 갇혀 살았고, 32명의 아이들이 모두 죽은 지 4년이 지났지만 여전히 아무도 믿으려 들지 않았다. 벼룩시장에서 산 작은 면도칼을 그 아이한테 선물로 주었던 날이 떠오른다. 그렇다고 고급 제품은 아니고, 여인 모양의 손잡이가 달린 엉성한 골동품이었다. 물론 소년원에 수감된 아이들에게 그런 물건을 선물하면 안 된다는 것을 잘 알고 있었지만, 헤로니모는 다른 아이들과 달랐을 뿐 아니라 나와도 보통 이상의 관계였다. 아이는 그 칼을 보고 넋을 빼앗겼다. 아이는 마치 황동 세이렌 인형에서 나는 노랫소리에 빠진 것처럼 손잡이의 조각에게서 눈길을 떼지 못했다. 그날 우리는 소년원의 어느 벤치에 나란히 앉아 있었는데, 아이가 갑자기 나무에 칼을 꽂기 시작했다. 그때 그는 그 장소에서 나던 소리에 대해 처음으로 털어놓았다. 그렇다고 내가 그 아이에게 따로 물어봤던 것(물론 그 이전에 수백 번도 넘게 물어봤지만, 아무 대답도 듣지 못했다)은 아니다. 밤에 다른 아이들과 함께 구덩이 속에서 자고 있었을 때 종종 쉰 목소리가, 아니 괴물의 목소리가 귀에 들렸던 것 같다고 했다. 그것이 정확히 뭐라고 했는지 기억이 안 나지만, 아무튼 그런 소리를 들은 것 같다고 했다. 아이의 설명에 따르면, 그것의 얼굴은 형체가 불분명한 것 같았던 반면, 입술은 또렷했고 콧수염은 가늘고 길었다. 정말 사람의 입이었다. 그리고 다른 아이들도 그 목소리를 들었고, 그런 뒤 모두 두려움에 떨었다고 털어놓았다. 한참 곤하게 자고 있는데 깨워서 무슨 말을 했던 거죠. 나는 그때 무슨 말을 들었는지 물어보았지만, 아이는 아무 대답도 하지 않았다. 나는 겁을 먹은 아이들이 어떻게 했냐고 물어보았다. 그는 한데 모여 이야기를 주고받았다고 대답했다. 그것이 전부였다.

아이들이 두려움에 떨었다는 말을 듣자, 그날에 대한 내 기억이 완전히 혼란에 빠지고 말았다. 과거에 이혼을 하려거나 죽으려고 하던 사람의 사정에 대해 제대로 알지도 못한 채 그를 어떤 눈으로 쳐다봤는지, 혹은 그와 만나서 무슨 말을 했는지 되돌아보면, 기억 속에 남은 그의 얼굴에 그런 기색이 얼마나 역력하게 드러나고 있었는지 뒤늦게 깨닫게 된다. 이와 마찬가지로, 어떤 구덩이 옆에 분필로 쓰인 **매춘부**라는 말을 본 순간 알게 된 것, 그런 급작스러운 생각의 변화가 어떤 것인지 생각났다. 그로부터 4년 뒤, 나는 헤로니모와 이야기를 나누던 중 우연히 그 사실을 떠올리게 되었다. 어떤 짐 꾸러미들은 아이의 머리와 같은 모양을 하고 있던 반면, 다른 아이들이 무엇을 찾으려고 했는지 마구 헤집어놓은 듯한 가방들도 있던 기억이 났다. 코를 찌를 듯 시큼한 냄새와 상한 음식 냄새, 담배 냄새가 공기 중에 떠돌았고, 벽에 쓰인 글자를 보지 않으려고 나는 다시 고개를 들어 빛을 쳐다보면서 눈부신 빛 속으로 사라진 여자아이, 남자아이, 아름다움과 무질서, 어둠과 경이로움에 압도당한 아이들의 형상을 되살리려고 애를 썼던 기억이 난다. 하지만 그 말은 나의 뇌리에서 잠시도 떠나지 않았다. 짧은 순간이나마 나는 그 모든 것의 낌새를 알아차렸던 것 같다. 나는 아이들의 존재를 찬란한 빛으로, 그리고 천지가 창조되기도 전에 그들을 위해 만들어진 그곳의 열렬한 자유로 보고 느낀 것 같다. 나는 장난감 조각이—남의 집 마당에서 훔쳐 왔거나 자기 집에서 가져온 것들임이 분명하다—어지럽게 널려 있던 한구석에서 어떻게 그모든 일들이 놀이처럼 시작되었는지 알게 되었다. 경이로운 현상, 뜻밖에 드러난 새로운 사실, 그리고 우정으로 가득 찬, 인위적인 저 세계. 나는 어떤 구덩이 속에 손을 집어넣어보았다. 두 아이가 부둥켜안고 잘 수 있을 정도의 크기였다. 아이들의 구부러진 몸과 한 아이가 다른 아이의 등이나 어깨에 머리를 베고 있는 모습이 여전히 눈앞에 보이는 듯했다. 저 구덩이를 함께 썼을 두 아이는 계속 눈을 뜬 채로 잠이 들었을 것이다. 갖가지 빛을 반사시켜 개나 나무 혹은 집 등 시시각각으로 다른 모양을 만들어내는 유리 조각을 응시하면서 말이다.

그런데 누군가 벽에다 '매춘부'라는 말을 써놓았다는 것은 아이들 사이에 사랑이 존재했음을 의미한다. 한 가지를 엄격하게 지키다 보면 다른 것은 야수적인 속성을 드러내기 마련이지. 나는 한숨을 돌리면서 생각했다. 나는 탁자를 단단히 붙잡듯, 그 생각에 매달려야 할 필요성을 느꼈다. 만약 아이들 사이에 사랑이 존재했다면 (물론 어떤 형태로 존재했는지는 전혀 중요하지 않다) 무엇인가는 분명히 원래 모습대로 남아 있었을 것이다. 비록 처음이라 서툴고 분명 자신이 없어 머뭇거렸겠지만, 육체적 사랑, 동지애 혹은 성적인 사랑이 그곳에 존재했음에 틀림없다. 아무튼 '매춘부'라는 말은 거기에 그런 것이 실제로 있었다는 가장 확실한 증거가 아니었을까? 하지만 더 이상 생각이 나지 않았다. 그 순간, 나는 비싼 반지나 다이아몬드처럼 값진 물건을 해변의 모래언덕에 떨어뜨린 사람처럼 정신이 아득해졌다. 그것을 찾고야 말겠다는 일념에 손가락으로 모래를 여기저기 파헤치다가, 조금만 반짝거리는 것만 보여도 찾았다고 광분하지만 결국 허탕을 치고 마는 꼴이 되었다. 시간이 흘러도 반지가 나타나지 않으면 자신의 급한 성격을 나무라기 마련이다. 너무 성급하게 찾으려다 결국 반지를 영원히 잃어버렸으니 말이다. 하긴 미친 듯이 모래를 파헤치지만 않았더라도 반지가 그렇게 깊숙이 파묻히도 않았을 테니까. 상투적이고 구슬픈 그 단어는 사랑의 행위와 표현 속으로 밀어닥쳐, 이를 부질없는 공상이나 망상으로 둔갑시켜버렸다. '매춘부'라는 그 한 마디가 모든 것을 다 날려버린 탓에 나는 더 이상 집요하게 그 의미를 파헤칠 수가 없었다. 물론 벽에 그 말이 쓰여 있기 전에도—나는 이 사실을 놀라울 정도로 확실하게 알고 있었다—아이들은 그곳에 모여 살고 있었다. 자동차들이 이리저리 지나다니던 (자동차가 하수구 입구와 덮개 위를 지나갈 때마다 그림자가 뱅그르르 돌면서 빛이 깜박거리는 느낌을 주었다) 저 위를 쳐다보던 아이들로서는 하루하루가 매우 느리면서도 차분하게 흘러갔을 것이 틀림없다. 하지만 '매춘부'라는 그 한 마디가 모든 것을 다 날려버렸다. 어떤 아이가 떨리는 손으로 쓴 스페인어 글자, PUTA(매춘부). 여기서 P는 U보다 작았고, A는 한쪽 다리가 약간 안으로 구부러져 있었다.

보는 사람에 따라서 내가 과장이 심하다고 할지도 모른다. '매춘부'라는 글자 위에는 간이침대와 비슷한 것이 있었다. 그리고 그 글자 위로 그림자, 다른 어떤 것보다 약간 더 큰— 거의 사춘기 아이의 키 높이 정도로 큰—존재의 그림자가 드리워져 있었다. 또 하얀색, 아니 원래 하얀색이던 슬리퍼와 나비 몇 마리가 그려진 두툼한 초록색 셔츠도 있었다. (이건 매춘부의 셔츠야, 나는 생각했다. 이건 매춘부의 슬리퍼고.) '매춘부'라는 글자는 아이들이 영원히 잃어버린 자리였고, 아이들의 공동체가 무너진 공간이기도 했다. 아이들은 대체 무슨 생각을 했던 것일까? 혹시 자기들이 단지 아이들이라고 해서 파멸할 일은 없을 거라고 생각했던 건 아닐까? 하지만 이제 그곳에는 우리 어른들이 있었다. 넋을 잃은 채 아무 말 없이 그곳을 돌아다니면서 위아래를 보기도 하고, 고개를 숙여 찌그러진 깡통 위에 쌓여 있던 옷가지들을 물끄러미 내려다보자, 가슴 한 귀퉁이로 슬픔이 밀려왔다. 아이들이 이미 실패한 이상, 더는 어쩔 도리가 없었으니까.

그때 누군가 울음을 터뜨렸다. 가끔 이유가 사라지고 난 다음 뜬금없이 눈물이 쏟아질 때처럼 어색하기 짝이 없는 울음이었다. 어느 누구도 그를 달래려고 하지 않았다. 모두 자기만의 생각과 상념에 깊이 빠져 있었기 때문에 그럴 여유가 없었다. 바로 그때였다. 뒤를 돌아보는 순간, 내 앞에 안토니오 라라가 나타났다. 그는 자기 아들의 것으로 보이는 파란색 셔츠를 손에 꽉 쥐고 있었다.

"아이들이 없어요." 그가 말했다.

하지만 그건 나한테 한 말이 아니었다. 나는 그 말을 믿지 않으려고, 아니 정신을 차리기 위해 고개를 저으며 그에게 말했다. 아니에요. 사실 실종된 아이의 아버지가 안토니오 라라만 있었던 것은 아니다. 거기에는 파블로 플로레스는 물론, 카사도 광장 집회가 열리는 동안 사라진 아이들의 부모인 마틸다 세라와 루이스 아사올라 부부도 있었다. 실종된 아이들의 부모가 누구인지 알아보기는 어렵지 않았다. 그곳에 도착하자마자 그들은 서로의 이름을 부르며 찾았을 뿐 아니라 늘 그림자처럼 붙어 다녔으며, 벽 구덩이에 물건이나 옷가지 같은 것이 남아 있으면 그냥 지나치지 못하고 냄새를 맡았다.

"아무도 없다고요." 그가 같은 말을 반복했다. 그는 나에게서 눈을 떼지 않은 채 갑자기 소리를 질렀다. "안토니오!"

그는 목이 터져라 '안토니오'를 불렀다. 그러곤 잠시 등골이 오싹할 정도로 무서운 정적이 흘렀다. 하지만 그는 계속 몸을 웅크린 채, 고양이 한 마리도 못 들어갈 만큼 작은 구멍 안을 들여다보았다. 그리고 다시 있는 힘껏 소리를 질렀다. "안토니오!" 곁에 있던 파블로 플로레스도 이를 따라서 소리쳤다. "파블로!" 그러자 이번에는 어떤 여인이 큰 소리로 아이의 이름을 불렀다. "테레사!" 그때부터 세 사람의 고함 소리가 서로 섞이기 시작했다. 안토니오, 파블로, 테레사, 그리고 다른 이름도 있었던 것 같다. 나도 그 이름을 따라 부르기 시작했다. 그렇게 목이 터져라 이름을 부른다고 아이들이 나타날 거라고 생각한 사람은 물론 아무도 없었을 것이다. 하지만 소리를 지르면 꽉 막힌 속이 뻥 뚫린 것처럼 시원해졌다. 이는 우리의 언어이자 우리식의 논리였다. 우리의 고함 소리는 공포에 질린 비명 소리와 비슷했다. 그 사실을 깨달은 것이 바로 그때였던가 아니면 한참 뒤였던가? 실제로는 몇 분밖에 지나지 않았을 텐데, 이상하리만큼 많은 시간이 흐른 것처럼 느껴졌다. 우리는 자리에서 일어나 다시 아이들을 찾아 나섰다. 그러던 중 우리가 도착했던 통로로 빠져나오는 바람에 다시 안으로 들어가야 했다. 우리는 다시 소리를 지르기 시작하다가 일제히 입을 다물었다. 순종적이면서도 무덤덤한 침묵. 우주비행사들이 인간 세상과는 전혀 다른 우주를 보고 느끼는 것과 흡사한 침묵. 침묵 사이로 계량기에서 나는 전자음과 우리 머리 위를 지나가는 자동차의 굉음만 들렸다. 나는 안토니오 라라를 찾으려고 두리번거렸다. 그는 아들의 옷으로 얼굴을 감싸 쥔 채 앉아 있었다.

나는 시계를 보고 깜짝 놀랐다. 거기서 한 시간 반이나 머물렀던 모양이다. 어느 순간 나타난 아마데오 로케가 한 구덩이에 몸을 기댄 채 모두 나가야 된다고 소리 지르지 않았다면 우리는 평생을 거기서 보냈을지도 모른다. 아마데오 로케는 지하 가스관의 압력에 이상이 발생해서 위험할 수도 있다는 보고를 받았다고 했다. 하지만 다들 쉽게 발걸음이 떨어지지 않는 눈치였다. 어떤 인터뷰에서 일부 부모들이 나가기를 거부해서 강제로 끌고 나왔다고 한 사람이 있는데, 그건 전혀 사실이 아니다. 감히 말하건대, 오히려 제일 먼저 나온 이들은 바로 그들이었다. 하지만 그들은 마음이 무거운 듯 자주 머뭇거리면서 느릿느릿하게 걸어 나갔다. 우리 머리 위에 있던 하수구 입구 네 군데를 모두 여는 순간, 한꺼번에 쏟아져 들어온 빛 때문에 눈을 가렸던 기억이 난다. 마치 악령에 사로잡혀 햇빛을 견디지 못하게 된 것 같았다.

나는 가장 늦게 밖으로 나왔다. 무언가 끼익하는 소리가 났을 때 모두 밖으로 나와 있었다. 그런데 그 소리가 난 후 날카로운 소리가 났고, 그러곤 휘파람 같은 소리가 연이어 들렸다. 휘파람 소리가 난 직후, 분명 폭발음이 났다. 그 폭발음과 더불어 땅이 마치 북 가죽처럼 부르르 떨렸다.

에레강이 언제나 흙탕물인 것은 아니다. 특히 맑고 화창한 날에 (내가 알지 못하는 어떤 원인들로 인해 빛깔이 변하는 것일지도 모른다) 가보면 아름다운 에메랄드빛으로 빛나는 강물을 볼 수 있다. 많은 이들은 산크리스토발의 어린아이들이 물에 빠져 죽은 그날도 강물이 에메랄드빛을 띠었다고 믿고 싶어 한다. 하지만 한 가지 분명한 것은 우리가 혹시 감전으로 죽을 수 있다는 생각에 가슴을 졸이며 하수구 밖으로 나왔을 때, 등 뒤로 질척한 갈색 토사土砂가 물에 떠내려오고 있었다는 사실이다. 에레강은 마치 땅이 움직이는 것처럼 보인다. 그래서인지 어느 날 매일 똑같은 풍경을 보기 지겨웠던 땅이 자리에서 벌떡 일어나 걷기 시작하면서 에레강이 생겼다는 아름다운 네에 인디오의 설화가 전하고 있다.

아이들의 비명 소리를 분명히 들었다고 주장하는 사람들도 많이 있다. 그러나 현장에 있던 나로서는 그들의 주장에 동의하기가 어렵다. 아무튼 지금 이 사실만큼은 모두가 알고 있을 것이다. 아이들이 우리의 추적을 피하기 위해 아래층 지하 통로에 숨어 있다가 갇히고 말았다는 것, 그리고 다급한 마음에 수문을 부수면서 그곳으로 물이 한꺼번에 밀려오게 만든 것 또한 바로 그들이었다는 사실을 말이다. 그들은 갑자기 불어난 물에 휩쓸려 지름이 40센티미터 될까 말까 한 하수관으로 떠내려가다 결국 우리가 있던 그 홀이 보이는 낡은 저수조에 이르게 되었다. 거기서 그들은 우리를 지켜보고 있었다. 그 시간 내내 한 마디도 하지 않고 우리의 일거수일투족을 지켜보고 있었을 아이들의 모습이 뇌리에서 떠나지 않았다. 마치 어떤 사람이 우리의 손을 꽉 쥐고 있다 놓은 후에야 얼얼한 느낌이 드는 것과 마찬가지였다. 그때 우리가 잠시만이라도 침묵을 지켰더라면, 아이들이 중얼거리는 소리를 들을 수 있었을지 모른다. 하지만 우리는 놀라서 비명을 지르거나 조바심이 나서 소리를 지르면서 너무 소란을 피웠다. 물론 그 와중에 몇몇 아버지들은—그중에서도 파블로 플로레스는—아이들의 시선을 '느꼈다'고 말한 바 있다. 그러나 나는 그렇지 않았다. 솔직히 말해 지금에 와서야 느끼는 거지, 당시에는 그런 시선을 전혀 느끼지 못했다. 지금도 어떤 판단이나 추론 지연에 의해서라기보다 어떤 신비롭고 불가사의한 것처럼 느껴질 뿐이다. 처음에는 그저 무서울 뿐이었지만, 차츰 우리를 따뜻하게 감싸주려는 듯한, 감상적이면서도 흐릿한 시선으로 바뀌어갔다. 요즘도 나는 가끔 망상에 가까운 생각이 떠오를 때마다, 즉 잠깐 동안이라도 그들의 눈으로 내 모습을 볼 수 있는 것처럼 색유리에 반사된 빛이 이루어내는 황홀한 향연 앞에서 어리둥절해하는 나 자신을 보고 있는 듯한 환상이 떠오를 때마다 소스라치게 놀라곤 한다.

하지만 아이들이 흙탕물 속에 빠져 죽는 장면은 지금도 여전히 상상하기가 힘들다. 일주일간의 조사를 마친 뒤 사고 전문가들은 아이들이 워낙 빠른 물살에 휩쓸려 떠내려간 탓에 위층으로 올라갈 틈이 없었을 것이라고 결론지었다. 아이들은 자기들이 들어온 곳으로 돌아가려고 애를 썼지만, 입구가 너무 좁은 데다 물살이 너무 세서 결국 가까이 다가가지도 못했다. 부검 보고서에는 아이들이 8분에서 10분 사이 익사로 사망했다고 적혀 있다. 에레 강물은 먼저 아이들의 폐 속으로 들어간 뒤, 삼투압 현상에 의해 혈액으로 스며들어갔다. 의학에 대해서 문외한이던 나는 익사로 인한 사망이 바로 그 시점에서 일어나는 줄로만 알고 있었다. 실제로 물에 빠지면 다량의 물이 혈액과 섞이면서 용혈溶血 현상이 일어나고, 그에 따라 세포가 파열되면서 사망에 이르게 된다는 사실을 까맣게 모르고 있었다. 파열되는 세포의 사진을 보고 정신이 사나워 한동안 밤잠을 설쳤지만, 결국 뇌리에서 깨끗이 사라져버렸다. 사진뿐 아니라, 그간 내 마음을 어지럽혔던 모든 일도 지금은 모두 기억에서 사라지고 없다. 마지막 숨을 몰아쉬던 마이아의 놀란 듯 무표정한 얼굴, 안토니오 라라가 딸아이와 카페에 앉아 이야기를 나누던 모습을 목격한 날, 그리고 아내가 세상을 떠난 뒤, 한 여인이 처음으로 내게 사랑을 고백했던 일, 모두.

더구나 가장 내밀한 신뢰의 장소에서도 언제나 저항의 여지가 있는 법이다. 즉 솔직히 털어놓지 못한 그 무엇, 우리가 끝내 베풀지 못한 것이 압축된 행동이나 표정 혹은 희미한 기색으로 나타난다. 나는 요즘 산크리스토발시가 32명의 아이들에게 끝내 주지 못한 것이 무엇인지 틈날 때마다 생각해보려고 한다. 물론 그 아이들의 넋을 기리기 위해 12월 16일 광장에 동상(예상대로 흉측한 모습을 하고 있다)도 세우고, 사건 후 5년 동안 3월 19일만 되면 신문에 어김없이 추모 기사가 실렸을—특히 아이들의 이름 하나하나가 모두 로만체로 인쇄되었다—뿐만 아니라, 죄의식과 겉치레 그리고 약간의 진실이 고르게 스며들어 있는 수십 가지의 출판물, 다큐멘터리, 예술 작품이 등장했지만, 그것들만으로는 여전히 채워지지 않는 그 무엇이 있다.

헤로니모 발데스가 그 사건에 대해서 일절 말하지 않으려고 한 것이나, 두어 번 감옥을 드나든 후 어느 맑은 날에 아무도 모르는 곳으로 영원히 떠나기로 마음먹었다는 것 또한 전혀 이상할 게 없다. 밀림에서 그 아이를 찾았을 때, 어쩌면 그가 다른 아이들로부터 달아나고 있었던 것은 아닐까? 또한 자기 앞에 놓인 것을 죄다 휩쓸고 가버리는 것이 에레강의 본성이듯, 탈주와 폭력 또한 그의 본성에 깊숙이 자리 잡고 있는 것은 아닐까 하는 생각이 들곤 한다. 그럼에도 불구하고 사라지지 않고 계속 남아 있는 것이 하나 있다. 그건 바로 소리, 아니 일종의 음악이다. 거리 한복판에서 불현듯 음악이 떠오를 때도 종종 있다. 그리고 늦은 시간에 집으로 돌아갈 때나 산책을 하러 밖에 나왔을 때 그 소리가 땅을 가로질러 내 발을 통해 귓전을 맴도는 듯한 느낌이 든다. 또 32명의 아이들이 중얼거리며 나누던 대화와 비밀 이야기들이 지금도 우리 발아래에서 울리는 듯하다. 그러나 조금 지나면 그 소리마저 아득히 사라져버린다. 아이들이 우리를 피해 달아나면서 우리를 배신한 것일 수도 있겠지만, 우리 또한 살기 위해 그들을 배신한 것이다.

. . .

세계는 어떻게 만들어지는가

안드레스의 바르바의『빛의 공화국』을 읽고 있으면, 어른 세계에 맞서는 반란을 꿈꾸던 장 콕토의『앙팡 테리블』(1929) 과 자연의 입장에 서서 문명 세계를 해체해나가는 알레호 카르펜티에르의『잃어버린 발자취를 따라서』(1953), 그리고 현실 세계에 웅크리고 있는 또 다른 세계와 권력의 음모를 그린 호르헤 루이스 보르헤스의「틀뢴, 우크바르, 오르비스 테르티우스」(1940)가 자연스럽게 떠오른다. 다시 말해,『빛의 공화국』은 이 세 편의 작품에서 말해지지 않은 것—즉, 말할 수 없고 이름 붙일 수 없는 것—을 하나의 이야기로 엮은 듯한 느낌을 준다. 작가는 이 작품을 통해 유년 시절의 낙원이라는 주제를 제기하고 있다. 우리가 맹목적으로 믿고 있는 "어린이의 순수성이라는 신화"는 "잃어버린 낙원의 신화가 세속화되면서, 보다 현세적이고 더욱 편안한 형태로 바뀐 것"으로, "자그마한 그 종교의 성인들이자 사제들, 그리고 수녀들이 된 어린아이들은 어른들에게 원초적인 은총의 상태를 상징하는 역할을 맡게 된다." 하지만 작가는 순수한 아이들 대신 어디선가 불쑥 나타나 세상을 혼란에 빠뜨린 어린아이들을 등장시킴으로써, 이러한 세속화된 신화를 전복시키고 "기존의 의미와 질서가 모두 사라진 아나키즘적인 세계"*를 보여준다.

이 작품의 화자인 '나'는 놀랍게도 공무원이다. 사실 동서양을 막론하고 소설에서 국가를 대변하는 공무원이 주인공으로 나오는 경우는 매우 드물다. 하지만 이 작품에서는 역설적으로 화자인 공무원—주인공을 통해 권력의 자장磁場 속으로 모든 것을 "포섭"시키고야 마는 거대한 관료주의 기계—을 통해 괴물을 드러내고 해체하려는 작가의 의도를 어렴풋이 짐작할 수 있다. '나'는 어느 농촌에서 인디오 농업 공동체 사업을 성공적으로 이끈 공로를 인정받아 산크리스토발이라는 가상의 도시의 시청 시회복지과 과장으로 전근을 가게 된다. '나'는 아내 마이아와 딸을 데리고 산크리스토발에 가지만 거대한 밀림이라는 장벽이 앞을 가로막은 채 그들을 "거

* Jorge Luis Borges, "Macedonio Fernández", *Prólogos con un prólogo de prólogos*(Madrid: Alianza Editorial, 1998), p.87.

부"한다. 몇 가지 "통과제의"를 거치고 가까스로 산크리스토 발에 정착하지만 얼마 가지 않아 '나'는 거대한 시련에 직면 하게 된다. 바로 정체불명의 아이들—모두 아홉 살에서 열세 살 사이다—이 하나둘씩 모여 도시의 질서를 교란시키고 사 람들의 안정된 삶에 균열을 일으키기 시작한 것이다. 처음에 는 대수롭지 않게 여겼지만, 이들은 곧 도시 공간뿐 아니라 사람들의 의식을 "소리 없이 점령"해버린다. 이들은 거리에 서 구걸을 하고 상점이나 시민들에게서 물건을 훔치는가 하 면, 틈만 나면 공터에 모여 "전혀 알아들을 수 없는 말"을 하 면서 즐거운 놀이를 한다. 사람들은 그들을 보면서 "공포"와 "유혹"을 동시에 느낀다. 공포와 유혹은 이제 구분이 불가능 해진다. 그들은 마침내 다코타 슈퍼마켓에 침입해 난동을 부 리다 결국 칼로 사람들을 해치기도 한다.

이 사건을 통해 우리의 현실은 서로 "공존할 수 없는 두 세 계"로 분열되면서 동요한다. 눈에 보이는 세계와 보이지 않는 세계. 이를 달리 말하면, "공존할 수 없는 두 세계가 그 사건 속 에서 하나로 합쳐진" 것이다. '나'를 포함해 시민들이 자발적 으로 수색대를 조직해 밀림에서 아이들을 찾지만, 결국 빈손 으로 돌아오고 만다. 그럼에도 불구하고 아이들의 존재는 "우 리 일상생활의 일부가 되기 시작"하고, 시간이 흐를수록 기존 의 사회는 더 이상 "쓸모없는 세계"로 변해버린다. 그리고 우리의 아이들도 그들을 찾으려고 혈안이 되어 있는가 하면, 일부 아이들은 불가사의한 방식으로 그 아이들과 소통하기 시작한다. "저 바깥, 땅 아래에서는 암호로 보낸 듯 귀에 거슬리는 소리가 계속 나고 있었다. 저 아래 세계의 무질서와 혼란."

이 지점에 이르면 극적 긴장감이 극에 달하면서—우리가 굳건하다고 믿어 의심치 않았던—삶의 지반이 무너져 내리기 시작한다. 안드레스 바르바가 이 작품에서 굳이 유년기의 낙원이라는 신화를 화두로 꺼낸 것도 바로 이 때문일 것이다. 간단히 말해, 작가는 인간이 이상향으로 여기던 순수성의 세계, 즉 잃어버린 낙원을 통해서 '현실lo real'이라는 관념에 의문을 제기하려는 것으로 보인다. 현실이란 무엇일까? 작가에 따르면, 현실은 삶의 경험이 의식 속으로 스며들어 형성된 관념으로, "진실"과 동일한 것이 아니다. 오히려 현실은 "믿음credulidad"에 기초하여 세워진 가공의 구조물에 가깝다. 작가는 '나'의 입을 빌려 이렇게 자문한다.

어떤 것이든 일단 믿기 시작하면 그 어떤 현실보다 더 진짜처럼 보이기 때문에, 대부분의 경우 우리는 주변의 도덕에 따라 행동한다. 그렇다면—우리가 늘 당당하게 말하듯이—우리의 눈으로 본 것을 정말로 믿어도 된다는 걸까?*

따라서 안드레스 바르바가 유년기의 신화로부터 아이들을 추방시킨 것도, 또 순수한 어린아이들을 폭력과 범죄의 영역으로 끌어들인 것도 우리의 믿음으로 구성된 현실을 그 근원에서 성찰하고, 이를 통해 새로운 현실을 만들어낼 수 있는 가능성을 모색하기 위한 것으로 보인다.

이처럼 "진실의 표피적인 허상"을 걷어내고 "새로운" 현실을 만들어내려면, 무엇보다 "우리 믿음의 자발적인 유보 혹은 중단"이 필요하다. 믿음이 중단되는 순간, 우리의 현실은 전혀 다른 모습으로, "시간의 흐름보다 더 미스터리한 그 무엇이" 우리의 삶을 송두리째 바꾸어놓고 우리를 "또 다른 세계"로 이끈다. 이제 서로 다른 두 세계의 소리가 뒤섞이면서, 눈에 보이지 않던 저 아래의 세계, 즉 타자의 세계가 우리의 삶 속으로 침투한다. 마치 우리와는 다른 세계에 사는 듯이 밤만 되면 감쪽같이 사라지고, 특별한 우두머리도 없이 몰려다니던 그 아이들은 각종 "금지와 규칙"으로 이루어진 세계에서 살아가는 우리의 아이들과 달리 "커다란 즐거움과 자유"를 누리고 있었다.

아이들 중에서 권위와 영향력을 행사하는 이는 아무도 없었

---

* 이하 인용문에서의 강조 표시는 인용자가 한 것임을 밝힌다.

다. 모든 것을 준비하고 일사불란하게 조직하는 아이도 없는
듯 보였다. 아이들 무리는 어떤 계략이나 음모에 따라 미리 정
해진 대로 움직이지 않았으며, 앞으로 어떤 작전을 펼칠지 자
기들끼리 정하거나 슈퍼마켓 습격 계획을 미리 세우는 듯한
낌새도 전혀 보이지 않았다. 그와는 정반대로, 무질서하게 움
직이는 아이들을 보고 있으면 마치 무슨 놀이를 하고 있는 듯
했다.

어떤 면에서 유기체의 세포들처럼 모여 "단일한 하나의 신
체"를 이루고 살아가는 그 아이들은 자유로운 삶과 또 다른
세계에 대한 욕망의 "은유" 역할을 하고 있는 것으로 보인다.

우리 모두가 마음속으로 느꼈지만 어떤 이유에서든 부인하
고자 했던 그 무엇 때문이다. 아직 이름이 없거나, 언어로 표현
될 수 없는 이름을 가진 그 무엇 말이다.

'나'가 가장 먼저 주목한 것은 그 아이들의 언어였다. 그들
의 언어는 대상지시나 소통을 위한 도구가 아니라, "억누를
수 없는 창조적 충동과 상상력"으로 우리 언어의 순서를 재
조합해서 만들어낸 순수한 놀이 그 자체다. 그 아이들에게는
"새로운 세계와 삶에 적합한 새로운 언어"가 절실하게 필요했

을 것이다. 다시 말해, "이름조차 없는 것에 이름을 붙이기 위해서"는 새로운 언어가, 즉 "이름이 해당 사물의 본성으로부터 자연스럽게 비롯되는 마법의 언어"가 무엇보다 필요했다는 것이다.

"창의성과 무질서, 증식"으로 나아가는 경향을 가진 아이들의 새로운 언어는 도구적 언어에 의해 점령된 영토*를 가로질러 세상의 모든 것의 이름을 하나하나 바꾸어가면서 새로운 세계를 창조해낸다. 아이들의 언어는 "여러 요소를 융합시키고, 이를 단순화하고 통합"시키면서, 지배적 담론과 언어 사용에 대항하는 '사적 언어lengua privada'를 형성해 나아간다. 사적 언어는 무엇보다 담론의 질서를 해체하기 위해 탈콘텍스화시키고 맹목적 현재의 존재를 지워나가면서 또 다른 시간과 현실을 구성하는 언어다.** 작가가 실제로 존재하지 않는 공간—가령 산크리스토발시—이나 인물들—네에ñeê 인디오 공동체—을, 그리고 지금 존재하지 않거나 지워진 시간, 혹은 아직 도래하지 않은 시간을 작품 전면에 등장시킨 것도

---

* Ricardo Piglia, "El Escritor y Su Doble", *Clarín Digital* (Buenos Aires: 5 de diciembre de 1999). 피글리아에 따르면, 공공 영역에서 사용되는 기술적 언어 혹은 도구적 언어는 "사회적 경험의 광범위한 영역에 이름을 붙이지 못하게 막고, 집단적 기억의 재구성을 불가능하게 만드는 언어적 규범"이다. 이러한 규범에 의해 "현실에 대한 독점적이고 공식적인 해석과 단일한 모델"이 대중들에게 강요된다.
** 앞의 글.

사적 언어에 의한 탈콘텍스트화 작업의 대표적인 사례라 할
수 있다. 이제 새로운 언어를 통해 새로운 시간과 공간, 즉 또
다른 세계를 하나하나씩 창조하기 시작한다. 사물에 이름을
붙이는 것이 "운명을 정하는 것"이라면, 새로운 언어를 만들
어내는 것은 새로운 삶의 방향과 형식을 창조하는 것이기 때
문이다. 따라서 사적 언어는 권력과 질서의 영역에 침투해 이
를 해체시키는 저항의 언어다. 산크리스토발의 아이들처럼
"저항하는 사람들끼리는 서로 잃어버린 언어",* 즉 사적 언어
로 이야기한다. 결국 언어가 새로운 상상의 세계를 창조한다
는 점에서 『빛의 공화국』은 「틀뢴, 우크바르, 오르비스 테르
티우스」의 연장선상에 위치하고 있다고 해도 과언이 아니다.

　새로운 언어에 의해 창조된 새로운 삶에는 '소유'라는 관념
이 존재하지 않는다. 그 아이들에게 소유는 "의식 속으로 현
실이 스며들어 형성된 순수한 관념"일 뿐이다. 아이들이 상점
이나 사람들로부터 물건을 훔친 것도 범죄의 의도라기보다
"소유권을 인정하지 않았기" 때문이다. 사실 소유는 단지 물
질적인 대상에 그치지 않고 우리 삶, 더 나아가 자본주의 체
제의 근본 토대를 이루고 있다. 사물에 이름을 붙이는 언어
체계는 물론, 인간이 "아직 의미가 정해지지 않은 대상"이나

* 앞의 글.

"자신이 가진 능력으로 이해할 수 없던 모든 것에 늘 인간의 속성을 부여"해온 것 또한 이러한 소유 관념과 무관하지 않다. 이와 더불어 산크리스토발 지하 하수로에 살던 아이들은 돈—화폐의 교환 체계—을 넘어서, 물건을 필요에 따라 교환하는 놀이와 향유의 공동체로 나아가고 있었다.

언젠가 헤로니모는 내게 이런 말을 한 적이 있다. 아이들은 일찍부터 돈(우리의 돈)을 사용하지 않았지만, 작은 물건들을 서로 교환하거나 도움을 주고받는 일은 계속되었다고 말이다. 어쩌면 사방에 흩어져 있던 그 물건들이 사실 그들한테는 돈이었을지도 모른다.

아이들의 출현과 더불어 산크리스토발 전체가 동요하고 불안에 빠진 것도 사회적 기초를 이루던 소유 체제가 흔들렸기 때문은 아닐까? (어떤 면에서 현대 문학은 자본주의 사적 소유 체제에 대항해야 하는 운명을 피할 수 없을지도 모른다. 보르헤스 문학 세계의 방법론적 핵심이라고 할 수 있는 패러디parodia 또한 문학예술의 공동체적 성격과 사적 점유 사이의 모순을 해체하려는 모색에서 비롯된 것이 아니었을까. 그 밖에도, 보르헤스의 문학 전체에 등장하는 주제, 즉 시간과 자아의 관념도 궁극적으로 사적 소유를 넘어서서 새로운 세계를 선취하려는 치열한 투쟁의 산물이 아니었을까. 그런 점에서 안드레스 바르바도 보르헤스의 문학 세계를 충실하게 계승하고 있는 것으로 보인다.)

아이들이 등장하자 현실 세계의 언어부터 사람들의 복잡한 감정에 이르기까지 모든 것이 동요하기 시작한다. 사물을 보고 떠오르는 "이미지"는 현실에 대한 사람들의 관점을 완전히 뒤바꿔놓는다. 가령 사람들은 바다를 바라보다가 '바다'라는 말이 자신의 상상 속에서 진짜 바다와 일치하지 않는다는 사실을 문득 깨닫게 된다. '바다'라는 말을 할 때마다 언제나 거품으로 뒤덮인 수면만을 떠올렸지, 진정 바다가 무엇인지에 대해서는 단 한 번도 생각한 적이 없었던 것이다. 진정한 바다는 "우리 눈에 보이지 않는 해류 그리고 어둠으로 가득 찬 거대한 심연"이기 때문이다.

바다는 그야말로 암흑이 지배하는 왕국이다. 아이들이 감쪽같이 사라진 날, 산크리스토발 시민들은 밀림을 보면서 그와 비슷한 느낌을 받았다. **현상이 갑자기 실체와 뒤섞여버린 듯한 느낌** 말이다. 신비의 베일 속에 감추어진 밀림으로 달아나면서 아이들은 우리의 마음도 함께 데리고 갔다. 우리는 마치 잠수정을 타고 심해로 들어가는 기분이었다. 그 후로 아이들을 더이상 보지 못했던 것은 사실이지만, 우리는 그 어느 때보다 그들과 가까이 있었던 셈이다. 그들의 시선 깊숙한 곳으로, 그리

고 그들의 마음속에 가득 차 있던 **두려움의 한복판**으로 들어갔
으니까 말이다.

어느 날, 아이들이 갑자기 사라지자 두려움에 빠진 '나'와
시민들은 수색대를 조직해—그들이 살고 있는 것으로 추정
되는—밀림 속으로 들어간다. 아이들의 흔적은 곳곳에 남아
있었지만, 정작 아이들을 찾지 못하던 찰나, '나'는 어떤 아이
와 눈이 마주친다. 헤로니모였다. 그 아이를 조사한 끝에, '나'
는 나머지 32명의 아이들이 산크리스토발 지하에 미로처럼
얽혀 있는 하수로—"비밀의 도시"—에 살고 있다는 말을 듣
게 된다. 거기서 발견한 아이들의 세계는 가히 충격적이었다.
"저 아래 세계의 무질서와 혼란"은 다름 아니라—마치 "인간
역사의 여명기에 그려진 동굴 벽화"처럼—우리들의 욕망이
투영된 세계, 즉 자유로운 공동체를 향한 인간들의 꿈이 반영
된 세계였다. 다시 말해, 아이들의 세계는 우리들이 굴복시키
려고 안간힘을 쓰던 "자연의 힘"이었다. (다만 여기서 말하는
자연은 인간 문명에 의해 대상화된 자연이 아니라, 인간과 사물이
어우러져 만들어내는 능산적 자연이다.) 자연은 우리 현실의 외
부, 즉 미규정적인 잠재성의 영역으로, 새로운 것을 생성해내
는 창조의 역량이다. 작가의 말처럼, 32명의 아이들은 엄마의
배 속처럼 포근한 "하나의 신체"나 다름없다.

특히 수색대가 아이들이 모여 살던 "오각형 홀"에 이르러 경이로운 모습을 지닌 "찬란한 빛의 대성당"을 목도하면서 소설은 그 절정에 도달한다. 그곳은 면적이 90제곱미터, 높이가 3미터가량 되는 오각형 모양의 홀인데 네 개의 하수구 덮개를 통해 빛이 새어 들어오고 있었다. "거기서 처음 받은 인상은 경이로움 그 자체였다." 사방이 반짝이는 유리 천지였는데, 벽의 틈마다 수백 개에 달하는 거울과 유리 조각이 끼워 넣어져 있었다.

벽에 박힌 병목과 안경 조각, 깨진 전구 등이 서로 빛을 반사하는 바람에 마치 성대한 파티라도 열린 것처럼 초록색, 밤색, 파란색, 오렌지색 빛이 황홀하게 어우러지고 있었을 뿐만 아니라, 우리에게 어떤 **암호문**을 보여주는 듯했다.

하지만 색유리와 깨진 거울의 파편, 돋보기와 작은 유리병 조각, 안경알 등 "아이들의 소망이 듬뿍 담긴 물건들"로 아름답게 장식되어 있는 "불규칙한 모양의 벌집" 같은 그곳에서 매일 벌어지는 빛의 향연은 특정한 이가 설계를 주도한 것도, 아이들의 계획적인 노동으로 이루어진 것도 아니다. 그것은 자발적인 놀이와 즐거움을 통해 철저히 "민주적인" 방식으로 만들어진 것이다.

반짝거리는 물체들이 빚어내던 고요한 정적은 부드럽게 우리의 온몸을 휘감았다. 그 황홀한 분위기에 취한 나머지, 우리 모두는 몇 분 동안 침묵을 지켰다. 성스러워 보이기까지 하던 그곳에서 나 혼자 있고 싶은 마음이 얼마나 간절했는지 지금도 기억에 생생하다. 어떤 여자가 훗날 인터뷰에서 한 말은 영원히 잊을 수 없을 것 같다. 처음 그 장면을 보고 놀란 그녀는 한동안 벌린 입을 다물지 못하다가, 휘황찬란한 빛이 "꼼꼼하면서도 즐겁게" 만들어진 듯한 느낌이 들었다고 했다. 그때의 상황을 이보다 더 정확하게 표현하기는 어려울 것이다. **즐거움**은 달걀 속의 노른자처럼 빛을 아름답게 반사하는 구조에 포함되어 있었다. 아이들이 정말 우연히 그것을 만들었다고 생각한다면 큰 오산이다. 그건 마치 어떤 말을 허공에 내뱉은 다음, 그것이 땅으로 떨어지면서 자연스럽게 이야기가 시작되기를 기다리는 것이나 마찬가지다. 그러한 빛의 폭포 속에서 아이들은 **기쁨**에, 가슴 **뭉클한 감동**과 **환희로운 경이감**에 사로잡혔을 것이다. 헤로니모는 유리에 대해서 절대 말하려고 하지 않았다. 다만 자기도 그곳에 유리를 몇 번 갖다놓은 적이 있다고 털어놓았다. 그리고 매일 그런 것이 아니라, 하루 중 정해진 시간에 아이들이 거기 모여 **신명 나는 놀이마당**을 펼쳤다고 했다. (…) 그 아이는 언젠가 지나가는 말로 찬란한 빛의 대성당이 철저히 "민주적인" 방식으로 설계된 것이라고 말했다. 베일에 가려진 설계자 대신, 놀이에 대한 중립적이고 집단적인 사랑, 그리고 그 여인이 다큐멘터리에서 말한 바와 같이 어떤 "즐거움"이 있었을 뿐이라는 것이다.

그러나 아이들이 놀이를 통해 즐겁게 만들어낸 빛의 대성당은 고정적인 형태를 갖춘 세계가 아니다. 시간의 흐름에 따라 쏟아져 들어오는 빛의 각도가 변하면 오각형 홀은 다양한 빛깔로 물들 뿐만 아니라, 빛나는 글자도 바뀐다. 결국 오각형 홀에서 벌어지는 빛의 축제는 고정된 형태를 갖지 않고 수시로 변하는 욕망의 세계이자, 즐거움과 기쁨으로 충만한, 그리고 자유로운 개인들이 모여 이루는 공동체, 즉 "빛의 공화국"에 다름 아니다. 이는 아직 도래하지 않은, 따라서 "아직 현실이 아닌 그 무엇의 출현이 여전히 임박해 있음"을 알려주는 징후와도 같다. 결국 "빛의 공화국"은 현실 정치를 지향하는 그 무엇이 아니라, 빛이 이루어내는 경이로운 현상처럼 미학적인 세계를 꿈꾼다. 그런 면에서 32명의 아이들이 빚어내는 세계는 "미학적 사건*hecho estético*"*과 크게 다르지 않다. 안드레스 바르바의 소설에서 미학과 정치가 만나는 지점이 바로 이곳이다. 언젠가 도래할 우정의 공동체.

짧은 순간이나마 나는 그 모든 것의 낌새를 알아차렸던 것 같다. 나는 아이들의 존재를 찬란한 빛으로, 그리고 천지가 창조되기도 전에 그들을 위해 만들어진 그곳의 열렬한 자유로 보고 느낀 것 같다. 나는 장난감 조각이―남의 집 마당에서 훔쳐 왔거나 자기 집에서 가져온 것들임이 분명하다―어지럽게 널려 있던 한구석에서 어떻게 그 모든 일들이 놀이처럼 시작되었는지 알게 되었다. 경이로운 현상, 뜻밖에 드러난 새로운 사실, 그리고 우정으로 가득 찬, 인위적인 저 세계.

따라서 새로운 세계를 만들어내려고 하던 아이들의 공동체는 가능한 세계, 즉 픽션ficción의 영역에서 펼쳐진다. '나'가 회고하듯이, 그건 "마치 수천 년 전, 자신의 처형을 하루 더 연기시키기 위해 매일 밤 술탄을 즐겁게 해주던 셰에라자드가 꾸며낸 이야기"나 다름이 없다. 이처럼 어른들을 대가로, 어른들의 세계와 대립하면서 태어난 "새로운 것"(가능한 것)은 현실 세계에 균열을 일으키고 그 틈으로 침투해 이 세계를 해체시켜버렸다. 아이들의 등장은 환상의 세계가 실제 세계 속

* "음악, 행복의 여러 상태들, 신화, 시간의 흔적이 고스란히 남은 얼굴들, 어떤 황혼과 어떤 장소들은 우리에게 무언가를 말하고 싶어 한다. 아니면 우리가 놓치지 말았어야 할 무언가를 이미 말했거나, 곧 무언가를 말하려는지도 모른다. 끝내 나타나지 않지만 이처럼 임박한 계시, 어쩌면 이것이 바로 미적 사건일지도 모른다." Jorges Luis Borges, "La muralla y los libros", Otras inquisiciones, Obras completas II (Barcelona: Emecé Editores, 1989), p.13.

에 처음으로 침범한 사건*이었던 셈이다. 이제 어린아이들은 "허구보다 더 막강한 영향력을 행사"한다. 괴물로 변한 32명의 아이들은 "무시무시한 것뿐 아니라 매력적인 것도 비춰주는 견고한 빈 공간, 아니 완벽한 스크린"이었다. 비록 그 아이들은 수문이 열리는 바람에 모두 싸늘한 주검으로 세상에 다시 나타나지만, 그들의 존재는 끊임없이 새로운 세계를 창조하는 보이지 않는 힘이 되고 있다. 부재를 통해 존재를 변화시키고, 존재하지 않음으로써 세상 모든 곳에서 존재하는 역설. 그것이야말로 진정한 픽션의 힘이 아닐까.

32명의 아이들은 전통적인 '악영향'과 완전히 반대로 산크리스토발의 아이들에게 영향을 미쳤다. 32명의 아이들은 아무도 모르는 곳에서 영향력을 행사했다. (…) 32명의 아이들은 어디에도 존재하지 않음으로써 우리가 상상조차 못 할 일을 해낼수 있었다. 다시 말해, 그 아이들은 이 세상 모든 곳에서 존재하게 되었던 것이다.

하지만 현실적인 좌절과 실패는 문학을 숙명처럼 따라다

---

* 호르헤 루이스 보르헤스, 「틀뢴, 우크바르, 오르비스 테르티우스」, 『픽션들』 보르헤스 전집 2, 황병하 옮김(서울 : 민음사, 1999), 45~46쪽.

니는 그림자인지도 모른다. 그 아이들이 지하의 세계에서 이루어낸 "빛의 공화국" 또한 스스로 만들어낸 빛 속으로 사라져버렸다. 아이들이 죽은 뒤, '나'는 오각형 홀의 벽에 쓰인 낙서를 발견한다. "매춘부", 이 글자는 "아이들이 영원히 잃어버린 자리였고, 아이들의 공동체가 무너진 공간"이기도 했다. 이들을 무너뜨린 것은 아이들을 두려움에 떨게 한 괴물의 그림자였다. "얼굴은 형체가 불분명한 것 같았던 반면, 입술은 또렷하고 콧수염은 가늘고 긴 존재." 그것이 더 강한 현실의 힘이든, 폭력이든 아니면 초자아든 간에, 자유로운 개인들의 공동체에는 언제나 실패할 운명의 그림자가 드리워져 있다. 그럼에도 불구하고 문학은, 그리고 픽션은 또다시 일어나 새로운 세계를 꿈꾸고 만들어나간다. '그럼에도 불구하고'는 문학이 가진 근원적인 힘이자 존재 이유일 것이다. 비록 이번에는 좌절했지만, 그럼에도 불구하고

이제 곧 아이들이 네 안으로 들어올 것이다. 결국 너는 그들이 된다.*

---

* 곧 "세계는 틀뢴이 될 것이다"라는 보르헤스의 말이 연상되는 구절이다. 앞의 책, 50쪽.

옮긴이 엄지영

한국외국어대학교 스페인어과를 졸업하고, 동 대학원과 스페인의 마드리드 콤플루텐세 대학교에서 라틴아메리카 소설을 전공했다. 옮긴 책으로 마리아나 엔리케스의 『우리가 불속에서 잃어버린 것들』을 비롯해, 오라시오 키로가의 『사랑 광기 그리고 죽음의 이야기』, 카를로스 루이스 사폰의 『영혼의 미로』, 마리오 바르가스요사의 『까떼드랄 주점에서의 대화』, 루이스 세풀베다의 『역사의 끝까지』, 돌로레스 레돈도의 『테베의 태양』, 페데리코 가르시아 로르카의 『인상과 풍경』, 마세도니오 페르난데스의 『계속되는 무』 등이 있다.

빛의 공화국

지은이 안드레스 바르바
옮긴이 엄지영
펴낸이 김영정

초판 1쇄 펴낸날 2021년 12월 29일

펴낸곳 (주)현대문학
등록번호 제1-452호
주소 06532 서울시 서초구 신반포로 321(잠원동, 미래엔)
전화 02-2017-0280
팩스 02-516-5433
홈페이지 www.hdmh.co.kr

© 2021, 현대문학

ISBN 979-11-6790-081-4 03870

* 책값은 뒤표지에 있습니다.
* 파본은 구입처에서 교환해드립니다.